Irene Fritsch

Wilde Zeiten am Lietzensee

Roman

text • verlag

text • verlag
edition Berlin
Michendorfer Weg 26
D-14552 Wilhelmshorst

Telefon (033205) 607644
Fax (033205) 607645
e-mail info@textpunktverlag.de
Internet www.textpunktverlag.de

Irene Fritsch
Wilde Zeiten am Lietzensee
Roman

Berlin : text.verlag, 2017
ISBN 978-3-938414-63–7
© 2017 Irene Fritsch
und text.verlag
Alle Rechte vorbehalten

Satz & Gestaltung
text • verlagsservice

Druck
CPI books GmbH, Leck

Irene Fritsch
Wilde Zeiten am Lietzensee

FÜR KONSTANTIN UND KONSTANZE

Prolog

Anna erwachte aus einer tiefen Ohnmacht. Wo war sie? Warum sah sie nichts?

Alles war dunkel. Sie wollte die Dunkelheit wegwischen, versuchte benommen mit der Hand über die Augen zu streichen, damit sie klar sehen konnte. Vergeblich! Sie konnte seltsamerweise auch die Hände nicht bewegen.

Unbeweglich blieb sie liegen, ließ ihrem gemarterten, betäubten Gehirn Zeit, wieder zum Bewusstsein zu kommen und zu arbeiten. Und plötzlich erinnerte sie sich! Sie war überfallen worden, sie wusste von wem. Ihre Hände und Füße waren gefesselt, ihre Augen zugeklebt. Wehrlos und ausgeliefert lag sie auf dem harten Boden.

Ich soll sterben, dachte Anna.

Sie versuchte sich aufzurichten, machte Lärm, schlug mit den gefesselten Füßen auf den Boden. Aber augenblickliche Schläge und Fußtritte ließen sie verstummen und wieder hoffnungslos auf den Boden zurücksinken. Noch einmal wagte sie einen Versuch, sich bemerkbar zu machen, doch nur erneute Fußtritte waren die Antwort.

Ich werde sterben, dachte Anna.

Sie würde Martin, Kalli und Max und alle anderen nie wieder sehen. Eine grenzenlose Verzweiflung wollte Anna überwältigen, aber erleichtert spürte sie, dass sie selbst zum Verzweifeln keine Kraft mehr besaß, sondern allmählich wieder das Bewusstsein verlor und langsam in einer dunklen, gnädigen Tiefe versank.

1

Anna hielt einen Moment inne. Sie hockte auf den Knien in Martins Arbeitszimmer und schaute aus dem offenen Fenster in den Lietzenseepark, der trotz des frühen Nachmittags dunkel wie in der Dämmerung vor ihr lag, fast verborgen hinter einem dichten Regenschleier. Trostlos dieses Wetter, dachte sie, Dauerregen, ewige Kälte, trostlos dieser April. Sie sah zu, wie eine plötzliche Windbö einen Schwung Regenwasser auf das Fensterbrett wehte und sich über die dort liegenden Papiere ergoss. Martin würde sich ärgern, wenn er später die trockenen, aber gewellten Blätter abheften wollte. Trotzdem schloss Anna das Fenster nicht. Bei ihrer staubigen Arbeit brauchte sie frische Luft.

Sie hatte angefangen, Bücher aus dem Regal des Arbeitszimmers herauszusuchen und sie in einen Umzugskarton zu packen. Der Karton durfte nicht zu schwer werden, sie wollte ihn nämlich anschließend in den Flur tragen. Mit männlicher Hilfe konnte sie heute nicht rechnen, obwohl zu ihrer Familie ein kräftiger Mann und zwei fast erwachsene Söhne im Alter von 15 und 17 Jahren gehörten.

Aber Kalli, der Jüngere, ein begabter Cellospieler, übte gerade mit der ebenso begabten Violinistin Anja die Duo-Stücke, die sie bei dem nächsten Wettbewerb »Jugend musiziert« vorspielen wollten. Max, der Große, befand sich gar nicht in Berlin, sondern noch bis Juli als Austauschschüler in Texas. Auch ihr Mann Martin hielt sich nicht in seiner Heimatstadt auf, sondern in Wien.

Martin war viele Jahre an der FU als Germanist tätig gewesen, hatte sich mehrmals um eine Professur an verschiedenen deutschen Universitäten beworben, aber trotz guter Qualifikationen bekamen immer andere der zahlreichen Bewerber eine der wenigen Stellen. Schließlich hatte er sich mit seiner Funktion im Mittelbau als Akademischer Rat abgefunden und war zufrieden. Nun plötzlich kam ein überraschendes Angebot von der Universität Wien, ein 5-Jahres-Vertrag am Institut für Germanistik. Er hatte ihn angenommen, nachdem er sich vergewissert hat, bei Nicht-Verlängerung in Wien wieder an seine alte Stelle an der FU Berlin zurückkehren zu können. Nach Beratung mit Anna und den Kindern, ob sie sich für einen Umzug der ganzen Familie nach Wien entscheiden sollten oder für die bei Hochschullehrern beliebte Di-Mi-Do-Lösung – also Anwesenheit in der Universität von Dienstag bis Donnerstag, die übrigen Tage Arbeit und Freizeit zu Hause – , entschieden sie sich trotz einiger Bedenken für den

Umzug. Die Wohnung in Berlin wollten sie allerdings nicht aufgeben, sondern für die fünf Jahre untervermieten. Anna, die bereits ihre Stelle als Musiklehrerin in der Lietzenseeschule zum Schuljahrsende gekündigt hatte, war gespannt, was ihr die Musikmetropole Wien beruflich bieten würde.

Martin lebte bereits seit Anfang März dort, hatte jetzt eine passende Wohnung gefunden in einer Landhausgegend nahe dem Schloss Schönbrunn. In ihrem gestrigen Telefongespräch hatte er sie gebeten, bestimmte Bücher aus seinem Arbeitszimmer zurechtzulegen, die er bei seinem bevorstehenden Berlin-Besuch dann mitnehmen wollte. Anna verstand, dass er die wenige freie Zeit in Berlin nicht mit Büchersortieren und -einpacken vertrödeln wollte. Daher hatte sie einen großen Umzugskarton besorgt, den sie nun füllte.

Schließlich waren die angegebenen Bücher eingepackt, mit dem Ergebnis, dass der Karton bis zum Rand gefüllt und so schwer war, dass sie ihn nicht mehr anheben konnte.

Sie ließ sich auf einen Stuhl fallen und überlegte: sollte sie warten, bis Kalli nach Hause kommt und ihr hilft, oder die Bücher in zwei Kartons verteilen, so dass sie sich tragen ließen, oder einfach den Karton über die Schwelle in den Flur ziehen.

Anna, die nie gern große Umstände machte, entschied sich für das Letztere. Als ihr Blick auf die Schwelle fiel, mahnte sie sich allerdings zur Vorsicht, denn die Schwelle war seit einiger Zeit etwas locker. Martin war noch nicht dazugekommen, sie festzunageln.

Also schob Anna den kleinen Teppich vor dem Bücherregal beiseite und zog den Karton mit aller Kraft über den Holzfußboden Richtung Tür, was ziemlich glatt ging. An der Schwelle allerdings kam es dann zur Katastrophe. Der Boden des Kartons verfing sich in der gelockerten Schwelle und als Anna ihn mit Gewalt darüber zerrte, riss er auf und die meisten Bücher fielen heraus.

»Mist!«, sagte sie laut und ärgerte sich. Sie zog den kaputten Karton aus dem Haufen hervor und wollte die Bücher aufsammeln, da blieb ihr Blick an der Schwelle hängen, die sich jetzt fast vollständig gelöst hatte. Sie kniete sich hin und starrte verwundert in den Hohlraum unter der Schwelle. Mitten in dem ganzen Dreck, der sich dort in Jahrzehnten angesammelt hatte, lag etwas. Sie zog daran, bemüht, nicht allzu viel Staub aufzuwirbeln, und holte schließlich eine uralte, vergammelte Plastiktüte hervor mit dem kaum erkennbaren Aufdruck »HERTIE«, geschrieben in altmodischen großen Buchstaben.

Neugierig öffnete sie die Tüte, als sie den Schlüssel an der Wohnungstür hörte. Kalli war nach Hause gekommen. Sie reagierte nicht auf sein »Hallo!«, sondern griff in die Tüte.

Hinter sich hörte sie Kallis Stimme, der zu ihr getreten war, das Durcheinander sah und fragte:»Was ist denn hier passiert?«, dann neugierig: »Was hast'n du da?«

Anna wollte ihren Augen nicht trauen, aber als sie ihre Hand aus der Hertie-Tüte herauszog, hielt sie darin Geldscheine, unsortiert und durcheinander. Sie ließ das Geld auf den Fußboden fallen und schüttete die ganze Tüte aus.

Kalli hockte sich neben sie und fragte nochmal:»Was ist das?«

Jetzt antwortete Anna, noch immer fassungslos:»Geld!«

»Komisches Geld!«

»Gar nicht komisch. Das sind DM, Deutsche Mark. Die wurde abgeschafft, als der Euro kam. Da warst du gerade geboren, daher kennst du das Geld gar nicht mehr. Es war unter der Schwelle.«

»Das hat dort jemand versteckt! Cool!« Kalli fing sofort an zu spekulieren:»Das stammt aus einem Bankraub oder Überfall auf einen Geldtransporter oder ist Schwarzgeld von der Mafia!« Er hob einen Hundertmarkschein hoch:»Hundert Deutsche Mark, Deutsche Bundesbank«, las er vor, dann fragte er:»Weißt du, wer der Mann mit dem komischen Hut ist?«

»Nee! Aber warte...« Anna stutzte.»Das ist tatsächlich ganz altes Geld, in den letzten Jahren war nämlich Clara Schumann auf dem Hundertmarkschein. Das weiß ich genau. Auch die Plastiktüte hat bestimmt ihre 30 oder 40 Jahre auf dem Buckel.«

»Komm, wir zählen, wie viel Geld das ist. Jeder Schein bekommt seinen Stapel.« Kalli fing an, das Geld zu sortieren.

»Wir brauchen gar nicht zu zählen«, Anna hatte zwischen den Geldscheinen einen kleinen gelblichen Zettel entdeckt.»Hier steht 2485 DM, wahrscheinlich die Geldsumme in der Tüte.« Sie drehte den Zettel um, es war ein Kassenbon der Filiale von»Bolle« am Kaiserdamm, Ecke Sophie-Charlotten-Straße über 12,50 DM.»Mit Datum«, stellte Anna erfreut fest:»24.5.1975. Jetzt wissen wir wahrscheinlich, aus welcher Zeit unser Fund stammt.«

»In der Tüte sind aber nur 1825 DM!«, sagte Kalli, der unbeirrt weitergezählt hatte. Zufrieden betrachtete er seine Geldstapel. Der mit den 20-Markscheinen war der größte.»Da hat sich wohl schon jemand aus der Tüte bedient. Aber aus einem Bankraub oder von der Mafia stammt das Geld nicht. Dafür ist es zu wenig.« Er schaute seine Mutter an: »Was machen wir jetzt damit? Kann man die Scheine noch in Euro umtauschen oder sind die zu alt?«

»Wahrscheinlich. Aber vergiss nicht, das Geld gehört uns nicht.«

»Schade!«

»Wir packen es jetzt wieder ein. Hol mal bitte eine Plastiktüte aus der Küche.«

Nachdem Mutter und Sohn das Geld neu verpackt, das Zimmer aufgeräumt und die Bücher in einer Flurecke gestapelt hatten, fragte Anna: »Und? Wie war eure Probe?«

»Prima! Wie immer«, war die Antwort, dann verschwand Kalli in seinem Zimmer. Anna nahm die Tüte und verwahrte sie in einer Schreibtischschublade.

Als sie später beim Abendbrot in der Küche zusammensaßen, meinte Anna: »Ich möchte wirklich wissen, wer das Geld unter der Schwelle versteckt hat. Und natürlich, woher es gekommen ist.«

»Weißt du eigentlich, wer vor uns in dieser Wohnung gewohnt hat.«

»Nicht genau.« Anna überlegte: »Wir sind 1999 eingezogen. Vor uns wohnte eine Frau Hase hier, ungefähr 20 Jahre lang. Also bis ca. 1979 kennen wir die Bewohner. Schade, dass Frau Körner nicht mehr lebt. Die hätte uns bestimmt helfen können.«

Kalli nickte. Er kannte die alte Nachbarin noch, die Jahrzehnte, auch schon vor dem Zweiten Weltkrieg, in ihrem Haus gewohnt und sich an alles, was sich hier und in der Umgebung des Lietzensees ereignet hatte, noch bis ins hohe Alter erinnern konnte. Sie war für Anna eine unschätzbare Hilfe gewesen, wenn sie wieder einmal auf merkwürdige Geheimnisse oder gar Verbrechen der Vergangenheit in ihrer Wohngegend gestoßen war und dann so lange forschte und recherchierte, bis sie diese Vorfälle aufklären konnte.

»Frag doch mal Frau Lehmann. Die ist auch uralt und wohnt schon ewig im Haus.«

Anna lachte: »Die wird sich bedanken, wenn sie dich so hört! Aber das ist eine Idee. Jedenfalls ist das Geld vermutlich von den Leuten versteckt worden, die 1975 hier gewohnt haben.«

»Die müssen Hals über Kopf abgehauen sein, sonst hätten sie das Geld mitgenommen. Ich habe übrigens im Internet nachgesehen«, fuhr Kalli fort: »Der Mann auf dem Hundertmarkschein ist Sebastian Münzer, ein Kosmograph, was auch immer das ist, und der Schein mit seinem Bild wurde von bis 1961 bis 1995 ausgegeben, dann kam deine Clara Schumann.«

»Interessant, danke«, meinte Anna. »Ein Kosmograph muss übrigens jemand sein, der die Welt beschreibt. Wahrscheinlich hat er Landkarten gezeichnet.«

»Interessant, danke«, sagte Kalli im Tonfall seiner Mutter. Beide lachten.

2

Das Wochenende mit Martin ging wie immer schnell vorüber. Als er Montagfrüh wieder zurück nach Wien fuhr, mit den Büchern in einem neuen Karton auf der Rückbank, stand Anna am Bordstein und sah ihm lange hinterher. Sie war nicht der Typ für eine Fernehe, stellte sie zum wiederholten Male missmutig fest, auch wenn dieser Zustand bisweilen von anderen Paaren gepriesen wurde. Als nun noch der orangefarbene große Müllwagen von der Stadtreinigung mit dem üblichen Lärm angefahren kam und direkt vor ihr hielt, die Müllmänner heraussprangen und in den Hof zum Müllhaus rannten, wandte sich Anna um und ging zurück ins Haus.

Sie schloss die Wohnungstür auf und warf einen Blick auf die Uhr, halb zehn. Heute hatte sie erst ab der vierten Stunde Unterricht, also noch genügend Zeit, in der Schule die Instrumente im Musikraum für die 6. Klasse vorzubereiten, mit denen sie ein paar Songs für die Abschiedsfeier der Klasse mit den Eltern vorbereitete.

Wenig später radelte sie – wie sicher schon hunderte Male in ihrem Leben – durch den Lietzenseepark zur Grundschule in der Witzlebenstraße. Hier war sie selbst zur Schule gegangen vor knapp vierzig Jahren, später auch ihre Söhne. Und schließlich war sie vor ungefähr 15 Jahren wieder hierher zurückgekehrt als Lehrerin. Anna hatte fast die ganze Zeit ihres Lebens am Lietzensee gewohnt, zuerst bei ihren Eltern in der Dernburgstraße, dann mit Martin in der Wundtstraße. Sie hatte immer das Gefühl gehabt, hierher zu gehören. Als Martin jedoch das Angebot für Wien erhielt und die Familie über einen eventuellen Umzug dorthin diskutierte, hatte Anna in die Pläne spontan eingewilligt. Zu ihrer eigenen Überraschung erschien ihr diese einschneidende und plötzliche Veränderung ihres Lebens so willkommen, als hätte sie lange unbewusst darauf gewartet.

Sie fuhr den schrägen Weg im Park hinunter, vorbei am ehemaligen Parkwächterhaus, registrierte mit Genugtuung die gepflegte Staudenanlage an der Kleinen Kaskade, die teilweise schon in Blüte stand. Seit Jahren gab es eine Initiative »Bürger für den Lietzensee«, die ehrenamtlich im Park arbeitete und u.a. auch diese Rabatte angelegt hatte und nun in Ordnung hält. Anna war ein aktives Mitglied in diesem Verein.

Der Park war gut besucht. Seit langem konnte man beobachten, dass die Zahl der Besucher mit Migrationshintergrund stetig wuchs. Auch aus der Flüchtlingsunterkunft im ICC am Funkturm kamen viele Bewohner zur Abwechslung und Erholung in den Park. Man hörte die unterschiedlichsten Sprachen, bekannte und unbekannte. Die Zahl derjenigen, die im Park übernachteten, hatte ebenfalls zugenommen. Häufig waren es Obdachlose, die trotz der Sonne und dem üblichem Tageslärm auf einigen Parkbänken noch am Vormittag schliefen, aber auch Touristen, die sich die Hotelkosten sparen wollten, wie das Pärchen, das gerade seine Schlafsäcke zusammengepackt hatte und nun frühstückte. Als Anna auf dem Mittelweg zur Schillerwiese radelte, sah sie, dass sogar auf der Bank, die im dunklen Schatten der Büsche an dem großen Schachbrett stand, das nie benutzt wurde, eine Frau auf einer Decke schlief mit ihrem Rucksack als Kopfkissen.

Wenig später schloss Anna ihr Fahrrad vor der Schule an, einem Prachtbau vom Beginn des 20. Jahrhunderts, überzeugender Beweis, dass Charlottenburg in jener Zeit zu den wohlhabendsten Städten des Deutschen Reiches zählte. Anna lief die breite Treppe hoch zum Lehrerzimmer. Es war fast leer, nur ihr Musikkollege Golo Mann saß an seinem Platz und schrieb.

»Hallo, Anna«, rief er erfreut, als er sie sah, »wieder lustige Strohwitwe?«

»Haha«, sagte Anna und verzog das Gesicht.

»Nicht verzagen! Du weißt, Golo ist immer für dich da.« Seine kleinen dunklen Augen unter den dicken Augenbrauen lachten sie an.

Bei Golos Anblick hob sich Annas Stimmung. »Und du weißt«, antwortete sie, »dass du noch hart an dir arbeiten musst, bevor ich auf dich zurückgreife.«

»Die Hoffnung stirbt zuletzt!«

Golo war seit einem Jahr in der Lietzenseeschule als Musiklehrer tätig, als Nachfolger von Annas Kollegin und Freundin Madleen, die zu ihrem Freund ins Rheinland gezogen war. Als Golo sich bei seinen Kolleginnen vorstellte, er war tatsächlich der einzige Mann an der Schule, sagte er: »Ich heiße Golo Mann, bin es aber nicht, obwohl mein Vater die Hoffnung noch immer nicht aufgegeben hat.«

»Versteht ihr das?« Die Kollegin Manuela schaute, wie gewohnt, begriffsstutzig in die Runde. Keiner beachtete sie, nur Anna erklärte: »Der Vater hofft, dass er so ein berühmter Historiker wird wie Golo Mann«, und als Manuela noch immer nichts verstand, fügte Anna hinzu: »Der Sohn von Thomas Mann.« »Ach so.«

Anna hatte sich schnell mit Golo angefreundet. Ihre Zusammenarbeit entwickelte sich entspannt und unerwartet produktiv. Sie hatten dieselben Vorstellungen von einem zeit- und kindgemäßen Musikunterricht und planten oft gemeinsam Stunden und Aufführungen.

Golo war ein paar Jahre jünger als Anna und einen halben Kopf kleiner, ein schmaler, wendiger Typ mit dunklen, kurzgeschnittenen Haaren und einem Bart, der zu seinem Entsetzen bereits einige graue Haare aufwies. Er redete schnell und viel. Und witzig. Das verhaltene Lachen über seine Bemerkungen hatte schon manche Konferenz aufgelockert.

Bald freundeten sich auch Martin und Golo an. Dieser kam häufig noch abends mit dem Rad vorbei, zuerst, um mit Anna irgendein schulisches Problem zu besprechen, dann auch nur zur Unterhaltung. Er lebte ganz in der Nähe, im Danckelmann-Kiez, in der Wohnung eines renovierten Altbaus nahe dem Klausenerplatz. Als Martin ihn einmal aufforderte, seine Freundin mitzubringen, schüttelte Golo den Kopf: »Kann ich leider nicht mit dienen. Ich glaube, ich bin schwul.« Er grinste: »Sonst hätte ich dir längst Anna ausgespannt.«

»Tolles Kompliment! Ich werde wohl gar nicht gefragt«, beschwerte sich diese.

»Dann bring deinen Freund mit«, fuhr Martin fort.

»Habe ich auch nicht, so schwul bin ich dann doch nicht!« Sie beschlossen abzuwarten.

Golo war ein engagierter Musiklehrer, aber seine Leidenschaft gehörte nicht seinem Brotberuf, sondern dem Jazz. Vor einigen Jahren hatte er mit Freunden eine Jazzband gegründet, in der er Saxophon spielte und sang. Als er zum ersten Mal Anna singen hörte, bot er ihr sofort an: »Du musst in unsere Band kommen, du musst bei uns mitmachen, singen!«

Anna wiegelte ab: »Ich kenne mich mit Jazz überhaupt nicht aus. Der liegt mir auch gar nicht. Außerdem singe ich schon in unserm Kirchenchor, alte und klassische Musik. Das reicht.«

Aber Golo gab keine Ruhe, brachte ein paar Noten mit in die Schule. Sie begannen, nach dem Unterricht im Musikraum zu probieren. Langsam fand Anna an dieser Art von Musik Gefallen. Bald hatten sie ein paar Titel einstudiert und Golo befand: »Klasse! Bald kannst du auftreten!«

Auch heute stellte er seine Lieblingsfrage: »Wollen wir nachher proben? Martin ist wieder weg. Da hast du Zeit!«

Anna zögerte: »Heute geht es nicht. Ich habe meinen Eltern versprochen, mit Kalli zu ihnen zu kommen. Sie bekommen Besuch von irgendeinem auswärtigen Verwandten und möchten, dass wir dabei sind. Aber morgen ginge es.« Sie nickte ihm zu, sagte »Tschau!« und begab sich in den Musikraum zu den Instrumenten.

Um zwei Uhr mittags, nach Beendigung ihres Unterrichts, fuhr sie wieder durch den Park nach Hause. Bevor sie an der Schillerwiese in den Mittelweg einbog, bemerkte sie einen Mann und eine Frau vom Ordnungsamt, die gerade durch den großen Eingang am Kaiserdamm den Park betraten. Anna stieg vom Fahrrad ab, Radfahren im Park war verboten. Sie wusste, dass die Ordnungsleute selten ein Verwarnungsgeld einforderten, sondern nur ermahnten, aber auch diese Belehrungen wollte sie sich ersparen. Also schob sie das Rad, blieb aber nach ein paar Schritten verwundert stehen: die Frau, die sie vor mehr als drei Stunden auf der Bank liegend gesehen hatte, lag immer noch da, genauso, an derselben Stelle, in derselben Haltung.

Anna stellte das Rad ab und ging zu der Frau, bückte sich, sagte »Hallo!«, gab ihr einen leichten Stups – keine Reaktion. Anna tupfte auf ihre Hand, sie war kalt. Ihr Gesicht hatte eine ungesund aussehende, weißgraue Farbe. Sie ist tot! dachte Anna erschrocken und gleichzeitig irritiert: Wie kommt es, dass gerade ich immer in Todesfälle verwickelt werde?

Nie konnte Anna die Toten rund um den Lietzensee vergessen, mit denen sie in früheren Zeiten in Berührung gekommen war: den alten Richard Sobernheim, den sie vor vielen Jahren im damals leerstehenden Kammergericht mit gebrochenem Genick am Fuße einer Treppe gefunden hatte, das Skelett einer Hausbewohnerin aus der Nachkriegszeit, das in der Grünanlage neben ihrem Haus ausgegraben wurde, den Stasi-General, der aus dem Fenster ihrer Chorfreundin Inge im vierten Stock gefallen war, den Liebhaber ihrer Freundin Carla, der in seiner Wohnung erschlagen wurde, den Toten, der aus dem Lietzensee gefischt wurde und vor nicht allzu langer Zeit die Mordserie eines guten Freundes, der aber gar kein guter Freund war, wie sie erst im letzten Moment festgestellt hatte. Mit Hilfe von Frau Körner aus ihrem Haus, ihrer Familie und Freunden hatte sie alle Verbrechen aufklären können.

Anna betrachtete die Tote genauer. Sie kam ihr irgendwie bekannt vor, aber sie wusste nicht mehr, wo sie diese ältere Frau mit dem ungepflegten Äußeren schon einmal gesehen hatte.

Plötzlich erinnerte sie sich.

Am vergangenen Dienstagvormittag, als die »Bürger für den Lietzensee« im Park in kleinen Gruppen zu zweit oder dritt arbeiteten, blieb eine Frau bei ihnen stehen. Das war nichts Ungewöhnliches. Oft wurden sie von den Vorübergehenden angesprochen, gelobt für ihre ehrenamtliche Arbeit, allerdings auch belehrt, was sie übersehen oder falsch gemacht hätten.

Diese Spaziergängerin aber wollte weder das eine noch das andere. Sie musterte die Frauen genau, die in ihren grünen Schürzen am Boden knieten, und fragte dann Renate, eine von ihnen:

»Bei Ihnen arbeitet doch eine Dagmar mit. Ist sie zufällig da?«

Renate richtete sich auf: »Dagmar? Nicht, dass ich wüsste. Aber einen Moment mal!« und rief laut: »Anna, du kennst hier doch alle. Gibt's bei uns eine Dagmar?«

Anna stand auf. Sie schaute die Fremde an, eine dünne Gestalt mit kurzen grauen Haaren. Über eine karierte Bluse hatte sie sich ein rot-weißkariertes Tuch unordentlich um den Hals geschlungen, das ihr ein hippiemäßiges Aussehen verlieh und eigentlich gar nicht zu der recht alten Frau passte. Anna schätzte sie auf Mitte sechzig. »Tut mir leid«, meinte sie, »bei uns arbeitet keine Dagmar mit.«

Die Frau ließ nicht locker. »Sie muss hier mitmachen, ich habe sie in dem Fernsehfilm erkannt, der von Ihrem Verein und der Parkarbeit handelte. Ich habe mir die Sendung extra vom rbb schicken lassen. Da ist sie drauf.« Sie nahm ihren Rucksack ab und holte die DVD heraus, dabei fiel eine kleine dunkelbraune Broschüre heraus, die sich im Rucksack befunden hatte. Anna erkannte das Heft, es war eine Veröffentlichung vom Kiezbüro am Klausenerplatz. Sie bückte sich und reichte es der Frau hin, worauf diese es nahm und während sie es einsteckte, abfällig murmelte: »Ich hab da auch nach Dagmar gefragt. Die hatten aber keine Ahnung, haben mir nur dieses Heft gegeben. Aber was da drin steht, weiß ich alles selbst. Ich war ja dabei.« Nun hielt sie Anna die DVD hin: »Hier.«

Anna nickte: »Das ist die Sendung über uns, die vor ein paar Wochen im Fernsehen lief. Trotzdem: Wir haben keine Dagmar.« Die Frau war augenscheinlich unzufrieden mit dieser Auskunft, daher fuhr Anna fort: »Die Gruppe, die in der Sendung gefilmt wurde, arbeitet heute auch wieder im Park, aber an verschiedenen Stellen. Gehen Sie doch mal herum, vielleicht sehen Sie die Frau, die Sie meinen. Aber die wird nicht Dagmar heißen. Was wollen Sie denn von ihr?«

»Nichts. Danke«, brummte die Frau unzufrieden und ging weiter. »Sie muss hier sein«, hörte Anna sie noch.

Renate, die die Szene beobachtet hatte, trat zu Anna: »Merkwürdige Frau.« Beide schauten ihr hinterher. »Und dieses komische Tuch.«

»Das ist ein sogenanntes Palästinensertuch, von der PLO«, wusste Anna. »In den 70er Jahren haben die Linken aus der alternativen Szene das getragen.« Sie lachte: »Meine Mutter besitzt auch eins. Sie war zwar überhaupt nicht links oder besonders politisch interessiert, aber diese Tücher waren damals große Mode. Sie hat ihrs zur Erinnerung aufgehoben, daher kenne ich es.«

Diese Frau lag nun offensichtlich tot vor ihr auf der Bank, allerdings ohne ihr Palästinensertuch. Anna atmete tief durch. Sie fasste nichts an. Sie betrachtete den abgenutzten Rucksack, auf dem schräg der Kopf lag und der, wie sie sah, geöffnet war. Ein Päckchen Tempotücher guckte heraus.

Erst jetzt bemerkte sie einen älteren Mann, einen feinen Herrn nach seinem gepflegten Äußeren zu schließen, der ein paar Schritte abseits stand und sie offensichtlich beobachtet hatte.

»Ist etwas passiert?«, fragte er freundlich und kam näher. Er hatte eine gebräunte Haut, als wäre er gerade aus dem Urlaub gekommen. Die wenigen Haare auf dem Kopf waren sorgfältig geschnitten und gekämmt.

»Ich glaube, die Frau ist tot«, antwortete Anna hastig, »können Sie mal bitte auf mein Rad und die Tasche aufpassen.«

Sie hatte eben die beiden Angestellten vom Ordnungsamt bemerkt, die auf dem Uferweg am See entlangschlenderten. Ohne eine Antwort abzuwarten, rannte sie über die Wiese.

»Hallo!«, rief Anna schon von weitem und als sie sie erreicht hatte, atemlos: »Sie müssen kommen! Da drüben liegt eine tote Frau!«

Der Mann und die Frau schauten sich unschlüssig an. »Dafür sind wir nicht zuständig«, meinte der Mann und die Frau nickte. »Besser, Sie rufen die Polizei.«

Anna, verärgert über die Gleichgültigkeit, wiederholte: »Sie müssen kommen! Auch wenn Sie nicht zuständig sind!«

Schnell ging sie wieder zurück. Von weitem sah sie, wie der Mann, der auf Rad und Tasche aufpassen sollte, sich ebenfalls über die Tote gebeugt hatte und sich wieder aufrichtete, als Anna sich näherte.

»Sie ist schon lange tot«, meinte er fachkundig, »wahrscheinlich mehr als 12 Stunden. Sie hat eine Injektion bekommen, hier an der Seite.« Er schob die Bluse der Frau ein wenig hoch, so dass Anna den Einstich sehen konnte. »Die Obduktion wird klären, ob sie daran starb. Ich vermute es.«

»Sind Sie Arzt?« »Ja.«

Jetzt erschallten Polizeisirenen und das übliche Procedere begann, das Anna bereits vertraut war: jede Menge Polizei- und Notarztwagen, die vom Kaiserdamm aus in den Park gefahren kamen, auch über den Rasen, wie Anna verärgert registrierte, mit entsprechendem Personal, Polizisten, Kriminalbeamten, Spurensicherer, Sanitäter, ein Arzt usw., mit rotweißem Band abgesperrte Wege, zurückgedrängte Zuschauer, überall Hektik und Durcheinander.

Anna war zur Seite an die Büsche getreten, um nicht im Weg zu stehen. Sie wusste, dass sie in wenigen Minuten einem Kommissar die Auffindung der Leiche schildern musste. Sie sah, wie der Mann vom Ordnungsamt auf sie zeigte und daraufhin eine Frau zu ihr kam, die streng und sachlich wirkte.

»Guten Tag, mein Name ist Waldau. Ich leite hier die Ermittlungen. Sie haben die Tote gefunden?«

Anna musterte sie überrascht, dann verzog sich ihr Gesicht zu einem verschmitzten Lächeln: »Frau Waldau, kennen Sie mich noch? Anna Kranz. Wir haben uns vor Jahren getroffen, als ich einen Toten im Kammergericht gefunden hatte.«

»Ja, richtig, so ein Zufall!« Mit Frau Waldaus herzlichem Auflachen verschwand auch für kurze Zeit die Aura der Strenge und Unnahbarkeit. Ihr Assistent, der zu ihnen getreten war, guckte verwundert.

»Wie geht es Ihrem kleinen Sohn?«, erinnerte sich die Kommissarin. »Der war so niedlich, als ich Sie damals auf Ihrem Balkon befragt habe«

»Daran erinnern Sie sich noch?« Anna freute sich. »Da war er zwei, jetzt ist er siebzehn und Austauschschüler in Texas. Dem geht es prima. Nachher werde ich wieder mit ihm skypen.«

»So lange ist das her.« Frau Waldau schüttelte den Kopf. »Und nun haben Sie wieder eine Leiche gefunden?«

»Ja, tut mir leid«, Anna zuckte mit den Schultern. »ich habe offenbar eine besondere Anziehungskraft für Tote bzw. Verbrechen.«

»Das hier ist vielleicht kein Verbrechen.«

»Doch«, Anna blickte sich um, »wo ist denn der Mann? Hier war vorhin ein Arzt, der einen Einstich im Rücken bemerkt hatte und vermutete, dass die Frau daran gestorben ist, also ermordet. Seltsam, der ist einfach weggegangen.«

»Macht nichts. Wir werden ihn in den Medien auffordern, sich zu melden.«

Anschließend berichtete Anna ausführlich ihre Beobachtungen. Der Assistent schrieb eifrig mit. Inzwischen wurde die Leiche in eine weiße Hülle gepackt und weggetragen.

Dann schilderte Anna ihre Begegnung im Park am vergangenen Dienstag.

»Ich glaube, das war die Frau, die eine Dagmar suchte. Sie holte sogar eine DVD von einer rbb-Fernsehsendung aus ihrem Rucksack, auf der diese Dagmar angeblich abgebildet war. Aber wir haben keine Dagmar in unserer Gruppe.«

Anna zeigte auf den Rucksack, der noch immer auf der Bank lag. »Moment«, sie stockte: »Der Reißverschluss ist jetzt zu. Der war aber offen.« Sie schaute Frau Waldau verständnislos an: »Können Sie nachsehen, ob die DVD noch im Rucksack ist?«

»Natürlich«, die Kommissarin öffnete ihn und kippte den Inhalt auf die Bank. »Nichts.«

»Der Arzt«, rief Anna aufgeregt, »ich wundere mich, dass der einfach gegangen ist. Der wusste doch, dass er ein Zeuge ist. Er hat die Fernsehsendung mit der angeblichen Dagmar mitgenommen, gestohlen. Irgendetwas muss er mit der ganzen Angelegenheit zu tun haben.«

»Vielen Dank, Frau Kranz, für Ihre Überlegungen«, Frau Waldau lächelte, »aber bitte lassen Sie mich die Ermittlungen führen.« Sie reichte Anna die Hand: »Ich glaube, wir sind hier fertig. Wenn ich noch Fragen habe, melde ich mich.«

»Danke auch«, verabschiedete sich Anna. »Kann ich Sie anrufen und fragen, was Sie herausgefunden haben?«

»Natürlich, jederzeit!« Frau Waldau kramte in ihrer Tasche: »Hier ist meine Karte. Auf Wiedersehen!«

Kaum zu Hause angekommen legte Anna ihre CD mit der Fernsehsendung in den DVD-Player und sah sie sich noch einmal und ganz genau an. Aber sie konnte kein Geheimnis entdecken. An dem Tag der Aufnahme arbeitete die Parkgruppe gemeinsam, brachte gerade das Iris-Bett am Seeufer in Ordnung, befreite es von Giersch und sonstigem Unkraut und säuberte den Weg. Die Reporterin hatte sie dabei gefilmt, Fragen gestellt und die einzelnen Mitglieder zu verschiedenen Punkten antworten lassen. Es war ein unterhaltsamer Kurzfilm geworden, der die freundschaftliche und entspannte Atmosphäre in der Gruppe gut eingefangen hatte, ebenso ihre durchaus schwere Arbeit. An diesem Tag waren, neben drei Männern, außer ihr sechs Frauen tätig: Elisabeth, Brigitte, Christiane, Lydia, Renate, Patrizia. Anna schüttelte den Kopf, es gab keine Dagmar unter ihnen. Die Tote hatte sich geirrt. Anna kannte alle sechs Mitstreiterinnen des Bürgervereins gut. Bei der Arbeit unterhielten sie sich gewöhnlich unbekümmert über ihr vergangenes und jetziges Leben.

Dennoch kamen ihr Zweifel. Es muss ein Geheimnis geben, sonst wäre der Arzt nicht einfach verschwunden. Offensichtlich war ihm die Frau bekannt. Vielleicht hat er sogar die DVD gestohlen, weil er verhindern wollte, dass dadurch die Verbindung zwischen der Toten und der Parkgruppe zu erkennen ist. Aber seine Rechnung war nicht aufgegangen: sie, Anna, wusste von der Toten und von der DVD. Vielleicht heißt tatsächlich jemand aus der Gruppe mit zweitem Namen Dagmar. Anna beschloss, bei Gelegenheit unauffällig herumzuhören.

Einen weiteren Hinweis hatte die Tote ihr gegeben: ein braunes Heft der historischen Reihe »Kiezgeschichten« des KiezBündnisse war aus ihrem Rucksack gefallen. Anna selbst besaß alle Ausgaben dieser Reihe des Nachbarkiezes, jede in einer anderen Farbe. Jetzt nahm sie die dunkelbraune aus dem Regal und las den Titel: »Alles in Allem eine Erfolgsgeschichte«. In diesem Heft ging es um die Kiezsanierung und Anfänge der Hausbesetzungen in den 70er Jahren.

Ganz klar: die Frau war im Kiezbüro gewesen, um dort nach Dagmar zu fragen. Niemand aber konnte sich an diese erinnern, wie sie sich beklagte. Man hat ihr das Heft aus den Siebzigern mitgegeben. Es war möglich, dass die Frau bestimmte Informationen aus der Zeit der Sanierung erfahren wollte. Anna begann sofort zu spekulieren: vielleicht stand der Mord im Park im Zusammenhang mit Ereignissen im Danckelmann-Kiez der Siebziger Jahre.

Die Frau rief um Mitternacht an. Sie hörte das mehrfache Tuten, dann die Ansage: »Der Teilnehmer ist zur Zeit nicht erreichbar…!« In einem kalten Ton versprach sie: »Ich melde mich wieder.«

3

Der alte Herr setzte seine Brille auf und musterte Anna freundlich, die groß und schlank im schwarzen T-Shirt und einer hellen Sommerhose vor ihm stand: »Noch so eine charmante Verwandte! Und der junge Herr?«

»Das ist unsere Tochter Anna mit ihrem Sohn Kalli«, stellte Waltraud vor, »Ihr Mann Martin und der andere Sohn sind leider nicht in Berlin. Und das«, zu den beiden gewandt »ist mein Cousin Federico aus Argentinien.« Dann machte sie sich auf die Suche, um ihren Sohn Ulli herbeizuholen und vorzustellen, der ebenfalls mit seiner Familie extra aus Friedrichshain gekommen war.

Anna setzte sich mit ihrem Weinglas in den Sessel neben dem neuen Onkel und fragte neugierig: »Schön, dass wir uns kennenlernen. Wie sind wir eigentlich verwandt?«

Federico lehnte sich behaglich zurück und begann: »Also: mein Vater ist nach dem zweiten Weltkrieg mit der ganzen Familie nach Argentinien ausgewandert. Ich war damals neun Jahre. Wir heißen Springer, so wie deine Mutter, unsere Väter waren Cousins zweiten Grades, soweit ich weiß. Mein Vater hat nie den Kontakt zu seiner Berliner Familie abgebrochen und seit er nicht mehr lebt, habe ich die Aufgabe übernommen, diese Beziehung nicht einschlafen zu lassen. Und bin sogar, wie du siehst, nach Berlin gekommen, trotz meines hohen Alters, um euch kennenzulernen.«

Schnell kamen sie ins Gespräch. Federico berichtete von dem Hotel in Buenos Aires, das er vor Jahrzehnten gebaut hatte, das florierte und das nun sein Sohn leitete. Anna erzählte von ihrer Familie und den Veränderungen, die ihnen bevorstanden, auch von ihrer Musik, dass sie viel Klavier spielt und neuerdings sogar unter die Jazzsänger gegangen ist. Als aber der neue Onkel rief: »Ich liebe Jazz! Bitte sing für mich!« bereute sie, davon gesprochen zu haben.

Zu ihrem Glück wurden sie abgelenkt, jetzt führte Waltraud nämlich ihren Sohn Ulrich, seine Frau Ulrike und ihre beiden Mädchen vor, die alle den neuen Onkel begrüßten. Dann allerdings konzentrierten sich Martha und Nadja ganz auf ihre Tante Anna, die sie sehr liebten, aber zu ihrem Leidwesen viel zu selten sahen, und nahmen sie in Beschlag. Beide waren schon Schulkinder und berichteten ausführlich über nette Freundinnen und freche Jungens in der Klasse.

Inzwischen kam der Großvater Fritz dazu, der nie viele Worte machte, küsste die Tochter und die Enkelinnen, erkundigte sich nach ihrem Wohlergehen und wandte sich dann seinem Bruder Helmut zu, der zufällig in Berlin war.

So verging der Abend, bis Anna plötzlich ihren Namen hörte.

»Natürlich«, rief ihre Mutter, die neben der Nachbarin saß, »Anna hat sie gefunden. Anna, erzähl doch mal, was du heute erlebt hast! Susanne fragt gerade, ob wir wüssten, dass im Park auf einer Bank die Leiche einer Frau lag.«

Die Gespräche verstummten, alle sahen Anna erwartungsvoll an. Wohl oder übel begann sie, das ganze Geschehen zu schildern, einschließlich der Suche der Toten nach einer Dagmar in ihrer Park-Arbeitsgruppe.

»Dagmar ist ein ziemlich unmoderner Name«, überlegte Ulli, »wahrscheinlich ist sie so alt wie die Tote. Wie alt sind denn die Frauen, die bei euch ›Bürgern‹ mitarbeiten?«

Anna nickte: »Daran habe ich natürlich auch gedacht. Aber unsere Frauen sind fast alle so alt. Ich wüsste wirklich gern, wie ich herauskriegen kann, wer die Dagmar von ihnen ist. Selbst wenn sie nichts mit dem Tod zu tun hat, kann sie vielleicht einiges erklären.«

Susanne schlug vor: »Sag bei der Arbeit einfach mal zu den Frauen probeweise Dagmar. ›Dagmar, gib bitte die Schippe her‹ oder so ähnlich. Vielleicht reagiert eine.«

Anna lachte. »Ich kann's ja mal probieren.«

»Weiß man, wer die Tote ist?«, fragte Ulrike.

»Nein, aber morgen werde ich die Kommissarin anrufen. Vielleicht hat sie neue Informationen.«

Federico trug ebenfalls etwas zum Gespräch bei: »In Cordoba, wo unser Sommerhaus steht, habe ich einmal eine Dagmar aus Berlin kennengelernt«, erklärte er, »die ließ sich Daggi nennen.«

»Oh Gott, das ist ja noch schlimmer als Waltraut oder Walli«, stöhnte Annas Mutter, die trotz ihres Alters noch immer unter ihrem wenig attraktiven Vornamen litt.

»Was hat diese Daggi denn in Cordoba gemacht?«, erkundigte sich Anna.

»Die hat einen alten, aber vermögenden Großgrundbesitzer geheiratet und sich danach einen anderen Vornamen zugelegt, der nicht so deutsch klang, Elisa, Evita, ich weiß nicht mehr. Wir haben uns dann aus den Augen verloren.«

»Bei uns arbeitet zwar keine Evita mit, aber eine Lydia. Ich kann sie ja mal fragen, ob sie dich kennt«, witzelte Anna.

»Und jetzt bitte sing etwas vor.« Der Onkel schaute Anna mit seinen braunen Augen bittend an.

Sie lächelte, aber ihr »Nein!« klang endgültig. Stattdessen setzte sie sich ans Klavier: »Wenn ihr wollt, spiele ich für unseren Federico aus Südamerika einen Walzer von seinem Namensvetter aus Polen.«

Alle klatschten Zustimmung und lauschten anschließend dem von Anna gespielten Walzer von Frederick Chopin.

Als Anna und Kalli wieder nach Hause geradelt waren, sah sie, dass Martin inzwischen angerufen hatte. Sie schaute auf die Uhr, erst halb elf, da konnte sie noch zurückrufen. Während sie die eingespeicherte Nummer von seinem Handy aufrief, lächelte sie in sich hinein, weil sie wusste, was ihr gewissenhafter Mann als erstes fragen würde. Aber sie würde ihm erklären, dass es heute wirklich wichtigere und aufregendere Ereignisse gegeben hatte.

Schon hörte sie Martins Stimme: »Anni, schön, dass du noch anrufst! Sag mal, hast du dich erkundigt, was wir mit dem Geld unter der Schwelle machen sollen?«

Die Tage vergingen. In den Zeitungen standen ausführliche Berichte von der Toten im Lietzenseepark. Die Obduktion hatte ergeben, dass die Frau tatsächlich ermordet worden war. Zunächst wurde sie mit Chloroform betäubt, anschließend hat man ihr ein Herzmedikament in Überdosis injiziert, das zum Tode führte. Die Identität der Toten war noch nicht geklärt. Wer sie kennt, siehe Foto, wurde gebeten, sich bei der nächsten Polizeidienststelle zu melden. Auch der Zeuge, der bei der Auffindung der toten Frau zugegen war, solle sich melden und seine Aussage machen.

»Seltsam«, meinte die Kommissarin Waldau, als Anna sie anrief, um den Stand der Ermittlungen zu erfahren. »Niemand vermisst die Frau. Wahrscheinlich war sie hier in Berlin zu Besuch und gehörte zu denen, die auf Parkbänken übernachten, um die Hotelkosten zu sparen. Sie war jedenfalls keine Obdachlose. In dem Rucksack befand sich alles, was man für ein paar Tage braucht, wenn man unterwegs ist, auch das Portemonnaie, sogar der Wohnungsschlüssel, aber kein Ausweis oder sonstiges Dokument, aus dem man den Namen der Frau hätte erfahren können. Wir müssen abwarten. Wir haben das Foto der Toten an alle Polizeidienststellen in Deutschland geschickt. Früher oder später kennen wir ihre Identität. Aber das Tatmotiv ist noch unklar.«

»Wie wurde sie denn umgebracht?« Anna suchte nach Worten: »Kann das jeder einfach so machen? Ich zum Beispiel?«

Jetzt lachte Frau Waldau: »Das möchte ich bezweifeln! Erstens müssten Sie sich Chloroform besorgen. Ohne wichtigen Grund und Leumundszeugnis würden sie das in der Apotheke nicht bekommen. Vielleicht über einen guten Freund, der zu Medikamenten Zugang hat, aber der würde natürlich auch fragen, warum Sie es brauchen. Und das tödliche Medikament ist absolut professionell injiziert worden, von jemandem, der langjährige Übung mit Spritzen hat, Arzt, Krankenschwester, Pfleger.«

»Der Arzt, der dazugekommen ist, kann ihr nicht die Spritze gegeben haben?«

»Als Sie ihn trafen, auf keinen Fall. Aber vielleicht vorher, er hat sich ja bisher noch nicht gemeldet. Die Frau ist in der Nacht, gegen drei Uhr gestorben.«

Sie beendeten ihr Gespräch, würden wieder telefonieren, wenn sie neue Informationen hätten.

Kaum hatte Anna aufgelegt, klingelte das Telefon. Lydia war am Apparat.

»Tut mir leid, Anna. Aber ich kann morgen nicht in den Park kommen. Meine Nichte hat angerufen: Nele ist krank, kann nicht in die Kita. Ich habe versprochen, sie zu hüten.«

»Schade, aber man muss Prioritäten setzen. Dann bis zum nächsten Dienstag.«

Lydia erzählte oft von der Tochter ihres Bruders, die in Pankow wohnt, vor ein paar Jahren geheiratet und jetzt eine kleine Tochter hat. Da Lydia weder Kinder noch Enkel hatte, übernahm sie in dieser Familie gern die Rolle der Großmutter. Lydia hatte spät geheiratet, einen verwitweten Pfarrer im Rheinland, mit dem sie sehr glücklich wurde, wie sie versicherte, der aber vor ein paar Jahren gestorben war. Sie kam dann in ihre Heimatstadt Berlin zurück, weil hier noch Verwandte wohnten.

Ob sie die gesuchte Dagmar war? Anna hatte Zweifel. Für eine gleichaltrige Freundin der Toten war sie zu jung, bestimmt zehn Jahre jünger, und viel zu gepflegt. Aber man konnte nicht wissen.

Nach dem Gespräch stellte Anna ihren Computer an und schaute endlich nach, Stichwort Bundesbank, ob die alten Banknoten unter der Schwelle noch umgetauscht werden konnten. Angesichts der bescheidenen Summe von umgerechnet 812 € hatte sie bisher eine übertriebene Eile für unnötig gehalten. Ein paar Minuten später wusste sie Bescheid. Jede DM-Summe aus den Jahren seit 1950 konnte bei der Bundesbank jederzeit in Euro getauscht werden. Anschließend tippte sie »Fundsachen« ein und wurde zum Stichwort »Fundrecht« weitergeleitet.

Mit Vergnügen las sie, dass es sich bei dem Geld nicht um einen Fund, sondern um einen Schatz handelte, nämlich um eine »Sache, die solange verborgen gelegen hat, dass der Eigentümer nicht mehr zu ermitteln ist.« Nach diesem Paragrafen gehörte die eine Hälfte dem Finder, also Anna, die andere Hälfte dem Eigentümer des Grund und Bodens, also Anna und Martin, die seit ein paar Jahren Eigentümer der Wohnung waren. Alles geklärt dachte sie und klappte zufrieden den PC wieder zu.

Erneut klingelte das Telefon, »Golo« las Anna auf dem Display. Sie nahm ab.

»Hallo, Golo, bei jemand anderem hätte ich es klingeln lassen. Ich habe gar keine Zeit mehr. Was gibt's?«

»Das finde ich ungerecht«, beschwerte sich Golo gutgelaunt. »Unentwegt telefonierst du bangloses Zeug mit uninteressanten Leuten, und für mich hast du dann keine Zeit mehr.«

Anna musste lachen: »Von wegen belanglos! Du hast ja keine Ahnung. Nun sag schon, was du willst.«

»Was wohl, ich wollte dich erinnern!« Golos Stimme klang plötzlich nicht mehr so lustig. »Heute Abend spiele ich mit meiner Band in dem Jazzclub in Schöneberg. Du hast mir versprochen zu kommen. Jetzt sage bitte nicht, dass du das vergessen hast.«

Tatsächlich hatte Anna an Golos Konzert überhaupt nicht mehr gedacht. Sie hatte vorgehabt, heute endlich einmal früher ins Bett zu gehen, hatte in letzter Zeit viel zu wenig geschlafen. Sie wusste auch, dass Kalli, der wegen irgendeiner Sport-AG noch gar nicht nach Hause gekommen war, trotz seiner 15 Jahre nachts ungern allein in der Wohnung blieb.

Aber egal! Anna gab sich einen Ruck. Sie wusste, wie wichtig Golo ihre Anwesenheit und ihr Urteil über seinen Auftritt mit der Band war. Davon abgesehen hatte sie selbst Interesse, diesen stadtbekannten Jazzkeller mit seiner vielbeschworenen einmaligen Atmosphäre kennenzulernen.

»Danke, dass du mich erinnert hast«, sagte sie unverfänglich. »Natürlich komme ich. Was meinst du, so gegen neun?«

»Prima«, Anna merkte Golos Erleichterung. »Du kannst kommen, wann du willst. Ich bin sowieso früh da. Meine Band tritt erst gegen elf Uhr auf oder später. Wenn du mich nicht gleich siehst, musst du nur nach Golo fragen.«

»Danke für den Hinweis, wär ich nie drauf gekommen. Tschau!«

Sie legten auf. Das wird eine lange Nacht, dachte Anna, aber morgen ist Sonnabend und ich kann ausschlafen.

Das Programm war in vollem Gange, als Anna gegen halb elf Uhr abends in den Keller kam. Alle Tische waren besetzt, die Musiker auf der Bühne riskierten mit ihren Improvisationen bereits Kopf und Kragen. Das Publikum dankte es ihnen mit Zwischenapplaus und Zurufen. »Wahnsinn! Free Jazz!« hörte Anna begeistertes Gemurmel. Dabei war das, was hier musikalisch geboten wurde, durchaus gewöhnungsbedürftig. Einem Nichtkenner musste es in jedem Fall als das reinste Durcheinander von Tönen erscheinen.

Golo sah sie zuerst in dem schwach beleuchteten Raum und kam ihr entgegen. »Hey! Du siehst toll aus!« rief er, fast überrascht, und gab ihr Küsschen auf die Wangen. Anna konnte nicht umhin, geschmeichelt zu grinsen. Sie war nicht nur ganz in schwarz gekleidet, enge Jeans und T-Shirt. Sie hatte auch ihre Haare nicht wie üblich hochgesteckt, sondern trug sie offen, so dass sie ihr locker über die Schultern fielen. Golo sah sie noch immer bewundernd an: »Warum trägst du die Haare nicht immer so?«

Dann zog er sie in eine halbdunkle Ecke: »Komm, ich bringe dich zu unserm Tisch.«

Er und seine Leute saßen an der Wand und warteten auf ihren Auftritt.

»Das ist Anna! Eine Kollegin«, stellte Golo sie mit kaum verhohlenem Stolz vor und registrierte die anerkennenden Blicke seiner Kumpels.

»Boah! So 'ne Musiklehrerin hätte ich früher auch gern gehabt«, rief der mit Abstand Älteste in der Runde, ein witzig aussehender Typ mit wirrem grauen Bart und ebensolchen Haaren, und taxierte Anna durch seine randlose Brille ungeniert von oben bis unten. »Meine hatte 'ne Brille und immer 'ne Strickjacke an und wenn sie anfing, uns mit ihrer Fistelstimme Lieder von Schubert vorzusingen, war das ein klarer Fall für die Menschenrechtskommission.«

Ehe Anna eine passende Antwort einfiel, stellte Golo erst ihn und dann die anderen Bandmitglieder vor: »Das ist Otto, unser Opa und Schlagzeuger, spielt auch Gitarre. Der ist immer so direkt, aber meint es nicht böse.« »Im Gegenteil«, beteuerte Otto. »Ich wollte mit 'ner schönen Frau ins Gespräch kommen.« Ungerührt fuhr Golo fort: »Das ist Lena, Oboe, Benny, Saxophon, Michi, Klarinette, ich mach heute Klavier.«

Anna quetschte sich an den Tisch, Otto hatte sofort einen Stuhl organisiert, Golo einen Rotwein, aber ehe sie richtig ins Gespräch kamen, meinte Lena, die Jüngste von allen: »Du bist übrigens gerade richtig gekommen. Wir sind gleich dran. Bin gespannt, wie du uns findest.«

Nach dem Auftritt, der großen Eindruck auf Anna gemacht hatte, saßen sie hinterher wieder zusammen, es war eine großartige Stimmung und als Otto fragte: »Wann singst du bei uns mal mit? Golo sagt, du hast so 'ne tolle Stimme«, zuckte sie mit den Schultern, aber schloss das zum ersten Mal nicht mehr grundsätzlich aus.

Schließlich brachen sie auf, jeder verabschiedete sich von jedem mit Küsschen und Umarmungen. Auf der Straße schlug Otto Anna vor, sie und Golo nach Hause zu bringen: »Ich fahre nach Spandau, da komme ich sowieso bei euch vorbei.«

»Prima, danke«, freute sich Anna.

Auf dem Weg zum Auto erklärte Otto: »Ist ja meine alte Heimat, da wo Golo wohnt. Nach dem Kiez am Klausenerplatz hab ich noch immer Heimweh.« Seine Stimme schwankte, offenbar in der Erinnerung an alte Zeiten.

Anna horchte auf: »Ach, wann hast du denn da gewohnt?«

»Wann?« Otto berlinerte plötzlich: »Da war ick jung, zwanzig Jahre oder so! In den Siebzigern bin ick nach Berlin gekommen, Wehrdienstverweigerer, falls dir dit wat sagt, und bin gleich bei einem Kumpel im Klausener-Kiez jelandet. Mann, dit warn Zeiten!«

»Erzähl weiter«, ermunterte ihn Anna.

»Überall uralte kaputte Häuser leer oder mit Leuten, die schon immer da jewohnt haben und nicht rauswollten, außerdem Studenten, auch Radikale von den K-Gruppen oder Aussteiger. Da war wat los! Das Viertel sollte abgerissen werden, aber alle warn sich einig: die Pläne der ›Neuen Heimat‹ für den Kiez mussten bekämpft werden.«

Otto hatte sich in Rage geredet, Anna hörte interessiert zu, Golo weniger, er hatte Ottos Erinnerungschwelgereien schon mehr als genug über sich ergehen lassen müssen.

»Neue Heimat? Was war mit der?«, fragte Anna. Als Otto Luft holte, um angemessen detailliert auf die Frage einzugehen, welche Rolle die Wohnungsbaugesellschaft Neue Heimat bei der Sanierung des Viertels um den Klausenerplatz in den Siebziger Jahren gespielt hatte, protestierte Golo: »Ach nee! Nicht schon wieder!« und zu Anna gewandt: »Hör bloß auf, ihn zu fragen! Der findet nie ein Ende mit seinen Kiezgeschichten.«

Otto, leicht beleidigt, versicherte: »Ich will deine Freundin nur informieren über ein Kapitel der Berliner Geschichte, das ihr unbekannt ist, weil sie da noch gar nicht geboren war.«

Anna grinste: »Danke. Eine letzte Frage. Hast du damals auch gejazzt?«

»Ein bisschen. Wir hatten damals so ›ne Art Band, und 'ne Sängerin mit 'ner wirklich coolen Stimme. Aber die hörte bald wieder auf, hatte sich in so'n blöden Typen verknallt und ist dann nur noch mit dem 'rumgezogen. Ich kannte den auch, hatte sie noch gewarnt«, er grinste verschämt, »ick selbst war auch wahnsinnig in sie verknallt. Wir haben dann mit dem Jazz wieder aufgehört. War sowieso nichts Richtiges.«

Anna gratulierte sich, diesen so lebhaften und redewütigen und dazu noch sympathischen Zeitzeugen getroffen zu haben. »Deine Erinnerungen interessieren mich, Otto. Können wir uns nicht mal treffen? Du zeigst mir den Kiez und erzählst, wie es früher war.«
Otto nickte erfreut: »Klar! Ich bin pensioniert. Ich habe Zeit.«
»Was hast du denn beruflich gemacht?«
Golo und Otto grinsten um die Wette. Golo antwortete für ihn: »Er war Musiklehrer.«
»Ach, nee!«

Wieder war es Mitternacht. Dieses Mal meldete sich der Teilnehmer: »Was willst du?« »Frag nicht so blöde!« Gegen ihren Willen wurde die Frau von ihrem Hass überwältigt, der sich seit Jahrzehnten in ihr angestaut hatte. Sie riss sich zusammen: »Ich habe es dir gesagt. Entschädigung. Geld.« »Ich habe keins.« »Du hast dein Haus verkauft. Dieses Geld wirst du mir geben. Alles.« Dann legte sie auf.

4

Annas Singledasein war für kurze Zeit unterbrochen. Martin hatte um Ostern herum seinen Stundenplan und sonstige Verpflichtungen so organisiert, dass er eine ganze Woche zu Hause bleiben konnte.

Jetzt saßen sie auf dem Balkon, die Nacht war gekommen, daher hatten sie sich Jacken übergezogen. Die Kerzen brannten, sie leerten genüsslich ein Glas nach dem anderen von dem frischen Burgenländer Wein, den Martin mitgebracht hatte, und berichteten sich gegenseitig von ihrem augenblicklichen Leben. Die tagsüber so lebhaft befahrene Straße lag still da. Nur die Eichen vor dem Balkon und die Bäume im Park machten Geräusche mit ihren Blättern, wenn ein Wind sie bewegte.

Mit Max hatten beide am Nachmittag ausführlich über Skype telefoniert, viel von seinen Erfolgen in der besten Basketballmannschaft der Schule erfahren und von aufregenden Ausflügen mit seiner Gastfamilie, weniger von seinen schulischen Leistungen. Auf Nachfrage versicherte er wie so oft, die Anforderungen seien längst nicht so hoch wie die in seiner Schule in Berlin. Die Eltern waren zufrieden. Bei Kalli war ein Freund zu Besuch, der bei ihm schlafen würde. Anna hatte das Gefühl, dass die Familie fast wieder beisammen war, aber auch, dass die Zeit, in der die Kinder für immer aus dem Haus gingen, nicht mehr fern war.

Martin wollte Einzelheiten über die ungewöhnlichen Ereignisse der letzten Tage hören: »Wer käme denn als Dagmar in eurer Parkgruppe in Frage?«

»Keine Ahnung. Ehrlich gesagt, ist es mir mittlerweile ziemlich egal.« Anna zuckte mit den Achseln: »Komisch, mir fehlt die Lust, wie früher überall herum zu forschen und nachzufragen. Ich weiß nicht, ob die Parkfrauen wirklich die Wahrheit über ihr Leben erzählen. Sie kommen eigentlich alle in Frage, diese Dagmar zu sein, außer Patricia. Sie ist erst dreißig und nur in unserer Gruppe, weil sie arbeitslos ist. Aber selbst wenn unter den anderen die gesuchte Dagmar ist, was dann?«

Anna lachte leise: »Aber das habe ich dir noch gar nicht erzählt. Weißt du, wer in unserer Wohnung gewohnt hat?« Und als Martin angemessen neugierig guckte, fuhr sie fort: »Dunkle, fragwürdige Existenzen, Drogendealer vielleicht! Ich habe nämlich mit Frau Lehmann gesprochen. Sie wohnt seit 1972 in dem Haus. Kurz danach zog in diese Wohnung ein neuer Mieter ein, M. Müller laut Klingelschild. Er war extrem abweisend, grüßte kaum und hielt sich anscheinend selten in der Wohnung auf. Dafür gingen dort fremde Männer und Frauen ein und aus. Niemand wusste, was sie machten. Einmal erlebten die Hausbewohner sogar eine richtige Razzia, mit einem Riesen-Polizeiaufgebot, sogar mit Drogenhunden. Frau Lehmann hatte anscheinend keine Scheu gehabt, neugierig im Treppenhaus herumzustehen und alles genau zu beobachten. Sie erzählte, wie plötzlich massenhaft Streifenwagen mit Blaulicht vor dem Haus parkten, Uniformierte mit schusssicheren Westen die Treppen hochstürmten und an die Wohnungstür schlugen und ›Aufmachen! Polizei!‹ brüllten. Zwei Männer wurden schließlich mit Handschellen abgeführt. Die Durchsuchung der Wohnung dauerte noch stundenlang, erst nach Mitternacht kehrte wieder Ruhe im Haus ein. Am nächsten Tag traf Frau Lehmann allerdings einen von den Männern bereits wieder im Treppenhaus. Den andern hatten sie wohl dabehalten.«

»Verrückt!« Martin, angeregt durch Annas Schilderung, spann Frau Lehmanns Erinnerungen weiter aus: »Vielleicht war das hier aber auch eine konspirative Wohnung, angemietet von Terroristen oder ihren Sympathisanten. In den 70er Jahren soll es ja viele solcher Unterschlupfe gegeben haben. Stell dir vor, die saßen damals hier auf diesem Balkon, planten ihren nächsten Bankraub, kifften und ließen die Haschisch-Schwaden durch den Park wabern.« Anna lachte.

»Wie lange wohnten denn diese Mieter hier?«

»Das wusste Frau Lehmann nicht mehr so genau. Jedenfalls zogen sie Hals über Kopf aus. Die Plastiktüte mit dem Geld haben sie offenbar vergessen oder einfach zurückgelassen. Übrigens erzählte Frau Lehmann noch, dass in dieser Zeit im 4. Stock eine Wohngemeinschaft bestanden hat. Auch an die konnte sie sich gut erinnern. Die Wohnung gehörte einer Frau Lück, die alle nur Elke nannten, ungefähr Mitte vierzig. Frau Lehmann vermutete, dass sie wenig Geld, auch keinen richtigen Beruf hatte und vorwiegend von dem Geld der Untermieter lebte. Das waren immer Studenten, Männer und Frauen, die aber nicht weiter auffielen, auch nicht besonderen Lärm machten.«

»Auch noch eine WG«, freute sich Martin. »Da scheint ja damals richtig wildes 70er Jahre-Leben in unserm anständigen Haus geherrscht zu haben! Wie lange bestand denn die WG?«

»Wusste Frau Lehmann auch nicht mehr, ein paar Jahre. Irgendwann gab es einen Riesenkrach zwischen einem Elternpaar und dieser Elke. Die hat dann die WG aufgegeben und ist bald danach ausgezogen.«

»Also Terroristen und eine Wohngemeinschaft!« Martin atmete tief ein und schloss für einen Moment die Augen: »Ich spüre noch immer die gewalttätigen Energien, die von ihnen ausgegangen sind.« Dann blickte er aufmunternd seine Frau an: »Anni, verweigere dich nicht den vielen Fragen, die die Geschichte unseres Hauses dir stellt und die du beantworten musst! Z.B.: aus welchem Bankraub stammt das Geld unter der Schwelle, welche terroristischen Anschläge wurden in dieser Wohnung ausgeheckt, was geschah in der WG, wohnte dort vielleicht sogar eine Dagmar?«

»Hör auf!«, rief Anna lachend. »Du machst dich über mich lustig. Ich habe dir gerade gesagt, dass ich keine Lust mehr zum Recherchieren habe. Ab jetzt übernimmst du diese Nachforschungen.«

Bevor sich Martin zu diesem Vorschlag äußern konnte, klang durch die Dunkelheit und Stille ein leises »Hallo!« hinauf zum Balkon. Anna und Martin sprangen auf und schauten hinunter: »Golo, was machst du denn hier mitten in der Nacht?«

»Ich bin gerade vorbei gekommen und sah euer romantisches Candlelight. Habt ihr etwas dagegen, wenn ich kurz raufkomme?« Bei diesen Worten schloss Golo bereits sein Rad an.

Martin und Anna antworteten gleichzeitig: »Nein!« Anna rief laut hinterher: »Hier gibt's aber Null Romantik, Martin ärgert mich gerade.«

»Prima! Dann drück mal bitte einer auf den Knopf.«

Während Martin für Golo die Wohnungstür öffnete, holte Anna ein drittes Weinglas und stellte noch eine weitere Flasche kalt.

Mit einer Aktentasche in der Hand, ließ sich Golo in den Balkonsessel fallen und schaute sich wohlwollend um: »Klein, aber fein! Und euch störe ich gerade beim Zanken?«, freute er sich.

»Er hat mich veräppelt, aber das bin ich ja gewohnt.« Anna goss Golo den Rest der Flasche ein.

»Und, gibt's was Neues, Golo?« fragte Martin.

»Allerdings.« Golo setzte eine geheimnisvolle Miene auf: »Ich will euer Tête-à-Tête nicht zu lange stören, aber ich muss euch etwas Bizarres erzählen.«

Anna nickte gnädig: »Bitte!«

»Ihr wisst, in meiner Wohnung gibt es noch wie in alten Zeiten einen Hängeboden im Flur, mit einem hässlichen gestreiften Vorhang meines Vormieters, den ich eigentlich sofort austauschen wollte. Aber natürlich hängt der noch immer. Dahinter lagern meine beiden Koffer. Nun habe ich mir eine neue Gitarre gekauft. Die alte wollte ich vor die Koffer legen. Ich nehme mir also eine Leiter, …«

»Golo! Komm zur Sache!«

»Sofort, Frau Lehrerin!… steige hinauf und will die Koffer nach hinten schieben. Da höre ich ein Geräusch, als ob Papier zusammengeknüllt wird. Ich ziehe also die beiden Koffer wieder zurück und stelle sie auf den Flur. Dann versuche ich zu sehen, was in dem Hängeboden liegt, muss aber fast hineinkriechen und bekomme schließlich mit zwei Fingern etwas zu fassen.«

Golo schaute die beiden triumphierend an. »Ratet mal, was es war?«

Während Anna das Gesicht verzog: »Du nervst. Nun sag schon«, schlug Martin vor: »Vielleicht eine Hertie-Tüte mit alten DM-Geldscheinen?«

Golos schaute ihn verständnislos an: »Wie kommst du denn darauf?«

»Anna hat hier in unserer Wohnung unter der Schwelle so eine Tüte gefunden. Ich dachte, vielleicht liegt hier überall altes Geld herum.«

»Quatsch!« Golo war aus dem Konzept gebracht.

»Verdirb ihm doch nicht die ganze Spannung«, Anna schüttelte missbilligend den Kopf. »Golo, jetzt erzähl bitte.«

Geheimnisvoll von einem zum anderen blickend, öffnete er seine Tasche und warf einen dicken ausgefransten Aktendeckel aus grünlichverblichener Pappe auf den Balkontisch: »Hier!«

Martin: »Und?« Anna: »Was ist damit?« Golo: »Seht selbst!«

Anna griff zu und klappte den Deckel auf: »Es ist zu dunkel. Wir brauchen noch eine Kerze bzw. die Lampe«, und als Martin diese gebracht und angeknipst hat, hob sie das oberste Papier hoch.

»Ein Flugblatt! Aufruf zu einer Demo. In Riesenbuchstaben.« Sie las vor: »Heraus zur Massendemonstration gegen die undemokratische Bildungspolitik des Senats!«

Inzwischen hatten Martin und Golo sich so hingesetzt, dass sie ebenfalls auf die Papiere blicken konnten, in denen Anna jetzt blätterte.

»Da hat jemand Flugblätter gesammelt«, stellte Martin fest. »in den 70er Jahren, also in der Zeit der Studentenunruhen. Anscheinend von der Pädagogischen Hochschule, es heißt immer PH.«

»Es gibt doch gar keine PH in Berlin«, wunderte sich Anna.

Golo wusste Bescheid: »Aber es gab eine, in Lankwitz. Das weiß ich von Otto, der in den 70er Jahren an der PH studiert hat, Wahlfach Musik. Dort wurden Lehrer bis zur 10. Klasse ausgebildet, wie er sagte.«

»Weißt du, was aus der PH geworden ist?« fragte Martin.

»Sie wurde Anfang der 80er Jahre aufgelöst und die Fächer in die Universitäten integriert. Sieht so aus, als ob in meiner Wohnung früher ein PH-Student oder –Studentin gewohnt hat.«

Anna fuhr fort, die Papiere durchzublättern: »Interessant. Derjenige hat jedenfalls eine Menge aufgehoben, Flugblätter und Zeitungsausschnitte, auch handgeschriebene Notizzettel, Drucksachen. Hier sogar ein Foto.«

Sie betrachtete ein vergilbtes Polaroid-Foto: auf der Wand eines langen Flurs stand in großen schwarzen Buchstaben »Heistermann aufs Schafott«.

»Heistermann war der Rektor, der hatte offensichtlich nichts zu lachen.« Golo las die Überschrift eines ausgerissenen Tagesspiegel-Artikels vor: »Farbei traf PH-Rektor Heistermann«.

»Guckt euch das an!« Überrascht hielt Anna ein knallrotes Büchlein hoch, in der Mitte eingestanzt »Sozialistische Einheitspartei West-Berlin«. »Ein Parteiausweis der SEW! Ausgestellt auf Heribert Fisch, geb. 1952, Wohnort Seelingstraße. Deine Adresse, Golo! Der wohnte in deiner Wohnung!« Sie blickte die andern beiden mit großen Augen an: »Ein Stasi-Spion!«

Golo lachte: »Mindestens!«

»Spion ist ja wohl übertrieben«, Martin blieb gelassen. »Wann ist der Ausweis ausgestellt?«

Anna blätterte: »1975.« »Das war wahrscheinlich ein Student«, fuhr Martin fort, »der die kapitalistische Bourgeoisie bekämpfte und den

Sozialismus auch im Westen aufbauen wollte. Das passt bestens zu den kommunistischen Flugblättern in der Mappe.«

Schließlich, nachdem die drei den Inhalt des Aktendeckels durchblättert und sich so einen Überblick verschafft hatten, klappte Anna ihn zu: »Interessant! Wenn ich Zeit habe, werde ich das Ganze in Ruhe sortieren.«

Martin lachte sie aus: »Ich wusste, dass du nicht damit aufhören kannst.«

So oder so, die Drei waren sich einig, dass Anna feststellen sollte, ob sich unter den harmlosen Dokumenten vielleicht brisante Informationen befanden.

Erst spät bestieg Golo, etwas schwankend, sein Fahrrad und fuhr nach Hause, während Anna den graugrünen Ordner in die Schublade zu dem Geld unter der Schwelle legte.

Wie üblich kam der Anruf um Mitternacht: »Die erste Rate ist fällig. 20 000 €. Heute in einer Woche legst du das Geld um 18 Uhr auf eine Bank in den Tiergarten, und zwar auf die Bank am Steppengarten.« Bevor ihr Gesprächspartner sagen konnte: »Da habe ich keine Zeit« oder »Ich weiß nicht, wo das ist«, legte die Frau auf.

Vier Wochen waren vergangen, seit Anna die Tote auf der Bank gefunden hatte, als die Kommissarin Waldau anrief:

»Ich wollte Ihnen Bescheid sagen, Frau Kranz. Wir haben die Tote inzwischen identifiziert. Es ist die 64 jährige Maria Böhlau aus Langenhagen bei Hannover. Die Nachbarn wunderten sich, dass sie von ihrer Reise nicht zurückkam und eine Nichte hat dann eine Vermisstenanzeige erstattet. Frau Böhlau wollte ein paar Tage in Berlin verbringen, möglichst billig. Deswegen hat sie sich in einem Park eine Bank zum Schlafen ausgesucht, wie sie das schon öfter in anderen Städten gemacht hat.«

»Warum wurde sie aber ermordet, und dann auf so ausgeklügelte Weise?«, fragte Anna ratlos.

»Das wissen wir leider noch immer nicht. Es gibt bis jetzt kein Motiv für die Tat. Die Frau hatte keine Feinde, führte ein bescheidenes und vollkommen unaufregendes Leben, wie ihre Verwandten und Nachbarn aussagten. Niemand kannte sie in Berlin oder wusste, auf welche Bank sie sich legen würde.«

»Noch eine Frage, Frau Waldau«, sagte Anna. »Die Frauen aus unserer Dienstags-Arbeitsgruppe haben erzählt, dass Sie mit ihnen gesprochen hätten. Haben Sie dabei irgendwelche Unstimmigkeiten festgestellt?«

»Nein, mir ist nichts Ungewöhnliches aufgefallen, außer dass es unter diesen sechs Damen, hier in Berlin, nur eine einzige geborene Berlinerin gibt.«

»Ich weiß, Brigitte, und die stammt auch noch aus Ostberlin. Und die anderen?«

Die Kommissarin zögerte: »Eigentlich darf ich Ihnen gar nichts sagen. Also nur kurz: zwei von den Frauen lebten lange Zeit im Ausland, die eine in Südafrika, Kapstadt, sie ist vor ca. 10 Jahren nach Deutschland gekommen.«

Renate, dachte Anna. »Die andere in Argentinien«, redete Frau Waldau weiter, »bis zum Tod Ihres Mannes. Anschließend kam sie nach Deutschland.«

Anna fragte so beiläufig, wie möglich: »Welche Frau ist das?«

»Warten Sie«, die Kommissarin warf offensichtlich einen Blick auf die Aufzeichnungen der Gespräche, »Elisa Gonzales, sie ist argentinische Staatsbürgerin, hat hier aber wieder ihren Mädchennamen angenommen: Elisabeth Kolbe.« Dann fuhr sie fort: »Eine ist zu jung als Freundin der Toten«. Patrizia, dachte Anna, jetzt noch Lydia und Christiane. »Dann noch zwei Frauen, die in ihrem Leben an verschiedenen Orten in Westdeutschland gewohnt haben, bis sie in Berlin gelandet sind, beide verwitwet. Übrigens sind alle Frauen alleinstehend. Aber das wissen Sie sicher.«

»Ja, vielen Dank Frau Waldau.«

»Wir bleiben im Kontakt«, versicherte Frau Waldau. »Auf Wiedersehen, Frau Kranz.«

Konsterniert blieb Anna mit dem Telefon in der Hand am Schreibtisch sitzen. »Elisa Gonzales«, diesen klangvollen Namen hatte sie noch nie gehört. So sollte ausgerechnet ihre Parkfreundin Elisabeth heißen? Die, ihrem Alter entsprechend, graue Haare und Übergewicht hatte, bisweilen unter Rückenschmerzen litt, aber trotzdem jeden Dienstag treu zur Parkarbeit kam? Anna konnte es kaum glauben. Noch nie hatte Elisabeth ihr Leben in Argentinien auch nur in Andeutungen erwähnt.

Allerdings, stellte Anna fest, hatte sie kaum über sich gesprochen, nur einmal über Schleswig-Holstein und dem Dorf, wo sie aufgewachsen sei und dort schon als Kind Gartenarbeit geliebt hätte. Das musste nicht der Wahrheit entsprechen. Elisabeth hatte das Recht und sicher gute Gründe, einzelne Abschnitte ihrer Lebensgeschichte je nach Bedarf zu verändern oder zu verschweigen.

5

Otto hatte bereits zweimal bei Anna angerufen, wann sie endlich ihren gemeinsamen Spaziergang durch seinen alten Kiez machen wollten.

»Im Moment ist es ganz schlecht, ich bin total ausgebucht«, wimmelte Anna ihn ab. »Du weißt selbst, wie viel Vorbereitungen gerade für Musikstunden nötig sind.«

»Ja, ja, ja!«, brummelte Otto, »ich habe doch nur gefragt!«

»Also wenn ich eine Lücke im Kalender finde, melde ich mich. Versprochen! Übrigens kennst du aus deiner Zeit im Kiez einen Heribert Fisch?«

»Nee«, war die kurze Antwort, »blöder Name! Bis dann!«

Als Anna dann tatsächlich einmal eine Lücke im Kalender hatte, nahm sie sich endlich, wenn auch mit schlechtem Gewissen Otto gegenüber, die Mappe von Golo vor, die weit mehr ihre Neugier erregte als Ottos Reminiszenzen.

Da auf ihrem Schreibtisch nicht nur ihr Laptop Platz wegnahm, sondern sich auch aktuelle Schulsachen stapelten, setzte sie sich mit dem Ordner an den großen Esstisch in der Küche und schlug ihn auf. Just in diesem Moment klingelte das Telefon, Otto!

»Ich will dich gar nicht stören bei der Arbeit, aber mir ist etwas eingefallen. Du hattest mich neulich nach Heribert Fisch gefragt. Natürlich kannte ich den, er wohnte ja mir gegenüber und studierte ebenfalls an der PH. Er ließ sich aber nur Berry nennen, daher sagte mir neulich sein Name nichts.«

»Tausend Dank, Otto! Das finde ich unheimlich nett, dass du extra angerufen hast.«

»Schon gut«, meinte Otto, »dieser Berry war übrigens ein ziemlich blöder Typ und furchtbarer Angeber.«

Anna versprach, sich bald mit ihm zu verabreden, dann legten sie auf.

Es war schwieriger, eine Ordnung in dem ganzen Wust herzustellen, als sie vermutet hatte. Sie begriff, ohne die Flugblätter, Terminpläne, Aufrufe zu Demonstrationen, Zeitungsartikel usw. zu lesen, wenigstens diagonal, konnte sie kaum sortieren. Wie sie beim ersten Sichten festgestellt hatten, bezogen sich die Papiere fast alle auf die Situation an der PH und zwar, wie sie jetzt sah, auf den Zeitraum zwischen 1973 und 1975. Es ging um Widerstand und Kampf gegen die vorgegebene Struktur des Studiengangs. Ein radikaler, kommunistisch orientierter Teil der Studenten bekämpfte mit Störungen und Streiks vor allem den »reaktionären Löfflerplan« und überhaupt die «reaktionären Novellierungspläne des SPD-Senats«, wie auch immer die aussahen. Geführt wurden diese Kämpfe, das wurde schnell klar, von kommunistischen, den sogenannten K-Gruppen. Davon gab es eine ganze Menge.

»Zum Kampf gegen die Verbotsanträge gegen KBW, KPD und KPD/ML...«.

»Angriff der Kapitalistenklasse auf die Organisationsfreiheit der Arbeiterklasse... KSG...«

Spaßeshalber begann Anna auf einem Zettel die Großbuchstaben zu sammeln und registrierte im Laufe ihrer Lektüre zehn unterschiedliche K-Gruppen, die sich untereinander zeitweise heftig zu bekämpfen schienen: KBW – KSG (MLHP) – KHG – KSB/ML – KPD/ML – KJV – KPD – KB – KPD-AO – KSV. K stand natürlich für kommunistisch, auch die Bedeutung der anderen Buchstaben konnte man sich meistens denken.

Von der KSV-Zelle Erziehungswissenschaft/Didaktik z. B. las sie folgendes Flugblatt:

»...Im Verlauf unseres Kampfes...haben wir erfahren, zu welchen Mitteln die Bourgeoisie zu greifen bereit ist, wenn es um die Durchsetzung ihrer reaktionären Interessen geht. Keine Täuschungs- und Spaltungsmanöver, ja selbst der brutale Bulleneinsatz vermochten es unsere Kampfbereitschaft und Solidarität zu brechen. Im Gegenteil, die Verschärfung der Widersprüche läßt immer mehr Kommilitonen den reaktionären Charakter der Bildungspolitik der SPD-Regierung erkennen, entlarvt das Reformgeschwätz der SPD-Demagogen und all ihrer Handlanger!«

Zum Schluss wurde eine Schulung im Marxismus-Leninismus angeboten, jeden Sonnabend von 10.00 – 12.00 Uhr.

Interessant war das Infoblatt über »Semesteragitation«. Dort war eine Liste erstellt, wann genau und wo die Veranstaltungen der einzelnen Fächer gestört werden sollten, auch die Themen wurden vorgegeben, mit denen die »Wahlfachaktiven« die Sitzung sprengen sollten.

Daneben gab es viele Zettel mit Terminen für Abteilungsversammlungen, Vollversammlungen, Diskussion über Notstandsgesetze, über HRG, wahrscheinlich Hochschulrahmengesetz, über HIS-Projekt (nie gehört), Integrierte Lehrerbildung usw. und immer wieder Einladungen zu marxistisch-leninistischen Schulungen, Aufrufe zum Widerstand und gemeinsamen Kampf mit der Arbeiterklasse gegen den Imperialismus und Monopolkapitalismus usw. usw.

Anna legte leicht ermüdet die Blätter beiseite. Was für eine Zeit! Heute ist es kaum zu verstehen, dass diese Studenten, wahrscheinlich vorwiegend gutbürgerliche Wohlstandskinder, die einen Arbeiter selten von nahem gesehen hatten, in dem restriktiven System des Kommunismus ihr Ideal sahen, das dann wenige Jahre später unterging.

Die Überschrift eines Zeitungsartikels des Tagesspiegels von 1973 machte Anna wieder munter: »Die Politik und Taktik der SEW-nahen ›Aktionsgemeinschaften von Demokraten und Sozialisten‹ (ADS)«. Der SEW-Ausweis von Heribert Fisch war ihr eingefallen. Noch einen zweiten ähnlichen Artikel fand sie, diesmal aus der Frankfurter Allgemeinen Zeitung, »Die SEW läßt ihre Tarnung fallen«.

Sie überflog beide Artikel: schon damals war bekannt, dass die SED über ihren Ableger SEW in West-Berlin auf die linksextreme Szene »sowjetkommunistischer Prägung« an den Hochschulen erheblich Einfluss nahm und diese unterstützte, ideologisch und finanziell. Die SEW-Hochschulgruppe arbeitete eng mit der »Aktionsgemeinschaft« zusammen. In dem Tagesspiegel-Artikel hieß es, dass die SED außerdem Spitzel in die Studentenschaft einschleuste, die für die kommunistische Ideologie warben, offenbar mit einigem Erfolg. Wie intensiv die kommunistische Unterwanderung des Westens durch die DDR wirklich war, dachte Anna, hatte sich ja erst nach der Wiedervereinigung herausgestellt. Der Fall Kurras war das beste Beispiel. Anna blätterte den Ausweis von »Berry« durch, dem sie aber leider nicht ansehen konnte, ob er West-Berliner Bürger oder Ost-Agent war.

Zwischen den Papieren fischte sie noch ein verblasstes, rotstichiges Farbfoto von einer Studentengruppe heraus, die sich, mit Bierflaschen und Zigaretten in der Hand, auf einer Matratze hingelümmelt hatte. Gesichter waren nicht zu erkennen.

Anna hatte aufgehört, die letzten, noch nicht durchgesehenen Papiere, von denen sie nichts Neues erwartete, zu sortieren. Sie wollte zum Schluss kommen und sie einfach zu den anderen legen. Aber plötzlich stutzte sie und starrte auf ein gelbliches, irgendwo herausgerissenes Blatt mit hingeschmierten handschriftlichen Notizen. Oben links, quasi wie eine Überschrift, stand »Daggi«. Anna hatte nicht nur Mühe, die Worte zu entziffern, sondern vor allem zu glauben, was sie da las:

»Genau beobachten und in Erfahrung bringen:
ob kontaktfreudig – verschlossen – wortkarg – unsicher – vereinsamt usw.–
Drogenprobleme
welche familiäre Situation
außereheliche Beziehung

wie finanzielle Lage
welche Interessen
welche politische Orientierung usw. usw.«
B.«

Sie lehnte sich auf dem Küchenstuhl zurück und betrachtete ihren Fund. Das ist eine Anleitung zum Bespitzeln! Ihre Augen fixierten das B. Bedeutete das B = Berry? Der ziemlich blöde Typ und furchtbare Angeber? Zu schön, um wahr zu sein.

Das würde nämlich bedeuten, Berry kennt Daggi, Otto kennt Berry und daher vielleicht auch Daggi. Auf diese Weise würde Anna vielleicht etwas über eine Daggi der 70er Jahre erfahren. Ob diese mit der von der Toten im Park gesuchten Dagmar identisch ist, war allerdings ungewiss.

Ich will Otto fragen, ob er Berrys »Daggi« kennt, dachte Anna und griff zum Telefon. Aber Otto war nicht zu erreichen.

6

Am nächsten Dienstag, an dem Tag, an dem die Gruppe des Bürgervereins regelmäßig Parkarbeit machte, war der Himmel bedeckt und Anna sah aus dem Küchenfenster, wie sich hinter den Dächern der Häuser dunkle Regenwolken zusammenballten. Trotzdem entschloss sie sich zum Vereinsschuppen zu gehen, ihrem Treffpunkt im Park. Hier bewahrten die »Bürger« ihre Arbeitsgeräte auf und alles andere, was sie im Laufe des Jahres für die verschiedensten Anlässe benötigten, wozu spontane Zusammenkünfte oder langfristig vorbereitete Sommerfeste gehörten. Annas Erwartung, dass noch einige andere zur Parkarbeit kommen würden, erfüllte sich, nicht aber, dass sich die Wolken verziehen. Kaum hatten sie mit ihrer Arbeit angefangen, begann es heftig zu regnen, so dass sie die Geräte und ihre Taschen in die Karre warfen und in den Schuppen flüchteten.

Geschützt im Trockenem an der Tür stehend, ließen sie einen Moment schweigend das zeitlos malerische Bild auf sich wirken, das die Natur ihnen bot: der gleichmäßig rauschende Regen, der menschenleere Park, die Wiesen, die das Wasser aufsaugten und dahinter der dunkelgraue See, kaum sichtbar hinter dem Regenschleier.

»Der Natur tut es gut«, sagte Brigitte halblaut, »und der See hat unbedingt Frischwasser nötig, so niedrig, wie in letzter Zeit sein Stand war.«

»Wie ist es?«, fragte Renate, »wollen wir noch irgendwo einen Kaffee trinken gehen? Statt Arbeit mal gemütlich zusammensitzen?«

Robert, der freiberufliche Architekt, schüttelte sofort den Kopf: »Tut mir leid, für so was habe ich keine Zeit. Ich geh wieder ins Büro, mein Schreibtisch ist brechend voll. Tschau allerseits!« Er zog die Kapuze über den Kopf und stürzte sich in den Regen.

»Nimm den Schirm!«, rief Anna ihm hinterher. »Nee, danke!« Weg war er.

»Wenn wir jetzt zum Piano-Café gehen, werden wir klitschnass. Wollen wir nicht hier unsern Kaffee trinken?«, schlug die praktische Brigitte vor.

»Gute Idee!« Von den Biergartenmöbeln des Vereins hatten die vier Frauen im Nu einen Tisch und eine Bank an der Tür des Schuppens aufgestellt, die Kaffeemaschine angeworfen und Plastikbecher bereitgelegt. Wenig später saßen sie nebeneinander, tranken ihren Kaffee und schauten wieder in den Regen: »Besser als Fernsehen«, meinte Brigitte.

»Warum ist eigentlich Christiane nicht gekommen?«

»Sie hat bei mir angerufen. Arzttermin«, erwiderte Elisabeth.

»Suchst du eigentlich noch immer diese ominöse Dagmar?« wandte sich Brigitte an Anna.

Diese nickte: »Nicht mehr so intensiv. Aber ich wüsste gern, wer das ist.«

»Wir haben ja alle mit der Kommissarin gesprochen«, fuhr Brigitte fort, »ich hatte den Eindruck, dass für sie diese Dagmar nicht so wichtig war. Schließlich hat sie ja die Frau nicht ermordet.«

»Woher weißt du das?« Alle schauten verwundert zu Elisabeth, die in ungewöhnlich hartem Ton sprach: »Das kannst du überhaupt nicht beurteilen. Du hast keine Ahnung von den Hintergründen.«

»Entschuldige schon.« Brigitte schwieg beleidigt.

»Wenn man nicht weiß, was wirklich passiert ist, darf man kein Urteil sprechen, sonst werden die falschen Personen verdächtigt bzw. freigesprochen«, erklärte Elisabeth mit Nachdruck.

»Hast du damit Erfahrung?«, fragte Anna neugierig und als die Parkfreundin schwieg, hakte sie nach: »Bist du selbst mal fälschlich beschuldigt worden?«

»Allerdings«, antwortete Elisabeth, ihre Lippen zitterten. Plötzlich standen sogar Tränen in ihren Augen. Anna legte die Hand auf ihren weichen Arm: »Das tut mir leid, ich wollte dich nicht zum Weinen bringen.«

Elisabeth schluckte und zog abrupt ihren Arm weg. »Dir ist doch egal, was ich fühle.« Sie schaute Anna böse an: »Du willst mich nur aushorchen. Du mit deiner unerträglichen Neugier! Das Einzige, was dich wirklich interessiert, ist, wer von uns diese Dagmar sein könnte.«

Sie blickte wieder in den Regen und ehe Anna reagieren konnte, fuhr sie in demselben Ton fort: »Ich kann diese Dagmar gar nicht sein. Ich bin in Buenos Aires geboren und erst seit ein paar Jahren in Berlin. Mein argentinischer Name ist Elisa Gonzales, hier in Deutschland habe ich meinen Mädchennamen wieder angenommen«, und mit einem kalten Blick auf Anna: »Aber das weißt du sicher alles schon von deiner Kommissarin, so dicke, wie du mit der bist.«

Stille. Renate und Brigitte schauten erst sich betreten an, dann zu Anna.

Diese war so verblüfft über Elisabeths unerwarteten Ausbruch, dass es ihr einen Moment die Sprache verschlug. Dann lächelte sie und in der Hoffnung, Elisabeths Feindseligkeit zu mildern, antwortete sie in einem völlig entspannten Ton: »Entschuldige! Aber du irrst dich. Mir selbst ist die Suche nach dieser Dagmar inzwischen nicht mehr so wichtig. Vielleicht liegt mein Interesse an dem Fall daran, dass ich die Tote gefunden habe. Und dass ich immer noch glaube, diese Dagmar könnte uns eine Erklärung liefern für diesen seltsamen Todesfall. Inzwischen jedoch denke ich auch, man kann alles der Polizei überlassen.«

Elisabeth ging nicht auf Annas Friedensangebot ein. Sie stand auf, ergriff ihre Tasche und sagte, ohne jemanden anzublicken: »Ich habe der Kommissarin nicht alles erzählt. Ich stamme aus einem Dorf in Schleswig-Holstein und bin erst in den 70er Jahren nach Argentinien gegangen. Vielleicht bin ich ja doch die Dagmar.« Mit einem »Adios!« trat sie hinaus in den Regen.

Der Regen hatte endlich aufgehört. In Gedanken versunken machte sie sich auf den Heimweg. Das Gespräch im Schuppen hatte sie beruhigt. Annas Interesse an dem Fall Dagmar schien geschrumpft zu sein. Offenbar war sie ihrer jahrelangen Detektivarbeit überdrüssig geworden.

Dagmar! Wie sie diesen Namen, diese Person hasste! Die sollte tot sein! Seit mehr als vierzig Jahren war sie nicht mehr diese Frau, führte ein anderes Leben, trug einen anderen Namen. Selbst ihren Bruder, ihren einzigen Vertrauten, hatte sie gezwungen, sie nur noch mit dem neuen Namen anzusprechen, auch wenn sie allein waren. Alles vergeblich. Dagmar existierte wieder, war, Ironie des Schicksals, auferstanden aus Ruinen. Aber sie konnte nicht darüber lachen.

Zuhause angekommen war ihr erster Gang in die Küche. Sie brauchte jetzt dringend eine Tasse Kakao. Auf das Tablett legte sie zu dem Kakaobecher noch Schoko-Kekse, mit schlechtem Gewissen zwar, aber die Gier nach Süßem überwältigte sie wie so oft. Gerd hat Recht, dachte sie, diese Sucht hat psychische Ursachen. Aus der Sprühdose türmte sie noch einen Berg Schlagsahne auf den Kakao, jetzt war sowieso alles egal, und trug das Tablett ins Wohnzimmer.

Sie, die ehemalige Dagmar, trank ein paar Schlucke und atmete durch. Tat das gut!

Bewegungslos saß sie auf dem Sofa, ihre Gedanken machten sich selbständig, gingen zurück in die Zeit ihrer Kindheit und Jugend. Nein, dachte sie, nicht alles an der alten Dagmar und ihrem Leben war hassenswert.

Dann stand sie auf, ging zu dem großen Wohnzimmerschrank, kniete sich unter Stöhnen und Ächzen davor auf den Boden und zog aus der hintersten, untersten Ecke ein Fotoalbum hervor, vergilbt und verstaubt. Seit Jahrzehnten hatte sie keinen Blick mehr auf die Bilder geworfen.

Sie schlug das Album auf. Die Kinderbilder mit den Eltern und dem Bruder Gerhard blätterte sie schnell durch, bis sie zu denen aus ihrer späteren Schulzeit kam. An einem Foto zweier junger Mädchen, die aufgekratzt in die Kamera blödelten, blieb ihr Blick hängen. Dagmar und Marion, die besten Freundinnen!

Beide stammten aus zwei benachbarten Dörfern in Hessen, gingen später in dieselbe Klasse eines Mädchen-Gymnasiums in Kassel, Treffpunkt höherer Töchter der Umgebung. Dagmars Vater, als Inhaber einer bekannten Anwaltskanzlei, gehörte zu den Honoratioren der Stadt, war seit Jahren Rotarier und Mitglied anderer exklusiven Clubs.

Marion dagegen war die Tochter eines kleinen Landwirts, der sich für sie durch diesen Schulbesuch einen Aufstieg in bessere Kreise erhoffte.

Im Gegensatz zu den meisten anderen Klassenkameradinnen bekam Marion zwar wenig Taschengeld, so dass sie sich selten die angesagten Kleidermarken kaufen konnte, die gerade in waren. Aber Marion besaß andere Qualitäten, deren sie sich durchaus bewusst war. Sie sah gut aus mit ihrer schlanken Gestalt, dem schmalen Gesicht und den graugrünen Augen. Schon früh scharten sich die Jungen um sie, kichernd erzählte sie anschließend der neugierigen Dagmar, wie sie sie abblitzen ließ bzw., was sie gestattete. Da Marion nur eine mittelmäßige Schülerin war und wenig Interesse an der Schule hatte, Dagmar dagegen leicht lernte, ergänzten sie sich auch auf diesem Gebiet. Viele Situationen, im Unterricht und bei Klassenarbeiten, konnte Marion dank Dagmars routinierter Hilfe im Vorsagen erfolgreich bewältigen. Und wenn Dagmar mit ihrem Aussehen haderte, mit der gedrungenen Figur und dem runden Gesicht, dann streichelte Marion über Dagmars schöngelockte braune Haare und zeigte auf ihre langweiligen blonden Strähnen.

Auch in einem anderen Punkt stimmten die Freundinnen völlig überein. Von Jahr zu Jahr wuchs in ihnen der Drang, auszubrechen aus der engen, niedersächsischen Provinz, aus ihrem winzigen Dorf und vor allem weg von ihrem spießigen Elternhaus. Wie viele Gleichaltrige, verfolgten die beiden Mädchen mit zunehmendem Alter Ende der 60er Jahre mit Spannung und wachsender Anteilnahme die Berichte in den Medien über die Studentenkrawalle im ganzen Land und besonders in West-Berlin.

Dagmar erinnerte sich noch genau, wie die Idee, nach Berlin zu gehen, in ihrem Denken Gestalt annahm und ihr bewusst wurde, dass ausgerechnet die eingemauerte Halbstadt ihr den ersehnten Freiraum bieten könnte. Dort würde sie nicht nur ein selbstbestimmtes Leben führen, sondern auch mit gleichgesinnten Studenten das ganze bürgerliche Establishment bekämpfen können, also auch ihren harten, autoritären Vater.

Dagmar und Marion warteten damals nach der Schule wie gewöhnlich an der Bushaltestelle am Stadtrand auf den Schulbus, der sie zurück in ihre Dörfer bringen sollte. Wenig später kamen die Jungen, Schüler des Jungen-Gymnasiums, unter ihnen ihr Bruder Gerhard.

Während sie herumstanden, laut ihre Erlebnisse vom heutigen Schultag austauschten, Jochen damit prahlte, wie er den besonders konservativen Mathe-Studienrat Schmidt wieder mit frechen linken Sprüchen so auf die Palme gebracht hatte, dass er vor Wut rot anlief, begann Uwe zu skandieren und alle fielen begeistert ein: »Ho Ho Ho Chi Min! Ho Ho Ho Chi Min!«

Das rhythmische Gegröle schallte nicht nur über Felder und Wald, sondern auch in die danebenliegende Reihenhaussiedlung. Genervt richtete sich eine Frau auf, die mit hochrotem Gesicht ihr Gemüsebeet bearbeitete, und rief: »Müsst ihr immer solchen Lärm machen?«

»Das ist kein Lärm, das ist Politik!«, schrie Uwe zurück. Die anderen wieherten vor Lachen.

»Gestern in der Tagesschau!«, fragte er in die Runde. »Habt ihr gesehen? Die Demo mit Rudi Dutschke? Gegen den Vietnamkrieg?«

»Klar«, lachte Gerhard, »mein Vater hat vor dem Fernseher so herumgebrüllt, dass ich sehen wollte, warum er sich so aufregt. Er schrie, dass diese Parasiten der Gesellschaft, dieses ganze Kommunistenpack eingesperrt werden müsste und dazu die ganze SPD-Regierung, die allein daran schuld sei.«

Die anderen feixten, bei ihnen zu Hause hatten sich ähnliche Szenen abgespielt.

»12 000 sollen mitgemacht haben! Wahnsinn!« Uwe schaute die Freunde mit glühenden Augen an: »Wie die über den Kudamm vorwärts gestürmt sind, in langen Reihen, untergehakt, und dann immer dieses rhythmische Klatschen und diese Sprechchöre!« Breitbeinig stand er da und, während er die Luft mit rhythmischen Faustschlägen traktierte, skandierte er wieder, diesmal: »USA – SA –SS!« und »Amis raus aus Vietnam!«

Erneut schrie die Frau. »Geht das wieder los? Ich werde mich bei eurer Schule beschweren. Dann fliegt ihr alle!«

Aber niemand beachtete sie.

Uwe fuhr fort: »Das klang so irre! Und die Bullen immer nebenher! Die dürfen nichts machen!« Dann fast melancholisch: »In Berlin müsste man wohnen.«

Inzwischen hatten sich Dagmar und Marion wie gewöhnlich auf der Bank der Bushaltestelle niedergelassen und begannen routiniert ihre tägliche Metamorphose. Sie bürsteten ihre offenen langen Haarmähnen und flochten sie zu artigen Zöpfen, die sie sich dann ebenso artig rund um den Kopf feststeckten. Dagmar zog anschließend einen kleinen Spiegel und ein Tempo-Taschentuch aus der Tasche und wischte sich die leuchtendrote Farbe von den Lippen. »Gemein«, seufzte sie, »der Stift war so teuer.« Dann, nach einem Blick in den Spiegel: »Aber die Wimperntusche lass ich drauf. Die merkt der Alte gar nicht.«

»Wenn ich mein Abi schaffe, gehe ich nach Berlin und studiere da.«

»Was?« Schlagartig drehten sich alle nach Klaus um, der etwas abseits stand und ihnen jetzt triumphierend in die Augen blickte.

Ein Moment verblüfftes Schweigen, dann meinte Gerhard: »Kannst du gar nicht! Du musst erst zum Bund!«

»Muss ich nicht!« trumpfte Klaus auf: »Ich werde eben Berliner.«

»Als ob das so einfach geht.«

»Natürlich geht das einfach! Das machen die meisten, jedenfalls alle, die nicht zur Bundeswehr wollen. Berliner haben einen Sonderstatus und werden nicht eingezogen.«

»Das stimmt! Mein Cousin in Berlin muss nicht zur Bundeswehr«, mischte sich Uwe ein. »Ganz schön ungerecht.«

»Kann jeder einfach so Berliner werden?«, fragte Dagmar interessiert, während sie ihr Kosmetiktäschchen in ihrer Mappe verschwinden ließ.

»Klar! Wenn du da hinziehst und wohnst.« Klaus schaute sie verliebt an: »Komm mit!«

Das Mädchen lachte. »Sofort, wenn es nach mir ginge, aber das erlaubt mein Vater nie!«

»Vielleicht doch. Oder du musst eben warten, bis du 21 bist.«

Dagmar stöhnte: »O Gott! Noch fünf Jahre! Das halte ich nicht aus!«

»Aber deine Mutter erlaubt es, oder?« fragte Wolfgang. Alle wussten, dass der Vater von Klaus vor Jahren die Familie verlassen hatte.

Klaus nickte: »Ich glaube, die ist froh, dass sie mich los ist«; meinte er.

»Der Bus kommt!« rief jemand. Alle griffen nach ihren Schultaschen.

»Du musst noch deinen Rock verlängern«, erinnerte Dagmar ihre Freundin.

»Danke!« Marion verdrehte die Augen und zog ihren Rock zu einer züchtigen Länge herunter, mit der sie dem Vater unter die Augen treten konnte.

Pünktlich zwei Minuten vor 18 Uhr stellte Frau Rechtsanwalt Kunze im mit schweren Eichenmöbeln ausgestatteten Esszimmer ihres Eigenheimes die Kartoffeln neben die Koteletts und das Gemüse auf den Tisch und rief: »Kinder, wascht euch die Hände, das Essen ist fertig, der Vati kommt gleich.«

Da hörte sie auch schon den Schlüssel im Schloss und eilte zur Tür. Ein kurzer Blick auf ihren Mann genügte: Schlechte Laune pur, schade um ihr Essen, an dem er heute wieder nur herummäkeln würde. Trotzdem aß er immer riesige Portionen, was man ihm allmählich ansah. Er wird dick, dachte sie emotionslos.

Während sie ihm aus dem Mantel half und fragte »Wie war dein Tag, Werner?«, kamen Gerhard und Dagmar die Treppe heruntergepoltert.

»Nicht so laut!«, donnerte RA Kunze seine Kinder an und zog genervt die Stirn in Falten. »Wenn ihr einmal auf mich Rücksicht nehmen würdet! Ich habe einen verflucht anstrengenden Tag hinter mir.«

»Tolle Laune wieder«, murmelte Gerhard zu seiner Schwester und wartete hinter seinem Stuhl, bis der Vater sich gesetzt hat.

Schweigend schaufelte sich dieser den geschmorten Kohlrabi in den Mund. »Ziemlich holzig«, brummte er, dann, nach einer kurzen Pause:

»Nichts als Ärger in der Kanzlei. Ich schmeiß den Finke raus!« Der Vater hob den Kopf und schaute aufgebracht seine Frau an: »Dieser Idiot hat neulich im ›Wilden Hirsch‹ herumposaunt: ›Die Krähen sind die Juden unter den Vögeln! Die muss man alle vergasen.‹ Wie kann man heutzutage noch so was laut sagen, selbst wenn's stimmt.« Wütend stach er mit der Gabel in das Fleisch.

Er schluckte den Bissen hinunter und fuhr erbost fort: »Einer hat ihn angezeigt. Ich soll Finke jetzt raushauen! Nee!« Er nahm einen Schluck Bier: »So einen Co kann ich nicht gebrauchen. Statt dass er mir dankbar ist, dass ich ihn damals trotz seiner braunen Vergangenheit als Partner aufgenommen habe! Nee, nun ist Schluss!«

Während er sprach, fiel sein Blick auf den Sohn. Abrupt stellte er das Bierglas hin: »Wie du wieder aussiehst!«, schimpfte er, und angeekelt: »Ungekämmt und diese langen Haare! Wie diese… diese…«

»Beatles«, wollte Dagmar ihm einhelfen, aber sie schwieg. Sollte er sich doch selbst die Namen von den Leuten merken, die er verabscheute.

»Nimm Dir ein Beispiel an deiner Schwester«, fuhr der Vater fort. »Die sieht ordentlich aus mit ihren Zöpfen und den blanken Augen.«

Die Wimperntusche, wenn der Alte wüsste! Dagmar musste sich zusammenreißen, um nicht loszulachen. Vorsichtshalber stieß sie ihren Bruder unter dem Tisch an, obwohl sie wusste, dass er nie ihre Umkleideaktionen vor und nach der Schule verraten würde.

Sie reagierte mit einem künstlichen Lächeln: »Danke, Vati.« »Heuchlerin!«, flüsterte ihr Bruder grinsend.

Der Vater gab keine Ruhe: »Morgen gehst du zum Friseur! Da kommt alles runter!« Dann widmete er sich wieder seiner Mahlzeit.

»Ich gehe nicht Friseur«, widersprach Gerd.

Wie erwartet hob der Vater gereizt den Blick. »Was fällt dir ein! Natürlich gehst du, wenn ich das sage.«

»Nein!« Gerd beugte ostentativ den Kopf über den Teller, so dass seine Haare wie ein Vorhang sein halbes Gesicht verdeckten.

Die Provokation hatte Erfolg: »Das ist ja widerwärtig, wie deine fettigen Haare ins Essen baumeln«, regte sich der Vater auf, bereits hochrot im Gesicht. Dann drohend: »Du gehst zum Friseur! Oder ich schneide dir deine Zotteln eigenhändig ab!«

»Das darfst du gar nicht. Meine Haare gehören mir.«

»Ich darf alles!«, jetzt brüllte der Vater: »Und solange du deine Füße unter meinen Tisch stellst, hast du zu gehorchen.«

»Möchtest du noch ein Stückchen Fleisch?«, versuchte die Mutter die Lage zu entspannen, aber sie wurde nicht gehört.

Jetzt mischte sich Dagmar in das Gespräch:

»Also ich habe mir überlegt, ich will Lehrerin werden. Das kann man am besten in Berlin studieren, hat Frau Meinhard heute in Deutsch gesagt, weil dort die größte und beste Pädagogische Hochschule der Bundesrepublik ist. Deswegen werde ich nach dem Abitur nach Berlin gehen. Wenn ich darf«, fügte sie noch schnell hinzu.

Gerd staunte: alle Achtung! Wie die lügen kann und wie langfristig sie plant. An ihrem Redebeitrag war nur eines wahr, dass sie unter allen Umständen hier weg und in Berlin leben will. Schon jetzt beginnt sie, die Eltern darauf vorzubereiten.

Die Mutter fragte überrascht: »Lehrerin? Davon weiß ich ja gar nichts. Ich denke, du wolltest Sekretärin werden.«

Bevor Dagmar antworten konnte, kam Gerd ihr zu Hilfe: »Mein Freund Klaus macht in diesem Jahr das Abitur. Der will anschließend auch in Berlin studieren. Das ist heute ganz normal. Und es stimmt: die Berliner Universitäten sind wirklich die besten.«

»Jetzt reicht's!« Der Vater fuchtelte mit dem Messer in Richtung Gerd. »Die wollen alle nur nach West-Berlin, um sich vor dem Wehrdienst zu drücken! Das ist Kriegsdienstverweigerung! Das nennst du normal?« Dann leiser, aber entschieden: »Das sage ich dir: Mein Herr Sohn geht zum Bund, ob er will oder nicht und lernt den Dienst an der Waffe. Und parieren!«

»Wenn wir volljährig sind, machen wir sowieso, was wir wollen«, bemerkte Dagmar halblaut.

»Werd du nicht auch noch frech. Ich dachte, du wärst vernünftiger als dein Bruder.«

Unterdessen hatte die Mutter den Nachtisch hereingebracht, vier Schüsselchen mit Roter Grütze und Vanillesoße, und verteilte sie.

»Danke! Mir ist der Appetit vergangen.« Noch immer aufgebracht schob der Vater seinen Nachtisch beiseite und erhob sich.

Gerd stand ebenfalls auf und blickte ihm unerschrocken in die Augen: »Als Jurist müsstest du eigentlich wissen, dass du mir den Bund nicht befehlen kannst. Niemand darf gegen seinen Willen zum Wehrdienst gezwungen werden. Steht im Grundgesetz.«

Von drei Seiten wurde er zum Schweigen gebracht.

Der Vater brüllte: »Ich kann! Und wie ich kann!« und ging ins Wohnzimmer.

Die Mutter sagte unwillig: »Nun lass ihn in Ruhe! Du weißt doch, wie er ist«, trug die vier Rote Grütze-Schälchen wieder in die Küche, stellte sie in den Kühlschrank und dachte zufrieden: Den Nachtisch für morgen habe ich bereits.

Dagmar packte ihren Bruder am Ärmel: »Das bringt nichts. Komm nach oben! Wir müssen unser Vorgehen besprechen.«

Die beiden polterten die Treppe wieder hoch, aber diesmal störte der Lärm den Vater nicht. Er hatte den Fernseher wie gewöhnlich sehr laut gestellt.

Und dann fünf Jahre später.

Dagmar frohlockte: Sie hatte es geschafft, sie fuhr mit ihrem Bruder Gerhard und ihrer Freundin Marion in einem alten VW-Käfer nach Berlin.

Zwar hatte Dagmar zunächst an der Pädagogischen Hochschule in Münster mit dem Studium begonnen, doch ihre Eltern nie im Zweifel gelassen, dass sie, volljährig geworden, sofort an die PH in Berlin wechseln würde. Bei jedem Besuch zu Hause ließ sie deren wie eine Litanei vorgetragenen Warnungen vor den Gefahren des dekadenten, links unterwanderten West-Berlin über sich ergehen, das nur existierte, weil gesetzestreue Bundesbürger, wie sie, es mit ihren Steuern finanzierten. Es sei Zufluchtsort für Kriegsdienstverweigerer, Studenten, alle kommunistisch verseucht, Gegner der freiheitlich demokratischen Grundordnung, Schmarotzer, die ihre Tage vergammelten, schamlos der freien Liebe frönten usw., usw. Dagmar gähnte innerlich. Als Abschluss folgte dann jeweils die Aufzählung der politischen Gefahren, die jedem Bewohner von West-Berlin, also auch ihr, drohte, allen voran die Besetzung der geteilten Frontstadt durch die Russen.

Jeder dieser Besuche bestärkte Dagmar in ihrem Entschluss: nur weg von zu Hause, weit weg!

Plötzlich ging alles ganz einfach. Als Elke, eine jüngere Kusine ihrer Mutter, die in der Wundtstraße in Charlottenburg wohnte, von Dagmars Wunsch erfuhr, bot sie den Eltern an, ihnen ein Zimmer zu vermieten. Das gefiel ihnen, ihre Tochter wäre in guten Händen und unter Aufsicht. Dagmar stimmte sofort zu. Sie wusste: bei der ersten Gelegenheit würde sie das Weite suchen.

Dass Gerhard ebenfalls in West-Berlin studierte und eventuell ein wachsames Auge auf die kleine Schwester halten konnte, spielte für die Entscheidung der Eltern kaum eine Rolle. Der Kontakt zum Sohn war fast abgebrochen. Er hatte nach dem Zivildienst auf Vorschlag bzw. Befehl des Vaters begonnen, Jura zu studieren, da er später seine Kanzlei übernehmen sollte. Gerd beugte sich kurzfristig diesem Gebot, brach aber das Studium bald ab und ging nach Berlin, um dort seinem Wunsch entsprechend Medizin zu studieren. Dass der Vater ihm daraufhin den Unterhalt auf die gesetzliche Mindestzahlung zusammenstrich, berührte ihn kaum.

In Berlin genoss er in vollen Zügen das Gefühl der Freiheit und Unabhängigkeit. Er liebte sein Studium, hatte gerade das Physikum bestanden. Ab und zu jobbte er in einer Studentenkneipe in seinem Kiez, einem alten Wohnviertel aus dem 19. Jahrhundert in Charlottenburg in der Nähe des Schlosses. Hier wohnte er, wie viele Studenten, für wenig Geld in einem schon weitgehend entmieteten Haus. Dieses Viertel sollte gegen den Willen der Bewohner abgerissen bzw. saniert werden. Daher gab es seit Jahren Auseinandersetzungen zwischen der Wohnungsbaugesellschaft Neuen Heimat, die im Auftrag des Berliner Senats die Sanierung durchführen sollte, und den Anwohnern, die andere Vorstellungen von ihrem zukünftigen Wohngebiet hatten. Gerd konnte sich als Bewohner des Viertels dem Streit kaum entziehen, nahm aber nicht, wie andere Studenten, aktiv daran teil, sondern war vor allem an der schnellen Durchführung seines Studiums interessiert.

Er freute sich, dass seine Schwester endlich nach Berlin kam, sogar in seine Nähe zog und fand eine Möglichkeit, sie mit dem Auto aus Hannover abzuholen. Marion, die in Berlin eine Ausbildung im Lettehaus zur MTA, Medizinisch-technischen Assistentin, beginnen wollte, war dankbar, dass sie sich anschließen durfte. Die Freundinnen bedauerten allerdings, dass sie in Berlin vermutlich nicht so viel zusammen sein könnten, da Marion in Schöneberg wohnte in der Nähe ihrer Ausbildungsstätte.

Der Tag ihrer Reise war ein warmer Herbsttag. Die beiden Mädchen hatten die Fenster heruntergekurbelt. Dagmar, die neben ihrem Bruder saß, ließ den Arm heraushängen und hielt hin und wieder das Gesicht in den Fahrtwind, die Augen geschlossen. Ihre langen offenen Haare, mit einem Stirnband festgehalten, flatterten um ihren Kopf. Sie hatte ihre buntbestickte weiße Folklorebluse angezogen, die ihr eine Freundin aus Griechenland mitgebracht hatte, eine angemessene Kleidung für den Beginn ihres neuen freien Lebens, wie ihr schien.

Inzwischen waren die drei Reisenden an die deutsch-deutsche Grenze gekommen. Bevor sie in Marienborn die Durchreiseformalitäten unter den scharf und misstrauisch blickenden Augen der DDR-Grenzsoldaten begannen, ermahnte Gerhard die Mädchen: »Am besten sagt ihr überhaupt nichts. Überflüssiges Gerede führt nur zu verlängerten Wartezeiten.«

Er erzählte eine Anekdote aus den Studentenkreisen. Auf die Standardfrage des Grenzpolizisten: »Führen Sie Waffen mit sich?« gab der Fahrer die witzig gemeinte Antwort: »Nur geistige!«, während ein anderer von der Rückbank rief: »Wieso? Muss man das?« Auf eine derartige geballte Provokation reagierte man entsprechend: Herauswinken aus der Warteschlange, Filzen des ganzen Autos und der Insassen und stundenlanges Warten, bis die Weiterfahrt gnädig gestattet wurde.

Die Mädchen lachten, aber Gerds Warnung war überflüssig. Den beiden, die Berlin erst ein einziges Mal auf einer Klassenfahrt besucht hatten, war angesichts der unbekannten und beunruhigenden Kontrollsituation nicht nach frechen Sprüchen zumute. Schweigend reichten sie den Vopos ihre Ausweise.

Nach einer längeren Wartezeit wurde ihnen schließlich die Einreise gestattet, und sie begannen erleichtert die zweistündige Fahrt auf einer unebenen und oft schadhaften Autobahn durch die DDR. Im 10-km-Tempo rumpelten sie über die Elbbrücke, die, im Zweiten Weltkrieg schwer beschädigt, noch immer nur provisorisch wiederhergestellt war. »Jetzt sind wir in Asien«, bemerkte Dagmar ironisch: »nach Meinung von Adenauer und unserm Vater.«

Bald hatten sie die frühere Mark Brandenburg erreicht, die jetzt namenlos zum Bezirk Potsdam gehörte. Dagmar ließ die Blicke über die vorüberziehenden ausgedehnten Kiefernwälder schweifen, über die grünen Wiesen, auf denen Kühe grasten, über große graue LPG-Ställe in der Nähe von Dörfern, die meist einen verwahrlosten Eindruck machten.

»Wie leer die Autobahn ist«, bemerkte Marion träge von der Rückbank, »ganz anders als bei uns. Und was für komische Autos die haben.« Sie zeigte auf einen Trabanten, den sie gerade überholten. »Als ob die aus Pappe sind.«

»Das sind Trabanten, Kleinwagen, die die DDR baut. Die meisten können nicht schneller als 100 km fahren«, erklärte Gerd.

»Warum fährst du eigentlich so langsam? Kann der alte Klapperkasten nicht schneller?«

Gerd ärgerte sich, nicht nur über die dumme Frage. Sein Kumpel aus der Nachbarwohnung hatte ihm schweren Herzens sein uraltes, aber immer noch zuverlässig fahrendes Auto geliehen, damit er die beiden Mädchen abholte und nach Berlin brachte. Marion sollte gefälligst dankbar sein und nicht herummeckern.

»Du hast offensichtlich keine Ahnung: in der DDR ist die Höchstgeschwindigkeit auf der Autobahn auf 100 km/h« begrenzt«, belehrte er sie unfreundlich. Marion, die gerade mit Hilfe des Rückspiegels ihre Haare ordnete, ließ nicht locker: »Die merken doch gar nicht, wenn du schneller fährst.«

Gerd verzog das Gesicht und flüsterte zu Dagmar: »Nervensäge«, dann laut: »Hier wird alles überwacht, stehen überall Radarfallen. Und wenn wir schneller an der Grenze ankommen als vorgeschrieben, dann wissen die, dass wir nicht die 100 km beachtet haben.«

An einer Brücke lasen sie schon von weitem in großer Schrift die Werbung »Elaste und Plaste aus Schkopau«. Am Geländer standen mehrere Kinder und winkten ihnen zu. Dagmar freute sich, streckte den Arm aus dem Fenster und winkte zurück. Schließlich näherten sie sich dem Berliner Ring und bald bog Gerd auf den Abzweiger nach »West-Berlin« ab, während die Strecke geradeaus nach »Berlin – Hauptstadt der DDR« führte.

Dagmar las die Autobahnschilder laut vor: »›West-Berlin‹ und ›Berlin – Hauptstadt‹! Wie das klingt, als ob das zwei verschiedene Städte sind.«

»Tja«, meinte Gerd, »das ist die Realität. Es gibt zwei deutsche Staaten und zwei Berlins. Daran wird sich nichts mehr ändern.«

Endlich erreichten sie die Grenzkontrollstelle Drewitz/Dreilinden. Der Wartebereich war voller Autos, obwohl alle Schalter geöffnet waren. Gerd wurde von einem Grenzpolizisten in eine Warteschlange eingewiesen und stellt den Motor ab.

»Das dauert garantiert wieder lange«, stöhnte er.

Langsam rückten sie in der Schlange vor, kamen endlich an den Schalter und konnten ihre Visa abgeben, nicht ohne zuvor dem Vopo tief in die Augen geblickt zu haben, der intensiv das Foto im Personalausweis mit ihren Gesichtern verglich.

»Puh!« Gerd gab Gas. Aufatmend verließen sie das Staatsgebiet der DDR, fuhren – vorbei an Zehlendorf – die zehn Kilometer über die Avus durch den Grunewald.

»Der Funkturm«, rief Gerd und dann, als sie das Schild »Ende der Autobahn« erblickten: »Jetzt sind wir gleich da.«

Dagmar wachte in ihrem neuen Zuhause auf. Sie blickte sich um, konnte es noch immer nicht glauben, wie vielversprechend sich ihr Berliner Leben anließ.

Das Zimmer gefiel ihr. Die Wohnung ihrer Tante lag allerdings gegenüber einem Park. Wenn sie aus dem Fenster blickte, sah sie nur grüne Bäume. Schade, das erinnerte sie an zu Hause. Lieber würde sie in einer baumlosen typisch Berliner Großstadtstraße wohnen, in der sich die Mietshäuser so nahe gegenüber standen, dass man dem Nachbarn auf den Teller gucken konnte.

Als sie vorgestern hier eintraf, erlebte sie zwei überaus positive Überraschungen. Die erste: Die Kusine ihrer Mutter, also ihre »Tante«, war nicht, wie befürchtet, eine ältliche Jungfer, die ihr hinterherschnüffeln würde, sondern eine noch relativ junge Frau von ca. 40 Jahren, mit schwarz geschminkten Augen, Minirock, Schlabberbluse ohne BH und Zigarette im Mundwinkel.

»Da bist du ja«, nuschelte sie, nicht unfreundlich, aber auch nicht sonderlich interessiert. »Komm rein! Gute Reise gehabt?« Ohne eine Antwort abzuwarten, ging sie vor, den langen Flur entlang: »Ich zeig dir dein Zimmer.«

Dagmar sagte höflich: »Guten Tag, Tante Elke« und folgte ihr mit Koffer und Reisetasche. Die Reaktion war erstaunlich. Die Tante drehte sich abrupt um, nahm die Zigarette aus dem Mund und blickte Dagmar ungehalten, fast böse an: »Die ›Tante‹ will ich nie wieder hören, ist das klar? Ich bin die Elke!«

»Natürlich, entschuldige«, stotterte Dagmar.

Die zweite Überraschung: Sie war nicht die einzige Untermieterin. Elke hatte aus ihrer Wohnung eine WG gemacht. Drei große Zimmer waren an Studenten vermietet, das vierte war das Wohnzimmer für alle. Elke selbst wohnte in dem kleinsten Raum mit dem Fenster zum Hof.

Einen Bewohner der WG hatte Dagmar gestern in der Küche kennengelernt, als sie ein paar an der Ecke gekaufte Lebensmittel in das ihr zugewiesene Fach im Kühlschrank legen wollte. Er war gerade dabei, sich ein Spiegelei zu braten, als sie hereinkam.

»Ach, die Neue. Elke hat dich schon angekündigt.« Er war etwas größer als Dagmar und so korpulent, dass sich Dagmar neben ihm wie eine schlanke Elfe vorkam. Kritisch musterte er sie mit ungewöhnlich nahe zusammenstehenden Augen. Die langen Haare hatte er mit einem Gummiband zu einem Pferdeschwanz zusammengebunden. Seinem Gesichtsausdruck konnte Dagmar nicht entnehmen, zu welchem Urteil er über sie gekommen ist.

»Ich bin der Kai. Und du?«

»Dagmar.« Sie lächelte unsicher und ging zum Kühlschrank.

»Sag mal, hast Du zufällig Speck und Zwiebeln da in deiner Tasche? Für mein Spiegelei wäre das nicht schlecht.«

»Nee, tut mir leid. Ich hab nur was fürs Frühstück gekauft.«

»Alles klar.« Kai schien nicht sonderlich überrascht. »Willst du auch ein Ei? Ich kann dir eins braten.« Jetzt lächelte er sogar, falls sie seinen Gesichtsausdruck unter dem Vollbart richtig deutete.

Dagmar zögerte, immerhin schien sie die Prüfung bestanden zu haben.

»Gut, danke.« Sie nahm aus der Tasche Brot, Butter und Käse und legte alles auf den Küchentisch: »Ich kann zum Essen noch etwas beisteuern.«

»Hast du was zu trinken?« »Nur Milch.« »Ist ok.«

Während Kai die Eier briet, dirigierte er sie durch die Küche, wo Teller, Besteck und Gläser zu finden waren, so dass Dagmar den Tisch decken konnte.

Wenig später saßen sie sich gegenüber, aßen und unterhielten sich. Dagmar fühlte sich gegen ihren Willen noch immer sehr befangen.

Kai kam aus Düren, studierte Physik an der TU und wohnte seit sechs Semestern bei Elke.

»Ich bin ihr ältester Untermieter. Die Studenten wechseln hier häufig. Von mir aus, ich komme mit jedem klar. Nur wenn einer seine Musik irre laut aufdreht, Rolling Stones oder so, dann mecker ich solange, bis damit Schluss ist. Ich kann keinen Lärm gebrauchen, ich will lernen und mein Studium schnell zu Ende bringen.« Kai blickte Dagmar streng an: »Ich hoffe, du gehörst nicht zu denen, die Krach machen.«

Dagmar stotterte fast, als sie eilfertig versicherte: »Nein, überhaupt nicht. Ich will auch in Ruhe studieren.«

Nachdem Kai der Neuen den für ihn wichtigsten Punkt der Hausordnung erfolgreich vermittelt hatte, schwieg er und widmete sich seinem Spiegelei. Anschließend schmierte er sich noch Butter auf eine Stulle und belegte sie dick mit Käsescheiben. Dagmar beobachtete mit verhaltenem Ärger, wie ihr Essensvorrat schrumpfte.

Dann nahm er den Gesprächsfaden wieder auf: »Was studierst du denn?«

»Ich will Lehrerin werden, an der PH.«

Bei dem Wort PH hörte Kai unvermittelt auf zu kauen: »Da wird sich ja Veronika freuen.« Ein ironischer Unterton war unüberhörbar. »Die ist die dritte in unserer WG, sie studiert auch an der PH. Aber studieren kann man das nicht nennen.«

»Wieso nicht?«

Abschätzig fuhr Kai fort: »Weil sie zu keinen Vorlesungen oder Seminaren geht, sondern nur mit ihren kommunistischen Kampfgruppen den Monopolkapitalismus bekämpft.«

»Und was macht sie da genau?« fragte Dagmar, bereute es aber sofort, weil Kai sie herablassend ansah: »Sag mal, wo lebst du denn? Hast du noch nie was von Studentenunruhen gehört. Die linken Studenten streiken dauernd und stören überall den Uni-Betrieb, weil sie die Gesellschaft verändern wollen, kommunistisch machen.«

Er aß weiter: »Veronika ist total links und nervt mit ihrem Polit-Gequatsche. Ein normaler Student wie ich, der nur lernen will, ist in ihren Augen ein reaktionärer Lahmarsch, den sie unbedingt bekehren muss. Gelingt ihr natürlich nicht. Na, du wirst sie ja bald kennenlernen.«

Kai stand auf: »Aber sonst ist sie in Ordnung.« Er entfernte das Haargummi und schüttelte seine Mähne, dann nickte er Dagmar zu: »War nett mit dir. Ich muss gehen.«

»Und wer räumt ab und macht den Abwasch?« wollte sie sagen, traute sich aber nicht. Allerdings, als er schon im Flur war, nahm sie ihren Mut zusammen und rief ihm die Frage hinterher.

»Du!«, hörte sie ihn. »Ich habe keine Zeit, muss für eine Klausur lernen.« Dann fiel seine Zimmertür zu.

»Aber das nächste Mal bist du dran«, sagte sie laut, bevor sie missmutig mit der Aufräumerei begann. Sie fühlte sich unwohl nach diesem kurzen Gespräch, spürte, dass Kai sie nicht ernst genommen hatte. Auch wenn er ein Angeber war, lag es an ihr, dass sie so wenig selbstsicher auftrat. Das muss sich ändern, schwor sie sich. Hier in Berlin scheint ein rauer Ton nötig zu sein, um sich zu behaupten.

Anschließend packte sie ihren Koffer aus. Am Nachmittag wollte ihr Bruder sie besuchen, sehen, wie sie untergekommen war, und anschließend ihr seine Wohnung zeigen.

Als Dagmar dann mit Gerd durch die Nehringstraße zu seiner Wohnung ging, vorbei an schwarzgrauen Häuserfronten, verfallen, mit abgebröckeltem Putz, viele Fenster ohne Scheiben oder mit schiefhängendem Rahmen, Zeichen, dass hier niemand mehr wohnte – da konnte sie nicht mehr an sich halten: »Wie das hier aussieht! Alles verwahrlost und verkommen! Solche Häuser habe ich noch nie gesehen! Und hier wohnst du?«

»Ja«, antwortete Gerd mit Nachdruck: »Und sehr gern sogar.«

In belehrendem Ton fuhr er fort: »Ich habe dir doch gesagt: es ist ein altes Wohnquartier aus dem 19 Jahrhundert, ein Arbeiterviertel. Die Häuser

sind sogenannte Mietskasernen, haben mehrere Hinterhäuser und dazwischen enge Höfe. Obwohl das Gebiet im Krieg kaum zerstört wurde, ist es im Laufe der Jahrzehnte so heruntergekommen, dass es vor einigen Jahren zum Sanierungsgebiet erklärt wurde und abgerissen werden sollte.«
»Richtig so.«
Gerd überhörte ihren Einwurf. »Damals sind viele Mieter weggezogen, deshalb die leeren Wohnungen. Geblieben sind die Alten und die Gastarbeiter, die keine höhere Miete bezahlen konnten. Und gekommen sind Studenten, meistens linke, politisch engagierte. Kurz gesagt: Sie alle zusammen haben den Senat von der Kahlschlagsanierung abgebracht und mit ihm einen neuen Bebauungsplan erarbeitet, in dem die Häuser von Grund auf saniert und die Höfe entkernt werden. Ich zeige dir gleich an meinem Haus, wie das gemeint ist.«

Schließlich bogen sie in die Seelingstraße ein und blieben vor einem Eingang stehen. »Das ist mein Haus!« Gerd stellte es wie einen lieben Freund vor. Es war genauso heruntergekommen wie alle übrigen. An großen Flächen war der Putz heruntergefallen und das blanke Mauerwerk zu sehen. Die beiden Balkons in der ersten, der Bel-Etage, hatten keinen Boden, einer hing nur noch schräg an zwei Eisenträgern.

»Keine Angst. Baupolizeilich gesichert«, erklärte Gerd, als er Dagmars Blick sah. Er machte eine ausholende Bewegung »Jetzt stell dir vor, das Haus ist renoviert, alles, auch diese wunderbar gestaltete schwere Holztür instandgesetzt, meinst du nicht, dass es sich darin viel besser wohnen lässt als in einem langweiligen Neubau?«

Dagmar lachte und tätschelte seinen Arm: »Jaja, du hast ja recht!«
»Tach, Herr Kunze«, klang es auf einmal aus den oberen Regionen des Hauses. »Haste Besuch?«

Die Geschwister traten einen Schritt zurück um die Ruferin zu sehen, eine weißhaarige alte Frau in einer bunten Kittelschürze, die im zweiten Stock aus dem Fenster sah, ihre rundlichen Arme auf ein Kissen gebettet. Von ihrem Logenplatz aus beobachtete sie täglich oft stundenlang das Treiben auf der Straße, immer bereit zu einem Schwätzchen.

»Hier im Kiez kennt jeder jeden«, murmelte Gerd, dann schrie er zurück: »Tach, Frau Schuricke, wie geht's?«

»Danke der Nachfraje, jut, jut. Ist dis deine Freundin?« bohrte sie weiter. »Sieht jut aus, soweit ick det erkennen kann.«

»Ich bin seine Schwester«, wollte Dagmar rufen, aber Gerd zog sie ins Haus. »Sag nichts! Die ist die Neugier in Person, wir lassen sie zappeln.« Er lachte.

Der schummrige Flur entsprach dem verwahrlosten Äußeren des Hauses. Dagmar wunderte sich nicht mehr, sondern suchte nach einem Lichtschalter. »Licht gibt's nicht. Wenn ich spät nach Hause komme, nehme ich eine Taschenlampe mit«, erklärte ihr Bruder. »Wir müssen weiter, ich wohne im Hinterhaus.«

Als sie den Flur des Vorderhauses durchquerten, kam ein Student die Holztreppe heruntergetrampelt. Dagmar sah ihn an, ein kräftiger Typ, breites, bartloses Gesicht, aber dafür lange, wellig geföhnte Haare und dunkelschimmernde Augen. Im ausgeleierten T-Shirt, das er so flüchtig in die enge Hose gestopft hatte, dass teilweise seine nackte Haut sichtbar wurde, wirkte er auf Dagmar ungeheuer anziehend. In der Hand schwenkte er einen Packen Papier. Ihr Herz begann schneller zu klopfen, er gefiel ihr, wie noch nie jemand zuvor. Sie lächelte ihn an, aber der Student hatte nur Augen für Gerd und redete sofort auf ihn ein:

»Tach, Gerd. Gut, dass ich dich treffe. Hast du einen Moment Zeit? Du weißt doch, in Kürze ist wieder eine Versammlung der Mieterinitiative, wahrscheinlich kommen auch Leute von der Neuen Heimat und dem Senat dazu. Hier sind Flugblätter, die müssen unter die Leute gebracht werden, damit wir in Massen vertreten sind. Auch zum Plakatekleben brauchen wir Genossen. Könntest du uns dabei helfen?«

Dagmar schaute ihn an, ging aber, verstimmt, dass er sie keines Blickes würdigte, schließlich langsam Richtung Hoftür, hörte aber noch, wie er sich unterbrach und Gerd fragte: »Wer ist denn das, die kommt wohl direkt vom Dorf. Doch nicht deine Freundin?«

»Halt die Klappe! Das ist meine Schwester«, zischte Gerd.

»Tschuldige! Ist auch egal. Nimmst du die Zettel?«

»Ich habe dir schon hundertmal gesagt: nein.« Gerd ärgerte sich. »Wo soll ich die verteilen, bei den Medizinern? In Dahlem? Das interessiert da niemanden. Außerdem habe ich dafür keine Zeit. Such dir andere Leute!«

Mit einem »Tschüss!« folgte er seiner Schwester, die den Hinterhof in Augenschein nahm, d.h. die drei verrosteten Müllkästen vor einer hohen Brandmauer ohne Fenster auf der einen Seite und eine zusammengeknotete Wäscheleine, an der Hemden und Unterhosen baumelten, auf der anderen. In der Mitte, zwischen verschiedenem Gerümpel, ein Trampelpfad zum Hinterhaus.

Die Geschwister betraten das dunkle Treppenhaus und stiegen nach oben. Gerhard wohnte im vierten Stock. Die Stufen waren teilweise locker oder schadhaft. Dagmar folgte vorsichtig ihrem Bruder. Einmal blieb er stehen und zeigte auf eine Tür auf halber Treppe.

»Damit du Bescheid weißt, wenn du musst. Das ist meine Toilette.« Wieder konnte Dagmar ihr Entsetzen nicht verheimlichen.

»Du hast keine Toilette in der Wohnung? Auch kein Badezimmer?«

»Nein. Ich wasche mich in der Küche«, erklärte Gerd mit größter Selbstverständlichkeit und schloss seine Wohnung auf: »Komm rein und sieh selbst. Vergiss nicht, das ist eine der üblichen Wohnungen, wie sie damals für die Arbeiter gebaut wurden, schlecht ausgestattet und billig. Hier haben oft in einem Zimmer 12 Personen gehaust. Du musst zugeben: Im Gegensatz dazu leben wir heute in diesen Wohnungen komfortabel.«

»Allerdings«, nickte Dagmar, während sie die Küche und das Zimmer begutachtete. Dort ließ sie sich in den einzigen Sessel fallen: »Gar nicht schlecht. Im Gegenteil: richtig gemütlich.«

Gerd, der in der Küche Wasser für Nescafé aufsetzte, rief: »Aber nicht mehr lange. Dann wird das Vorderhaus renoviert und mein Hinterhaus abgerissen, an die Stelle kommt dann ein begrünter Hof.«

»Und wo bleiben die Mieter?«

Gerd kam mit zwei Bechern Kaffee ins Zimmer: »Viele aus unserm Haus sind bereits weggezogen. Ich will aber im Kiez bleiben, und da ich einen richtigen Mietvertrag habe, muss die Neue Heimat mir hier eine andere, schon renovierte Wohnung besorgen, wenn sie hier mit der Sanierung beginnt.«

Sie hatten sich lange unterhalten, über Gerds Studium und seine Freundin Carola, auch eine Medizinstudentin, über Dagmars WG im allgemeinen und den Zimmernachbarn Kai im Besonderen, als Dagmar beiläufig fragte: »Wer war das eigentlich vorhin, der dir seine Zettel andrehen wollte?«

»Du meinst Berry? Der wohnt im Vorderhaus, heißt eigentlich Heribert. Weil sein Name so bescheuert ist, lässt er sich Berry nennen.« Gerd lachte ironisch: »Auch nicht viel besser. Berry studiert übrigens an der PH, vielleicht triffst du ihn da mal. Allerdings ist er mehr mit politischen Aktionen beschäftigt als mit seinem Studium, genauso wie hier im Kiez. Er hat anscheinend reiche Eltern, die ihm genug Geld geben und denen egal ist, wie lange sein Studium dauert.«

Als Dagmar schwieg, fuhr ihr Bruder fort: »Hast du gehört, was er noch im Hausflur sagte?«

»Über mich? Ja.« Sie verzog den Mund.

»Nimm dir das bloß nicht zu Herzen, Daggi!« Gerd klopfte ihr liebevoll aufs Knie. »Berry ist furchtbar von sich eingenommen, weil er gut aussieht und die meisten Frauen ihn anhimmeln. Er tut immer so, als ob er jede haben könnte. Was der sagt, kann dir egal sein.«

Auch später auf dem Nachhauseweg, hörte Dagmar nicht auf, über Berry nachzudenken. Ich habe ihn genauso angehimmelt, wie alle anderen Frauen und wie er es gewohnt ist, ärgerte sie sich. Kein Wunder, dass er so eingebildet ist. Wenn ich ihn wirklich an der PH wiedersehe, werde ich ihn links liegen lassen.

Am nächsten Tag lernte sie Veronika kennen. Sie trafen sich im Flur.

»Ah, die Neue! Ich bin die Veronika. Willst du mal kurz mit in die Küche kommen? Dann können wir uns noch ein bisschen kennenlernen. Ich muss nämlich was essen, bevor ich gehe.«

»Klar! Ich heiße Dagmar, du kannst Daggi zu mir sagen.«

Veronika war groß und dünn, die schwarze Hose mit dem breiten Gürtel betonte noch ihre Länge. Ihre glatten Haare hingen ihr ungekämmt auf die Schultern, anscheinend hatte ihr die Zeit gefehlt, sie noch schnell zu bürsten. Dagmar kam sich in ihrem kurzen Rock und der Bluse ziemlich provinziell vor. Ich muss mir unbedingt so eine Schlaghose kaufen, am besten auch noch einen langen weiten Hippie-Rock, dachte sie. Immerhin hatte sie sich ein buntes Tuch ins Haar gebunden.

Veronika nahm aus dem Kühlschrank einen Joghurt und begann ihn auszulöffeln.

»Studierst du?« fragte sie mit vollem Mund.

»Ja, an der PH.«

»Prima, ich auch. Welches Wahlfach?«

»Geschichte.«

»Geschichte«, schrie Veronika auf. »Ausgerechnet!«

»Wieso? Was ist daran so schrecklich?«, fragte Dagmar verunsichert.

»Hab ich ›schrecklich‹ gesagt? Im Gegenteil. Ich will dir das erklären.« Dagmar, die sich bisher locker an das Fenster gelehnt hatte, setzte sich auf einen Stuhl, in Erwartung einer längeren Analyse der Situation des Wahlfachs Geschichte und der Hochschule überhaupt.

»Den Studiengang an der PH, wie er jetzt strukturiert ist, kannst du vergessen«, begann Veronika energisch. »Was und auf welche Art wir zur Zeit studieren müssen, dient allein den reaktionären Interessen der Bourgeoisie. Die sieht die Lehrer als ihre bereitwilligen Handlanger an zur Durchsetzung der politischen Disziplinierung. Das lassen wir uns aber nicht länger gefallen. Du weißt sicher, das Proletariat in unserm Land soll von Bildung und Wohlstand ferngehalten werde. Dagegen haben wir Studenten, jedenfalls die fortschrittlichen sozialistischen, entschlossen den Kampf aufgenommen. Wir kämpfen mit den Genossen aus der Arbeiterklasse gegen das reaktionäre kapitalistische Establishment und für einen gerechten kommunistischen Staat, auf der Grundlage des ML, des Marxismus/Leninismus. Verstehst du?« vergewisserte sich Veronika nach einem Blick auf Dagmars ausdrucksloses Gesicht.

»Nicht so ganz«, gab diese zu. »Was hat das denn mit dem Wahlfach Geschichte zu tun?«

»In diesem Fach werden die fortschrittlichen Studenten von reaktionären Profs schikaniert mit besonders hohen Leistungsanforderungen. Deswegen gibt es dort ständig Auseinandersetzungen. Aber für dich ist das gut! Da kannst du lernen, wie du kämpfen musst. Ich kann dir das alles so schnell gar nicht erklären. Jedenfalls sollst du wissen: Hier in Berlin bekämpfen die Studenten ganz konkret mit allen Mitteln die kapitalistische Bildungspolitik des Senats. Da gibt es eine Menge Möglichkeiten.« Sie lachte fröhlich auf. »Die fortschrittlichen Studenten haben sich in verschiedenen kommunistischen Kampfgruppen zusammen gefunden, um nachhaltiger ihre Interessen durchzusetzen. Ich bin beim KSB/ML, mache aber auch bei der ADS mit. Du musst da unbedingt mal mitkommen. Da gibt es vorbildliche Genossen, die alle zum Kampf gegen das ganze repressive System der BRD und in West-Berlin entschlossen sind.« Sie schaute auf ihre Uhr. »Aber ich muss jetzt! Zur PH braucht man von hier aus immer eine knappe Stunde.«

»Warum fährst du jetzt dahin? Das Semester fängt doch erst nächste Woche an.«

Während Veronika ihren Becher auskratzte, lachte sie gutmütig über Dagmars Ahnungslosigkeit: »Unsere politische Arbeit ist semesterunabhängig.«

Und als diese sie fragend anschaute, fuhr sie schnell fort: »Wir bereiten an der PH wieder einen Streik vor, müssen VVs organisieren, Flugblätter entwerfen, drucken, Helfer zum Ankleben und Verteilen ansprechen, Seminaragitation in den verschiedenen Fächern planen, Streikposten einteilen – und, und, und.« Sie schaute Dagmar aufmunternd an: »Der Kampf geht weiter! Mach mit!«, warf den Becher in Richtung Mülleimer, verfehlte diesen allerdings und verließ mit einem »Tschüss!« die Küche.

Dagmar blickte ihr nach, ihr schwirrte der Kopf. Wie dieser Veronika routiniert die linken Floskeln von den Lippen flossen! Bisher kannte sie solche Studenten nur aus dem Fernsehen, die bei jeder sich bietenden

Gelegenheit genauso in Windeseile ihr politisches Programm abspulten. Auf jeden Fall waren ihr Veronika und ihre radikalen Ansichten sympathischer als der langweilige Physikstudent Kai.

Sie schaute dem Joghurtbecher zu, der durch die Küche kullerte und an der Wand liegenblieb. Gleich zu Beginn ihres Studiums an der Pädagogischen Hochschule Berlin würde sie also das echte Studentenleben mit Vollversammlungen und Streiks kennenlernen. Endlich, jahrelang hatte sie darauf gewartet. Hier lernte sie, sich von den überholten Gesellschaftsnormen ihrer Eltern und der ganzen Bourgeoisie freizumachen und sie zu bekämpfen.

Und dann begann das Semester. Dagmar war froh, dass sie sich vorerst an Veronika halten konnte, denn in dieser Masse von Studentinnen, dem lauten, zeitweise hektischen Durcheinander und in dieser Vielzahl an Häusern und Räumen der Hochschule fühlte sie sich allein unsicher. Veronika aber spannte sie sofort in ihre revolutionäre Arbeit ein, so dass sie die Möglichkeit hatte, vieles kennenzulernen und auszuprobieren. Mit Genugtuung merkte sie selbst, wie sie an Veronikas Seite, die eine zentrale Rolle unter den kämpfenden Studenten spielte, in persönlichen Gesprächen mit Kommilitonen oder Diskussionen in größerer Runde an Selbstsicherheit gewann. Schon nach kurzer Zeit beherrschte sie den entsprechenden linken Wortschatz, forderte ebenfalls aus voller Überzeugung die Abschaffung der FDGO (freiheitlich-demokratische Grundordnung), die Vernichtung des ganzen Schweinesystems der BRD, das die Arbeiter knechtet und ausbeutet, und an deren Stelle den Aufbau einer fortschrittlichen kommunistischen Gesellschaft der Arbeiterklasse, wie sie in der DDR vorbildlich praktiziert wurde. Sie nahm teil an Schulungen, u.a. über die historisch-kritische Marx/Engels-Gesamtausgabe, natürlich auch über den Marxismus/Leninismus, saß nächtelang mit ihren Genossinnen und Genossen in stickigen Räumen der PH, beriet über notwendige Kampfmaßnahmen, formulierte Resolutionen, rauchte und leerte Bierflaschen, bis der Hausmeister sie hinausschmiss. Oft hatte sie dabei Berry getroffen, der sie als Gerds Schwester wiedererkannte und sofort in einem vertraulichen Ton mit ihr plauderte. Dagmar hatte den Eindruck, er wollte sie anbaggern und sie wie die anderen Frauen mit seiner verführerischen Männlichkeit beglücken. Aber sie ließ ihn jedes Mal lässig abblitzen, auch wenn ihr die Knie weich wurden vor Verliebtheit. Er sollte wissen, dass sie nicht zu den Frauen gehörte, die sich so schnell von seinem Getue einwickeln ließen. Manchmal allerdings überfielen sie starke Zweifel, ob sie Berrys Verhalten nicht falsch einschätzte und er sich gar nichts aus ihr machte. Den »Dorftrampel« hatte sie nicht vergessen.

Mit Kommilitonen ihres Wahlfachs Geschichte hatte sie bisher wenig Kontakt und nur einen ungenauen Eindruck von den dortigen Verhältnissen. Ein Teil von ihnen protestierte wild und streikte gegen zusätzliche Semesterarbeiten und Klausuren, der andere Teil wollte, dass die Veranstaltungen stattfanden. Dagmar hatte den Eindruck, dass manche Profs mit diesen Studenten einfach ihre Seminare an für Außenstehende unbekannte Orte verlegten.

Heute aber war sie bereits am frühen Nachmittag nach Hause gefahren, da sie sich seit langer Zeit wieder einmal mit Marion verabredet hatte. Dagmar wollte mit ihr im Lietzenseepark spazieren gehen, der vor ihrer Haustür lag, den sie aber bisher kaum kannte. Elke konnte ihr nicht einmal sagen, was der seltsame Name Lietzensee bedeutete.

Marion klingelte und als sie vor Dagmar stand, musste diese schlucken. Die Freundin trug heute einen neuen Minirock, der ihre schlanken Beine noch länger erscheinen ließ und so kurz war, dass er gerade ihren Hintern bedeckte. Dazu ein breiter Gürtel, der sie besonders schlank machte. Auf ein Stirnband hatte sie heute verzichtet, aber wie immer die Augen schwarz umrandet. Dagmar umarmte sie: »Komm rein. Ich hol den Kaffee.« In der Küche goss sie heißes Wasser in die Nescafé-Becher und ging damit in ihr Zimmer, wo Marion sich auf das Bett gesetzt hatte, das tagsüber zu einer Couch umgestaltet werden konnte.

Dagmar reichte ihr den Becher und setzt sich daneben: »Du siehst wieder prima aus. Wie machst du das bloß? Neben dir sehe ich wie der letzte Trampel aus.« Einen gewissen neidischen Unterton konnte sie beim besten Willen nicht unterdrücken.

Geschmeichelt widersprach Marion und strich sich die Haare nach hinten: »Das stimmt doch nicht. Ich bin einfach ein bisschen größer als du, vielleicht auch etwas dünner. Aber das ist egal. Wie geht's dir denn?«

Einträchtig saßen sie nebeneinander. In erster Linie redete Dagmar, erzählte Einzelheiten von ihrem Studentenleben und den verschiedenen politischen Aktionen, an denen sie mitwirkte, sprach von bestimmten Kommilitoninnen, die sie kennengelernt hatte, erwähnte sogar einmal Berry, ohne dass Marion allerdings seine besondere Bedeutung für sie ahnen konnte.

Wenig später gingen die beiden Freundinnen in den Park, auf den flachen Stufen einer Treppe zum See hinunter. Dagmar blickte auf die großen alten Bäume, gepflegten Wiesen, Spaziergänger, ein kleines Café im Landhausstil, davor ein Kinderspielplatz.

»Langweilig, ein Park wie jeder andere«, meinte sie ohne Begeisterung. »Der könnte genauso gut in Kassel liegen. Überhaupt finde ich, dass meine Gegend hier so entsetzlich gutbürgerlich ist. In der Beziehung hätte ich auch zu Hause bleiben können. Gar kein wildes, chaotisches West-Berlin.«

Marion lachte: »Nun übertreibe nicht! Wenn du Sehnsucht nach Chaos, Dreck und Verwahrlosung hast, brauchst du nur, ganz in der Nähe, deinen Bruder zu besuchen. Und was du erzählt hast von der PH mit dem wilden Durcheinander und den Streiks, da wird dein Bedarf an Chaos bald gedeckt sein und du sehnst dich nach gutbürgerlichen Verhältnissen zurück.«

»Niemals! Nie!« widersprach Dagmar so laut, dass sich ein kleiner Junge auf seinem Fahrrad nach ihr umdrehte und dabei fast das Gleichgewicht verlor.

Dagmar hakte sich bei der Freundin ein und fragte: »Und wie geht es dir? Erzähl doch mal.«

Es hatte sich früh herausgestellt, dass Marion unzufrieden und enttäuscht war, von dem ganzen Ausbildungsgang, von ihren Mitschülerinnen, von ihren Lehrerinnen, von dem Lernstoff, kurz von allem, was sich im Lettehaus abspielte.

»Nichts Neues«, seufzte sie. »Ich habe jeden Tag mehr den Eindruck: Das ist nichts für mich. Manchmal überlege ich, ob ich nicht auch Lehrerin werden sollte. Aber ich weiß nicht, ob ich das Studium schaffe. Es ist bestimmt schwerer als die MTA-Ausbildung und dauert auch länger.«

»Komm einfach mal mit, ich zeig dir alles«, ermunterte sie Dagmar. »Im Moment wird sowieso gestreikt, die VV hat vorige Woche die Fortsetzung des Streiks mit knapper Mehrheit beschlossen.«

»Du hast recht, das mach ich«, Marion drückte dankbar ihren Arm, »wie gut, dass du dich an der PH so gut auskennst.«

Plötzlich blieb sie stehen: »Das Beste weißt du ja noch gar nicht«, sie lachte vor Freude, »stell dir vor, ich mache den Führerschein.«

Der einzige erfreuliche Umstand in Marions Berliner Leben bestand in ihrer Unterkunft. In einem großen Altbau in der Goltzstraße hatte sie bei einer alten friedlichen Witwe ein Zimmer gemietet.

»In meinem Haus ist eine Fahrschule, die hast du schon gesehen. Mit dem Sohn vom Besitzer, der auch Fahrlehrer ist, habe ich mich angefreundet. Schon vor einer ganzen Weile. Knut ist verrückt nach mir, will immer nur knutschen«. Sie kicherte. »Jedenfalls schlug er vor, mir Fahrstunden zu geben, zu einem Freundschaftspreis.« Wieder kicherte sie. »Wahrscheinlich verlegt er die Fahrstunden in entlegene Gegenden, um mit mir im Auto ungestört zu fummeln.«

Dagmar lachte: »Warum nicht? Hauptsache, du hast alles im Griff.«

Marion kicherte: »Keine Frage. Ich werde mit ihm fertig und gegen ein bisschen Knutschen habe ich gar nichts. Knut ist richtig süß.« Dann guckte sie Dagmar neugierig an: »Hast du eigentlich mittlerweile einen Freund?«

Dagmar zögerte und dachte an Berry: »Nicht so richtig.«

Die Freundin lachte laut auf: »Doch! Du bist ganz rot geworden. Erzähle!«

»Nee!«, wiegelte Dagmar ab: »Später vielleicht. Hast du schon Fahrstunden gehabt?«

»Ja, drei. Knut meint, ich würde mich sehr gut anstellen, zehn würden reichen.«

»Was willst du denn mit dem Führerschein? Du hast doch gar kein Auto.«

»Den kann man immer gebrauchen. Außerdem meint Knut, sie hätten öfter mal Aufträge mit dem Auto zu erledigen. Da könnte ich welche übernehmen, mich im Fahren üben, und ich würde sogar noch etwas dabei verdienen.«

Zum Abschied begleitete Dagmar ihre Freundin zur U-Bahn-Station Kaiserdamm und winkte ihr noch zu, als der Zug abfuhr. Auf dem Nachhauseweg stellte sie sich Marion im Minirock mit ihrem Freund vor, wie sie auf der Rückbank des Fahrschulwagens an einem abgelegenen Ort wild knutschten. Sie würde Berry das nächste Mal nicht wieder abblitzen lassen, nahm sie sich vor. Ob er und mit wie vielen anderen Frauen er das Bett teilte, war ihr inzwischen gleichgültig. Sie hatte sich fast vollständig und endgültig von den althergebrachten Zwängen der Eltern und des ganzen bürgerlichen Establishments mit seinen lächerlichen Tabus wie der ehelichen Treue freigemacht – glaubte sie.

Als sie in ihre WG an den Lietzensee kam und die Wohnungstür aufschloss, hörte sie Elkes Stimme aus dem gemeinsamen Wohnzimmer: »Bist du es, Daggi?«

»Ja!« Dagmar schaute ins Zimmer, wo Elke am Tisch saß und irgendwelche Papiere bearbeitete. Dagmar war nie dahintergekommen, womit Elke eigentlich ihr Geld verdiente. »Was gibt's?«, fragte sie gutgelaunt.

»Komm mal rein!« Das Zusammenleben mit Elke und der Wohngemeinschaft gestaltete sich für Dagmar in geradezu idealer Weise. Kai traf sie selten, er erledigte sein studentisches Pensum tatsächlich äußerst zügig und intensiv, aber ihre Begegnungen, meistens in der Küche, waren sachlich und freundschaftlich und sie staunte über sich selbst, wie befangen sie sich ihm gegenüber anfangs gefühlt hatte. Veronika, ihre Freundin, hatte das Zimmer mit dem Balkon gemietet. Manchmal saßen sie dort zusammen, berieten sich über anstehende politische Kampfschritte, oder klatschten auch nur über interessante Vorkommnisse aus dem Hochschulalltag. Veronika hatte keinen Freund und wollte auch keinen. Elke sah Dagmar selten. Da alle drei Mieter entspannt miteinander umgingen und es keine Reibungspunkte oder gar Konflikte zu geben schien, kümmerte sich Elke um sie so gut wie gar nicht.

Daher wunderte sich Dagmar über Elkes Aufforderung hereinzukommen. Das Wohnzimmer war recht gemütlich eingerichtet, mit einer etwas schäbigen, aber weichen Sofaecke mit vielen bunten Kissen. An der gegenüberliegenden Wand stand ein Fernseher, den Elke abends meistens anstellte, um die Nachrichten oder Filme zu sehen. Ihr Favorit war »Je später der Abend«, eine sogenannte Talk-Show, ein neues, aus den USA übernommenes Format der ARD. Dagmar setzte sich manchmal dazu, wenn sie zu Hause war. Außerdem stand in diesem Gemeinschaftszimmer, neben verschiedenen Bücherregalen und bunt zusammengewürfelten Kleinmöbeln, ein großer runder Esstisch in der Nähe des Fensters, der aber kaum benutzt wurde, da die WG-Bewohner vorwiegend in der Küche aßen. An diesem Tisch saß Elke mit ihren Papieren. Als Dagmar sich dazusetzte, legte Elke ihren Kugelschreiber weg und sah sie besorgt an: »Deine Eltern haben wieder angerufen. Sie wollen wissen, wie es dir geht. Sie sind beunruhigt, weil du überhaupt nichts von dir hören lässt, nicht anrufst, nicht schreibst.«

»Meine Güte! Die schon wieder!« Aufgebracht lehnte sich Dagmar auf dem Stuhl zurück, ihre gute Laune war verflogen. »Können die mich nicht in Ruhe lassen? Was geht die das an, was ich mache?«

»Nun übertreibe nicht.« Elke wurde ärgerlich: »Du bist ihre Tochter und sie geben dir Geld, damit du hier leben kannst.«

»Na und? Dazu sind sie verpflichtet!«

»Ja, aber sie haben ein Recht zu erfahren, wie du mit deinem Studium vorankommst.« Jetzt redete auch Elke mit erhobener Stimme. »Sie haben mich tausend Sachen gefragt: ob du ordentlich studierst, ob du abends auch zeitig ins Bett gehst, ob du etwa einen Freund oder zu linken Studenten Kontakt hast usw. usw. Meinst du solche Gespräche machen mir Spaß? Ich habe herumgelogen wie lange nicht mehr, sie in jedem Punkt beruhigt, obwohl ich kaum etwas von dir weiß. Hast du einen Freund und was machst du eigentlich in den Nächten, wenn du so spät nach Hause kommst?«

»Das kann dir und meinen Eltern egal sein. Ich bin erwachsen, ich brauche mich vor niemandem zu rechtfertigen.«

»Es gibt noch einen anderen Grund, warum du ihnen unbedingt schreiben musst. Der betrifft mich!«, fuhr Elke aufgebracht fort. Ihre schwarz umrandeten Augen guckten böse. »Ich will keinen Ärger! Sie wissen nichts von einer WG in meiner Wohnung, sie denken, du bist meine einzige Untermieterin und ich passe auf dich auf. Und das kannst du mir glauben: wenn du dich nicht sofort – und ich meine sofort! – meldest, dann stehen sie hier morgen auf der Matte. Dein Vater sagte wörtlich, dass sie längst mal mit dem Auto hergekommen wären, um selbst nach dir zu sehen, wenn sie nicht einen solchen Widerwillen vor der Fahrt durch die kommunistische DDR und in das verkommene Westberlin gehabt hätten. Wenn du das willst, bitte, dann lass alles laufen! Dann kommen sie her, schnüffeln überall herum und dein freies Studentenleben hat ein Ende, aber ein rasches!«

Elke machte eine Pause, guckte aus dem Fenster, um sich zu beruhigen. Dagmar, die ihr widerstrebend zugehört hatte, stand auf. »Entschuldige, Elke«, meinte sie. »Du hast vollkommen Recht. Das wäre das Allerletzte!« Ihr Ärger war verflogen. Sie lachte boshaft und ergriff ihre Tasche, die auf dem Boden lag: »Die werden sich wundern. Ich schreibe sofort den Brief, bitte um Entschuldigung, dass ich mich nicht gemeldet hätte, aber ich wäre so glücklich mit meinem geregelten Studentenleben, würde jede Minute ausnutzen, etwas Neues zu lernen und so intensiv studieren, dass ich alles um mich herum vergessen würde und für nichts anderes mehr Zeit fände, nicht mal für einen Brief an Euch, liebe Eltern, ich hätte natürlich keinen Freund, nur Kontakt zu ordentlichen strebsamen Studentinnen wie ich und...!«

»Das reicht!« rief Elke lachend dazwischen, »und übertreibe bloß nicht! Wenn dein Brief unglaubwürdig klingt, kommen sie erst recht.«

»Ok, ich schreibe den Brief sofort«, versicherte Dagmar, »lasse ihn mir von dir genehmigen und stecke ihn gleich in den Briefkasten, damit er morgen ankommt. Zufrieden?« Elke stand auf und umarmte ihre gehorsame Untermieterin: »Ausnahmsweise! So gehört sich das!«

7

Dagmar lag nackt und glücklich auf ihrem Bett. Es war geschehen, sie hatte ihre persönliche sexuelle Revolution erlebt.

Berry zog sich gerade hastig, aber gutgelaunt an, weil er noch einen wichtigen Termin hatte, wie er sagte. Er tätschelte zwischendurch ihre vollen Brüste, schloss den Reißverschluss seiner Jeans, und schaute sie fröhlich an: »Na, wie hat dir's gefallen? Du hättest mir sagen sollen, dass ich der Erste bin.«

»Wieso? Wärst du dann zurückgeschreckt?« Dagmar bedachte ihn mit einem zärtlichen Blick.

»Nee, natürlich nicht. Aber dann hätte ich mich drauf eingestellt. Das war harte Arbeit!« Er lachte herzlich. »Aber wir werden üben und unsern Spaß haben.«

In Ermangelung eines Kammes fuhr er mit der Hand durch seine zerzausten Haare. »Du bist gut anzufassen, überall diese schönen weichen Rundungen. Tausendmal besser als die Frauen, die kein Fleisch auf den Knochen haben.«

Er beugte sich über Dagmar. Sie umschlang seinen Hals und mit einem intensiven Zungenkuss verabschiedeten sie sich. »Man sieht sich! Tschau!« rief Berry und verschwand.

Dagmar wusste nicht, dass er seinem Freund Olaf, mit dem er sich auf dem Campus verabredet hatte, von ihrer Begegnung berichtete, aber wahrscheinlich wäre ihr das auch gleichgültig gewesen.

»Du kennst doch die Dagmar, die Freundin von Veronika, so ein etwas dicker Typ«, begann Berry.

»Klar kenne ich die. Wieso, hast du was mit ihr?«

Berry grinste: »Jetzt ja. Ich war zufällig in ihrer Wohnung, wollte eigentlich zu Veronika, die beiden wohnen in derselben WG. Veronika war aber nicht da und da hat mich Dagmar in ihr Zimmer gelotst. Sie war heute ganz anders, sonst hat sie mich kaum beachtet. Aber vorhin auf ihrem Bett ist sie regelrecht über mich hergefallen.«

»Ach, wirklich? Aber wie ich dich kenne, hattest du nichts dagegen.«

»Nee, überhaupt nicht. Aber stell dir vor, ich war bei ihr der Erste! Puh, das war nicht so ohne! Ich musste ganz schön rammeln. Aber es hat sich gelohnt, war richtig gut.« Berry zögerte: »Ich habe leider das Gefühl, Dagmar ist verliebt in mich.«

»Sehr gefährlich«, gab Olaf weise zu bedenken. »Das gibt Probleme, wenn sie dich für sich alleine haben will.

Berry runzelte sie Stirn: »Wem sagst du das? Ich fürchte, sie gehört zu den Typen, die schnell klammern.«

»Vielleicht doch nicht«, beruhigte ihn der Freund. »Und wenn, wirst du damit fertig. Wart's ab.«

»Jaja«, Berry schob seine Bedenken beiseite. »ich habe erst Mal nichts dagegen, unsere Beziehung zu intensivieren, um es mal akademisch auszudrücken.« Beide lachten.

Dagmar sammelte inzwischen ihre im Zimmer verstreuten Kleider ein und zog sich langsam an. Sie konnte ihr Glück kaum fassen! Welche Fügung des Schicksals, dass Berry gerade heute Veronika besuchen wollte, dass sie allein in der Wohnung war, weil sie lange geschlafen hatte und gerade frühstücken wollte, als es klingelte und Berry vor der Tür stand. Auch dass sie ihr Zimmer nicht aufgeräumt und das Bettzeug von dem Sofa nicht weggeräumt hatte, was sie in letzter Zeit aus Bequemlichkeit ohnehin oft unterließ. So ergab sich das Folgende wie von selbst. Sie setzten sich auf das Bett, Dagmar signalisierte ihre Bereitschaft zum Knutschen, Berry war überrascht aber sofort bereit, gegenseitig befreiten sie sich von den lästigen Klamotten. Berry holte, wie immer gut vorbereitet auf alle Eventualitäten des Lebens, ein Kondom aus der hinteren Jeanstasche und bald wusste Dagmar endlich Bescheid über die freie Liebe. Ein reines Vergnügen war es noch nicht gewesen, gestand sie sich ein, aber sie verließ sich auf Berry, der von künftigen Übungen und Spaßhaben gesprochen hatte.

Das muss ich Marion erzählen, dachte Dagmar, während sie das rote Stirnband über ihre Haare schob. Ich bin gespannt auf ihre Erlebnisse mit Knut im Auto der Fahrschule.

8

Endlich hatte Anna Zeit gefunden, mit Otto den längst fälligen Spaziergang durch den Klausenerplatz-Kiez zu machen. Gemeinsam schlenderten sie am Nachmittag eines trüben, aber warmen Spätfrühlingstages durch die Nehringstraße, betrachteten die sorgfältig restaurierten Altbauten aus der Gründerzeit und die wenigen dazwischenliegenden modernen Bauten. In den Straßen des Kiezes war für Autofahrer Schrittgeschwindigkeit vorgeschrieben, so dass eine Horde Jungen zwischen den parkenden Autos und auf dem Fahrdamm Fußball spielen konnte.

»Vor der Sanierung, sahen die Straßen und Häuser natürlich ganz anders aus, und in den Straßen gab es viel weniger Autos«, erklärte Otto.

Anna nickte: »Ich habe alte Fotos gesehen. Gut, dass das Viertel nicht abgerissen wurde. Es sieht richtig schön aus, gibt auch wenig Schmierereien.«

Sie bogen in die Seelingstraße ein und blieben schließlich vor einem Haus stehen.

»Hier habe ich gewohnt. Da oben im dritten Stock. Tja, das waren Zeiten! Da waren meine Haare noch braun und lang«, er lachte kurz auf und fuhr sich mit der Hand durch seinen wirren grauen Schopf.

Anna lachte: »Lange Haare hast du ja immer noch. Und mit deiner Schlabberweste erkennt man dich sofort als einen Altachtundsechziger.«

Otto lächelte geschmeichelt: »Wirklich?«

»Klar, du müsstest jetzt nur noch lange Koteletten haben und einen breiten Gürtel. Und eine Schlaghose natürlich!«

»Hey«, Otto stieß aus Spaß Anna mit dem Ellenbogen in die Seite: »Veräppeln kann ich mich alleine!« Dann ernster: »Wir sind damals wirklich so rumgelaufen. Das kann man sich heute gar nicht mehr vorstellen.«

»Wann bist du denn hier weggezogen?«

»Mitte der 70er Jahre, als mein Haus saniert wurde und wir alle rausmussten. Mir wurde von der Neuen Heimat in Spandau eine Neubauwohnung angeboten, die mir gefiel. Da wohne ich heute noch und bin seitdem Spandauer mit Leib und Seele.« Er schmunzelte: »Ich bin eben ein treuer Typ.«

Nun drehte er sich um und zeigte auf ein Haus auf der anderen Straßenseite. Anna folgte seinem Blick.

»Da drüben wohnte Berry, nach dem du gefragt hast.«

»Stimmt. Das ist Golos Haus«, stellte sie fest. »Dann wohnt Golo tatsächlich in der Wohnung von diesem Berry, der den Ordner vor Jahrzehnten angelegt und auf dem Hängeboden versteckt hat. Was für ein Zufall!« Anna hatte Otto vorher in Kürze von der Sammlung der Papiere aus den 70er Jahren berichtet.

Beide überquerten die Straße und blieben vor dem Haus stehen, dessen bescheidene Stuckverzierungen ebenfalls gut restauriert wirkten, allerdings ohne eine Holztür im alten Stil, wie die meisten Häuser in dem Viertel, sondern mit einer modernen Tür aus Glas und leicht angerostetem Metall.

»Hier kommen wir nicht hinein«, Otto hatte am Türgriff gerüttelt. »man müsste irgendwo klingeln.« Anna winkte ab: »Ist nicht nötig.« Sie spähten beide durch das Glas. »Berry wohnte im Vorderhaus«, erklärte Otto. »Das Hinterhaus wurde bei der Sanierung abgerissen. Du siehst, der Seitenflügel hier links steht noch, aber alles andere wurde Grünanlage.«

»Der Ziegenhof. Den kenne ich.«

»Genau. In dem Hinterhaus wohnte Gerd, der Bruder von Daggi, von der ich dir erzählt habe.«

Ruckartig drehte sich Anna zu ihm hin: »Du hast mir nie etwas von einer Daggi erzählt.«

»Natürlich!« Otto nickte so heftig, dass seine graue Mähne vibrierte. »Ich war in Dagmar verliebt, aber sie hatte nur Augen für den Angeber Berry. Das habe ich dir neulich erzählt.«

»Schon gut. Du hast nur keinen Namen genannt.« Anna wollte wieder gehen und hakte sich bei ihm ein: »Ich glaube, wir haben jetzt genug gesehen. Können wir hier irgendwo einen Kaffee trinken? Ich will dir etwas zeigen, aber du musst mir vorher erzählen, was du über Berry und Daggi weißt.«

»Wir gehen in den ›Brotgarten‹. Die haben ein Bistro, da sitzt man ganz gemütlich, draußen oder drinnen, wie man will.«

Wenig später saßen sie unter Bäumen auf der Straße, tranken ihren Kaffee und Anna bat: »Nun erzähle!«

»Was denn genau?« »Alles! Fang mit Dagmar an!«

»Warum interessierst du dich eigentlich so für Dagmar? Das ist doch alles ewig her, mehr als vierzig Jahre.« »Erzähl ich dir später.«

»Sie kam vom Land«, begann Otto, »aus der Nähe von Kassel. Hatte wohl strenge Eltern. Jedenfalls wollte sie unbedingt nach Berlin. Ihr Bruder Gerd studierte hier schon. Ich habe Dagmar an der PH kennengelernt, bei einem Tisch von irgendeiner K-Gruppe, die Flugblätter usw. verteilte. Sie hat dort einer superaktiven, linksradikalen Studentin aus ihrer WG geholfen, Veronika, ich kannte sie flüchtig. Dagmar sollte die Flugblätter den vorbeigehenden Studenten in die Hände drücken, aber sie traute sich nicht richtig. Dann sollte sie die Blätter in den verschiedenen Häusern verteilen, aber sie kannte noch gar nicht das ganze Hochschulgelände. Veronika sagte, ich solle ihr zeigen, wie man das macht. So bin ich mit ihr losgezogen. Dagmar war übereifrig und wollte unbedingt alles richtig machen«

Otto schwieg in der Erinnerung: »Sie wirkte damals ziemlich naiv, hatte noch nicht den selbstbewussten Ton drauf, der unter den Studenten üblich war. Schon äußerlich unterschied sie sich von den anderen Studentinnen, war eher der mollige Typ. Aber mir hat sie gefallen.«

»Habt ihr euch angefreundet?«

»Ja, aber später. Zuerst haben wir uns nur bei Veranstaltungen gesehen, auf Vollversammlungen oder ähnlichem. Anfangs zog sie viel mit dieser Veronika herum, die sie überall einspannte als Hiwi.«

»Hiwi?«

Otto grinste: »Kennst du nicht? Hilfswillige, quasi Dienerin. Dagmar hat im ersten Semester, glaube ich, gar nicht studiert. Sie hat sich an Veronikas Seite erstaunlich schnell in das ganze revolutionäre Tamtam eingelebt, hatte bald den kommunistischen Jargon drauf und redete überall mit. Aber während sie mit dem Kampf gegen den Senat und seine reaktionäre Bildungspolitik beschäftigt war, wollte ich studieren, meine Scheine machen, wollte, dass das Semester anerkannt wird. Zu den Vollversammlungen bin ich daher immer gegangen, vor allem wenn über Streik oder eine Verlängerung abgestimmt wurde.« Otto lachte leise. »Außerdem waren diese VVs immer eine willkommene Abwechslung für mich. Wenn die Wortführer der verschiedenen Gruppen in aufgeheizter Atmosphäre ihre Argumente in das Mikro brüllten und die Leute im Saal entsprechend mit ohrenbetäubenden Beifalls- oder Missfallenskundgebungen reagierten – das hatte einen hohen Unterhaltungswert! Die Zuhörerschaft wechselte ständig, es war ein Kommen und Gehen. Die Türen zu den Sälen standen meistens offen und solche Versammlungen dauerten oft stundenlang.«

Otto holte Luft für weitere detaillierte Schilderungen, aber Anna stoppte seinen Redefluss: »Danke, Otto! Ich kann mir die damalige Atmosphäre gut vorstellen. Aber wie ging es mit Dagmar weiter?«

»Ja, also – dann habe ich sie näher kennengelernt. Ich traf sie vor dem Haus ihres Bruders, freute mich, dass sie so in der Nähe wohnte, irgendwo in einer WG am Lietzensee.«

»Lietzensee?«, unterbrach Anna ihn überrascht. »Weißt du, wo, vielleicht in der Wundtstraße? In meinem Haus bestand eine WG.«

»Könnte sein, ich habe sie nie besucht. Ich hatte damals mein Schlagzeug dabei und erzählte, dass ich in unserm Keller mit zwei Kumpeln ein bisschen jazzen wollte. Sie war sehr interessiert, erzählte, dass sie sich früher Jazzplatten gekauft hat, sie aber nur hören durfte, wenn der Vater nicht zu Hause war, weil er solche Negermusik nicht in seinem Haus duldete. Sie sagte, dass sie immer versucht hätte, bei Billie Holiday und wie die Jazzsängerinnen alle hießen, mit zu singen und sang ein paar

Takte vor, auf der Straße! Ich fand das toll, fragte, ob sie gleich mal mitkommen wollte, mit uns probieren, aber sie hatte keine Zeit. Später kam sie dann. Sie hatte wirklich eine für Jazzgesang gut geeignete Stimme. Aber ehe wir vier richtig als Band zusammengewachsen sind, ist sie wieder abgesprungen. Ich hatte dann auch keine Lust mehr.«

»Weißt du, warum sie abgesprungen ist?«

»Klar! Wegen diesem blöden Berry! Den himmelte Dagmar an, und als er sich ihr dann voller Gnade zuwandte und sie sich als seine Freundin fühlte, hatte sie für nichts anderes mehr Zeit. Ich kannte den natürlich auch. Nicht nur, weil er in meiner Nähe wohnte, sondern auch aus der PH, wo er überall dabei war und das große Wort führte. Außerdem war er ein Frauentyp, sah gut aus, war witzig, flirtete gekonnt. Die Frauen fuhren auf ihn ab. Anders als bei mir, schon deshalb konnte ich ihn nicht leiden.« Otto lächelte. Dann wurde er wieder ernst: »Jedenfalls war Dagmar auf ihn hereingefallen. Sie sah das natürlich anders. Als ich sie nach ihrer Beziehung zu Berry fragte, sagte sie, dass sie sich bereits bei ihrer ersten Begegnung in ihn verliebt hätte, dass er ihr Erster war und dass sie weiß, dass sie nicht die einzige ist. Aber sie sei kein Spießer und würde auf kleinbürgerliche Treue pfeifen, es mit Berrys Lieblingsspruch halten: ›Wer einmal mit der gleichen pennt, gehört schon zum Establishment‹. Das gelte natürlich ebenso für Frauen, meinte sie. Ich nehme an, sie hat das auch in die Tat umgesetzt.«

Otto schaute Anna an und zuckte mit den Schultern. »Blöderweise«, fuhr er selbstkritisch fort, »habe ich versucht, sie von ihm abzubringen, mich sogar als Ersatz angeboten, aber sie lachte nur und klopfte mir liebevoll auf die Schulter, sagte, ich würde für sie immer ein treuer Freund sein. Na, danke!« Er lehnte sich zurück, strich die Haare nach hinten und trank seine Tasse aus. »Allerdings wurde ich das dann tatsächlich. Wir haben uns oft auf dem Campus und bei diversen Treffen getroffen und uns eigentlich immer gefreut und unterhalten, wenn wir uns sahen. Man studierte ja nicht nur oder ging zu politischen Versammlungen, damals fanden dauernd Feten in irgendwelchen WGs statt, wo man hinging, auch wenn man die Leute gar nicht kannte. Eine Sache fiel mir übrigens auf: sie schien auf einmal Geld zu haben, als ob sie eine neue Einkommensquelle hätte, hatte viel mehr Klamotten, Armreifen und Silberketten, alles, was damals so in war. Und kein billiger Kram. Vielleicht gab ihr Berry das Geld. Sie schien auch schlanker geworden zu sein. Jedenfalls sah sie viel besser aus als früher. Ja, und dann nach ungefähr zwei Jahren waren beide plötzlich verschwunden.«

»Wie verschwunden?«

»Genauso. Sie waren einfach nicht mehr da, von einem Tag auf den anderen. Haben sich von keinem verabschiedet, nichts. Ich war damals bereits nach Spandau gezogen, hatte aber noch Kontakt zum alten Kiez. Als ich dort einmal Dagmars Bruder traf, fragte ich ihn nach seiner Schwester. Er sagte, dass sie keine Lust mehr zum Studieren gehabt und deshalb das Angebot von entfernten Verwandten in Südamerika angenommen hätte, deren Kinder zu hüten. Ich habe Dagmar nie wieder gesehen.«

»Und dieser Berry?

»Von dem erzählten sie in der Hochschule, dass die Eltern genug gehabt hätten von seiner Art, wie er, ohne zu studieren, ihr Geld vergeudete und ihm befohlen haben, auf der Stelle, nach Hause zu kommen und in ihrer Firma zu arbeiten. Da musste er gehorchen. Andere sagten, dass er tot sei, zu viel Alkohol und Drogen. Jedenfalls habe ich den auch nie wieder gesehen.«

»Weißt du, was aus ihrem Bruder geworden ist?«

»Gerd? Keine Ahnung. Guck mal ins Internet: Praxis Dr. Gerd Kunze oder so ähnlich.«

Otto reckte sich und grinste Anna an: »So viel habe ich lange nicht mehr geredet! Wollen wir noch was bestellen? Ich nehm' jetzt ein Bier und Du?«

»Eine Schorle.« »Apfel?« »Nö. Um diese Zeit kann es schon Weißwein sein. Ich finde es hier richtig gemütlich.« Zufrieden sah sich Anna um.

»Jetzt bist du aber dran. Warum interessieren dich die beiden so und was wolltest du mir zeigen?«

Anna hatte die ganze Zeit aufmerksam zugehört, obwohl sie sich allmählich sicher war, dass alle diese Menschen, die sie nicht kannte, und deren Erlebnisse aus einer Zeit, als sie kaum geboren war, nichts mit dem Mord an der Frau auf der Parkbank zu tun hatten. Sie lächelte und prostete mit ihrer Schorle dem alten, liebenswerten Otto zu, der so aufgeräumt, geradezu beschwingt ihr gegenüber saß und während seiner Erinnerungen an seine Studentenzeit immer jünger zu werden schien. Viel vernünftiger wäre es, dachte sie plötzlich, mit ihm und den andern zu jazzen, als ihre Zeit mit diesen alten Geschichten zu verplempern. »Ich glaube«, sagte sie, »ich probiere es mal mit dem Singen in eurer Band.«

»Prima! Das besprechen wir später. Jetzt aber erzähl du bitte, was du von Dagmar und Berry weißt.« Otto war nicht gewillt, das so anregende Gesprächsthema aufzugeben.

»Das ist ja mein Problem. Ich habe jetzt nämlich den Eindruck, deine Dagmar hat mit meiner Phantom-Dagmar gar nichts zu tun.« So kurz wie möglich erzählte sie ihm von der Frau, die sich nach Dagmar erkundigt und die sie später auf einer Bank tot gefunden hatte. Auch die Hinweise auf die 70er Jahre und den Klausenerplatz-Kiez erwähnte sie.

Als sie schwieg, guckte Otto tatsächlich verwundert: »Wie kommst du darauf, dass es sich um ›meine‹ Dagmar handelt? Den Namen gab es damals ziemlich häufig, bestimmt auch in unserm Kiez.«

»Das meinte ich vorhin. Ich glaube, vor lauter Aufklärungswut sehe ich Zusammenhänge, die es gar nicht gibt. Zeitweise hatte ich gehofft, dass unsere beiden Dagmars identisch sind. Inzwischen glaube ich das nicht mehr. Aber das wollte ich dir noch von wahrscheinlich deiner Daggi zeigen«, Anna nahm den Zettel aus der Tasche und gab ihn Otto, »das habe ich in dem Ordner aus Golos Wohnung gefunden. Du siehst, da steht Daggi und B.«

Otto ergriff und entzifferte das Blatt, stirnrunzelnd und kopfschüttelnd: »Ist das eine Anleitung zum Bespitzeln?« Er schaute hoch, sein Gesicht war ein einziges Fragezeichen: »Das sieht ja nach Stasi aus.«

»Vielleicht.« Anna wollte den Zettel wieder einpacken, aber Otto hielt ihn fest: »Moment! Das ist möglich.« Er überlegte kurz. »Ich erinnere mich: Berry engagierte sich vorwiegend in der ADS, der ›Aktionsgemeinschaft der Demokraten und Sozialisten‹, eine Organisation der SEW in West-Berlin. Er war ein offener Sympathisant der DDR, wie viele linke Studenten.«

Ohne ein Wort zu sagen, hielt Anna ihm den SEW-Ausweis von Heribert Fisch hin und lächelte in Erwartung seiner Reaktion, die dann auch, wie sie vermutete, heftig ausfiel. Er schrie auf: »Das gibt es nicht! Berry war sogar Parteigenosse! Da gehörte er sicher zu den Stasi-Spitzeln, die sich in den West-Berliner Hochschulen herumtrieben. Die waren darin geschult, linke Studenten oder auch nur solche, die leichtes Geld verdienen wollten, zu überreden, Berichte über Kommilitonen, Seminare usw. anzufertigen. Mich hat auch einer mal angequatscht, aber ich bin nicht darauf eingegangen. Das sieht hier fast so aus«, Otto wies auf den Zettel, »als ob Berry Dagmar ebenfalls das Spitzeln beibringen wollte oder sollte.«

»Kann schon sein.« Jetzt hielt Anna ihm das Foto von der Studentengruppe hin. »Erkennst du jemanden darauf?«

Wieder war Ottos Reaktion bemerkenswert. »Mich trifft der Schlag«, stammelte er. »Woher hast du das Foto? Hier das bin ich und das ist

Gisela, meine damalige Flamme«, er zeigte auf zwei kleine verschwommene Köpfe. »Die hatte ich gerade kennengelernt, wir waren wahnsinnig ineinander verknallt! Ich habe mit keiner so intensiv herumgevögelt wie mit ihr. Entschuldige!« Er lachte sie an. »Auch wir waren mal jung und knackig.«

»Freut mich für dich«, schmunzelte Anna. »Sind auf dem Foto auch Berry und Dagmar?«

Jetzt holte Otto aus: »Berry nein, Dagmar ja. Ich kann mich noch genau an diese Nacht erinnern, das war irgendwo in einer riesigen WG-Wohnung in Schöneberg. Massenhaft Leute waren da. Eben auch Dagmar.« Otto zeigte auf einen anderen verschwommenen Kopf: »Tut mir leid für dich, aber man kann nichts erkennen. An diesem Abend erklärte uns Dagmar, dass sie sich jetzt endgültig von Berry getrennt hätte. Aber keiner nahm sie ernst, das hatte sie so oft gesagt, immer wenn Berry sogenannte Probleme mit anderen Frauen aus den K-Gruppen bearbeiten musste, wie er es nannte, und sie links liegen ließ. Dagmar war bei weitem nicht so liberal, wie sie sich gern gab. Wenn ich damals nicht so eine Super-Freundin gehabt hätte, hätte ich sofort etwas mit ihr angefangen. Und sie hätte mich nicht abgewiesen!« Otto lachte siegessicher. »Aber letzten Endes kehrte sie immer zu Berry zurück, sie kam nicht von ihm los.«

»Interessant. Aber ich denke, wir können jetzt das Thema abschließen«, meinte Anna und steckte Zettel, Parteiausweis und Foto wieder ein.

Otto hatte gar nicht hingehört, »Ich habe später gelesen, dass die kommunistische ASD allein an der FU, TU und PH mehr als 1000 Mitglieder hatte und zwar in allen Ebenen, Profs, Mittelbau und Studenten und dass sie in den Hochschulgremien im Durchschnitt dreiviertel der Stimmen besaßen.«

»Ich weiß, aber das ist jetzt alles vorbei.« Anna wollte zum Schluss kommen, Otto noch nicht: »Hieß deine Dagmar mit Nachnamen Kunze?«

»Keine Ahnung. Die Frau sprach immer nur von einer Dagmar.«

Zu seiner Freude fiel Otto noch etwas Erzählenswertes ein: »Einmal habe ich auf einer Versammlung Dagmar mit Berry gesehen. Da war aber noch eine andere Frau dabei, die ich nicht kannte. Sie sah sehr gut aus, schlank mit langen blonden Haaren und flirtete ungeniert mit Berry. Dagmar saß auf der anderen Seite von ihm. Es störte sie anscheinend nicht. Später verließen die beiden die Versammlung, ohne Berry. Sie schienen sich gut zu verstehen, lachten und unterhielten sich, als wären sie Freundinnen.«

Anna nickte, sie hatte nur noch flüchtig zugehört. »Probt ihr mit eurer Band eigentlich regelmäßig?« fragte sie.

»Was?«, Otto war irritiert, »Ach so. Nicht regelmäßig. Wir verabreden immer den nächsten Termin.«

»Ok, wenn ich Zeit habe, frage ich einfach Golo.«

»Schön, dass du mitmachen willst. Noch etwas zu Daggi: soll ich nicht mal zu eurer Parkarbeit kommen und sehen, ob meine Dagmar dabei ist – falls ich sie überhaupt erkenne?«

»Das ist eine gute Idee! Komm doch am nächsten Dienstag. Da kannst du gleich mitarbeiten.«

9

Am Dienstag hatte sich die Gruppe vorgenommen, den Platz am Speerträger im nördlichen Teil des Parks zu säubern und von Unkraut zu befreien. Da gab es eine Menge zu tun. Der Himmel war ausnahmsweise mal strahlend blau, die Sonne schien. Es war nicht verwunderlich, dass diesmal eine große Arbeitsgruppe zusammengekommen war, in der auch Renate, Lydia und Christiane arbeiteten, die als Dagmar in Frage kämen. Anna betrachtete sie unter dem Aspekt, ob eine von ihnen der Beschreibung von Otto entsprach. Aber sie kam zu keiner Entscheidung: alle drei waren mollig mit braunen gewellten Haaren. Allerdings waren bei ihnen Farbe und Locken nicht das Werk der Natur, sondern das einer Friseuse. Elisabeth war die einzige, die ihre Haare nicht färbte. Und Elisabeth fehlte wieder. Seit der Auseinandersetzung an dem Regentag war sie nicht mehr gekommen. Keiner von den Frauen mochte sie anrufen und sich nach ihr erkundigen. Sie waren verstimmt wegen ihrer abweisenden Äußerungen und dem unversöhnlichen Abgang. Anna zögerte auch, sie war der Meinung, Elisabeth müsste von sich aus wieder den Kontakt aufnehmen. Brigitte nahm heute ebenfalls nicht an der Parkarbeit teil, aber sie hatte sich entschuldigt.

Nach einer Weile kam Otto, Anna stellte ihn vor und begutachtete kritisch seine Kleidung: »Eine ältere Jeans hast du nicht? Das Hemd ist auch zu schade. Am besten du nimmst eine Schürze.« Sie kramte in ihrer Tasche, wo sich immer eine Reserveschürze mit dem Aufdruck »Bürger für den Lietzensee« befand. »Nee! Auf gar keinen Fall!« Otto weigerte sich vehement. Die andern grinsten. Robert drückte ihm eine große Schaufel in die Hand; »Komm, du kannst mir helfen, die überwucherten Steinkanten von den Wegen wieder freizustechen. Das ist eine schwere Arbeit. Das können unsere Damen nicht.«

Otto gab sich redlich Mühe, machte aber bald schlapp. Mit Roberts Kraft und Routine konnte er nicht mithalten, so gesellte er sich lieber zu den »Damen«. Anna beobachtete ihn, wie er mit jeder ein unverbindliches Gespräch begann und sie dabei aufmerksam musterte.

»Sie ist nicht dabei«, versicherte er mit großer Bestimmtheit, als sie beide etwas entfernt von den anderen, eine Bankbucht säuberten. »Ich habe alle drei genau angesehen. Keine Dagmar!«

»Schade«, erwiderte Anna leise, »meine Hauptverdächtige kommt leider nicht mehr zu unseren Verabredungen. Ich habe sie mit meiner Fragerei vergrault. Eine Frau, die früher in Argentinien gelebt hat.«

»Das klingt gut. Vielleicht ist sie das. Wenn ihr euch vertragen habt, komme ich wieder und sehe sie mir mal an.«

Die Zeit verging. Anna verbrachte viele zusätzliche Stunden in der Schule zur Vorbereitung des Musikabends, den sie alljährlich zum Ende des Schuljahres veranstaltete. In diesem Jahr hatte sie in ihrem Kollegen Golo zum ersten Mal einen Mitstreiter, so dass nicht die ganze Arbeit und auch Verantwortung auf ihren Schultern lastete. Mit Golo zusammen diese Veranstaltung zu organisieren, war für sie außerdem nicht nur eine Hilfe, sondern auch ein Vergnügen.

Martin kam in regelmäßigen Abständen aus Wien, sie zu besuchen. Mit Max in den USA unterhielt sie sich hin und wieder über Skype. Im Gegensatz zu seinem Vater wurde er weder von Heimweh, noch von ausgeprägter Sehnsucht nach der Familie gequält. Kalli und seine Freundin Anja, die Violinistin, hatten inzwischen den Landeswettbewerb von »Jugend musiziert« gewonnen und bereiteten sich nun auf den Bundeswettbewerb vor – kurz, für Anna war das Drama um die Tote auf der Bank und die Suche nach einer gewissen Dagmar völlig in den Hintergrund getreten. Nicht einmal zum Jazzen mit Golos Band hatte sie bisher Zeit gefunden.

Doch es dauerte nicht lange und der Fall Dagmar wurde wieder aktuell. An einem Sonntagvormittag lag Anna gemütlich auf dem Sofa und las in der Zeitung einen Artikel über erneute Querelen in der Berliner Koalition. Schon beim Frühstück hatte sie Kalli verkündet: »Heute chille ich mal ausgiebig«, der ihr allerdings freundlich davon abriet, diesen Ausdruck zu benutzen: »Dafür bist du zu alt.«

Jedenfalls hatte sie sich fest vorgenommen, heute, oder wenigstens am Vormittag zu »chillen«, und die anliegenden Arbeiten auf später zu verschieben, als das Telefon klingelte, unbekannte Nummer, Anna zögerte, aber dann hob sie ab.

Überrascht hörte sie Elisabeths Stimme: »Hallo, Anna, wie geht's? Ich würde mich ganz gern einmal mit dir treffen. Ich habe etwas für dich.« Es klang kühl, aber nicht abweisend.

»Elisabeth! Das ist aber nett, dass du dich meldest!« Anna war so erleichtert über eine mögliche Aussöhnung mit Elisabeth, dass sie sich bremsen musste, um nicht allzu überschwängliche Freude zu zeigen. Trotzdem fügte sie noch hinzu: »Ich fand es so schade, dass du den Kontakt zu uns abgebrochen hast.«

»Du weißt, ich hatte meine Gründe! Eine Frage: hast du am Dienstagnachmittag Zeit? Ich würde mich freuen, wenn du mich besuchst. Wir könnten zusammen Kaffee trinken. Wie ich sagte, ich habe eine Menge zu erzählen.«

»Gern, aber ich muss erst auf den Kalender schauen.« Während Anna sprach, ging sie in ihr Zimmer. Dann: »Nachmittags geht leider nicht. Ich bin bis 18 Uhr in der Schule. Aber danach könnte ich kommen.«

»Gut! Bis dann, Tschau!«

»Ich freue mich. Tschau.« Dann legten beide auf.

Nachdenklich brachte Anna das Telefon zurück. Es muss etwas ganz Ungewöhnliches geschehen sein, dass Elisabeth, die zwar immer zuverlässig in ihrer Parkgruppe mitgearbeitet, aber nie mit einzelnen Teilnehmern private Kontakte geknüpft hatte, jetzt nicht nur mit ihr sprechen will, sondern sie sogar in ihre Wohnung einlädt.

Elisabeth wohnte in der Kuno-Fischer-Straße in einem Haus, gebaut Anfang des 20. Jahrhunderts, wie Anna wusste. »Ich wohne im Hinterhaus, du musst über den Hof gehen«, hatte sie ihr gesagt.

Als Anna mit dem Fahrstuhl in den vierten Stock gefahren war und wenig später neben Elisabeth auf dem Balkon stand, schüttelte sie belustigt den Kopf: »Hinterhaus! Wie das klingt! Da erwartet man dunkle und kleine Wohnungen. Aber hier! Genau das Gegenteil!«

Entzückt ließ sie das Panorama auf sich wirken, das sich ihren Augen bot: unter ihnen lag der aus der Höhe riesig erscheinende Lietzensee mit dem Park, links die Große Kaskade, deren südländische Schönheit aus diesem ungewöhnlichen Blickwinkel besonders zur Geltung kam. Gegenüber hinter der Figur des sandalenbindenden Jünglings und den Bäumen lugte die Kirche hervor. Sogar das Hochhaus auf der rechten Seite wirkte von oben gar nicht so sehr als ein Fremdkörper im Park, wie man es gewöhnlich empfand. Und über ihnen, selten zu erleben in einer Großstadt, ein weiter, heute allerdings bedeckter Himmel.

Anna wandte sich zu Elisabeth: »Phantastisch dieser Blick! Du bist zu beneiden mit dieser Wohnung.«

Elisabeth, die sehr befangen wirkte, bestätigte steif: »Ja, ich fühle mich hier recht wohl.«

»Die letzten beiden Dienstage haben wir den Platz dort drüben am Sandalenbinder bearbeitet. Da hättest du uns beobachten können.«

»Habe ich auch, ihr saht sehr fleißig aus«, erwiderte sie ernst. »Aber nimm bitte Platz. Was möchtest du trinken? Apfelschorle? Oder nur Wasser? Ich habe auch einen Wein im Kühlschrank.«

»Danke ich nehme eine Schorle.« Anna setzte sich in einen bequemen Balkonstuhl und schaute zu, wie Elisabeth die Getränke eingoss. Ganz ungewohnt sah sie aus in ihrer weißen Bluse und dem bunten Rock, sogar einen Lippenstift hatte sie benutzt. Wahrscheinlich denkt sie von mir dasselbe, sie selbst trug natürlich auch keine Parkarbeitskleidung.

»Ich bin froh, dass du mir meine Fragerei nicht mehr übelnimmst. Ich wollte dir wirklich nicht zu nahetreten«, sagte Anna mit Nachdruck und lächelte versöhnlich.

»Jaja, schon gut. Nächste Woche werde ich wieder bei der Gruppe mitmachen.« »Prima.« »Es tut mir leid, dass ich neulich so heftig reagiert habe. Ich denke, es ist Zeit, dir etwas von mir zu erzählen. Da wirst du mich auch besser verstehen«, begann Elisabeth zögernd. Anna trank einen Schluck und lehnte sich zurück.

»Ich bin erst seit sechs Jahren wieder in Deutschland. Wie ich euch schon einmal erzählte, stamme ich aus Schleswig-Holstein. Ich hatte eine schwierige Kindheit und Jugend, Probleme in der Schule, auch mit meinem Vater. Es lief alles schief in meinem Leben damals. Meine Mutter hatte eine alte Tante in Buenos Aires, die sollte ich als Haustochter betreuen. Ich flog also nach Argentinien und eine herrliche Zeit für mich begann. Meine Großtante Isabella liebte mich wie ihre Enkelin und ich sie wie eine Oma, die ich nie hatte. So lebten wir ca. zehn Jahre zusammen und von mir aus hätte es noch jahrelang so weitergehen können.«

Elisabeth schwieg. Mit einer hilflosen Geste fuhr sie fort: »Aber sie war alt und wurde krank. Ich pflegte sie, aber schließlich starb sie und ließ mich verlassen zurück. Nach der Beerdigung war mir klar, dass ich nach Deutschland zurückkehren musste, und ich war sehr unglücklich. Da eröffnete sich ganz überraschend eine Möglichkeit zu bleiben. Isabella hatte ein paar nette Bekannte gehabt, darunter auch einen Witwer,

Juan, zwar schon Anfang sechzig, aber gutaussehend und auch sonst gut in Form. Um es kurz zu machen: Als er mich in den Tagen nach Isabellas Tod besuchte, und ich weinte, weil ich nun wieder nach Hause zurückkehren musste, machte er mir ernst und aufrichtig einen Heiratsantrag. Ich war damals Anfang dreißig. Verrückt, nicht wahr?« Elisabeth schaute Anna an, um zu sehen, wie sie reagierte.

Anna nickte ihr zu: »Wieso nicht? Wenn du ihn mochtest?«

»Und wie ich ihn mochte.« Sie lächelte versonnen und betrachtete das Glas in ihrer Hand: »Wir hatten eine wunderbare Zeit zusammen.«

Dann hob sie den Kopf, ihre Stimme wurde lauter und der Ton härter: »Aber in einem Punkt wurde unsere Eintracht immer wieder gestört. Mein Mann hatte einen Sohn, Felipe, zwei Jahre älter als ich, der von Anfang an gegen unsere Ehe war und mich auf die hinterhältigste Art bekämpfte. Aus finanziellen Gründen, das muss ich hinzufügen. Mein Mann war Besitzer einer gutgehenden Farbenfabrik und vermögend. Der Sohn dagegen ging keiner geregelten Arbeit nach, war, kurz gesagt, ein Herumtreiber, wohnte auch nicht in Buenos Aires. In regelmäßigen Abständen kamen Bettelbriefe von ihm und sein Vater überwies ihm immer wieder mit zusammengebissenen Zähnen größere Summen. Ich hielt mich heraus, so gut ich konnte. Als Juan nach fast dreißigjähriger Ehe und langer Krankheit starb, stellte sich heraus, dass ich laut Testament die Haupterbin war, Felipe bekam nur einen kleinen Pflichtteil. Auf das, was dann geschah, war ich in keiner Weise vorbereitet.«

Elisabeth musste eine Pause machen, um das Folgende angemessen zu berichten. Ihre Wangen hatten sich gerötet: »Der Sohn, hasserfüllt bis in die letzte Faser seines Herzens, zeigte mich an, behauptete, ich hätte Juan gezwungen, sein Testament zu ändern und ihn anschließend getötet. Da ich meinem Mann in den letzten Monaten seiner Krankheit ein Herzmittel spritzen musste, sagte Felipe einfach, ich hätte ihm eine falsche Dosis gegeben, sprach von mir nur als der Mörderin seines Vaters, so lange und so laut, bis sogar die Freunde sich von mir zurück zogen. Bei den Ermittlungen musste ich in erniedrigenden Verhören Rede und Antwort stehen. Schließlich ordnete der Richter eine Obduktion an. Felipe hätte mich in der Zwischenzeit am liebsten im Untersuchungsgefängnis gesehen, aber ich durfte in unserm Haus bleiben.«

»Entsetzlich! Wie du das ausgehalten hast«, warf Anna ein.

Elisabeth hatte sich während ihres Berichtes vor Anspannung kaum in ihrem Balkonsessel bewegt. Jetzt wurde sie merklich lockerer und sah Anna fast triumphierend an: »Ich habe gelitten, das kannst du mir glauben, monatelang! Aber ich habe durchgehalten. Schließlich stellte sich natürlich heraus, dass Juan ohne meine Mitwirkung gestorben war. Die Freunde näherten sich mir wieder, auch Felipe bat um Entschuldigung. Wahrscheinlich hoffte er, dass ich ihm freiwillig von dem Geld etwas abgab. Aber ich war bedient. Unser alter Bankberater sorgte dafür, dass mein Erbe gut angelegt ist, ich veranstaltete eine Abschiedsparty und ging dann nach Deutschland zurück. Ich hatte mich für Berlin entschieden, obwohl ich es nicht kannte. Und da bin ich nun! Salud!« Sie hob ihr Glas und lachte.

»Prost«, auch Anna hob ihr Glas: »Da hast du ja einiges durchgemacht. Aber besser als in dieser Wohnung, mit dem See zu deinen Füßen, kann es dir wirklich nirgendwo gehen.«

Sie plauderten noch ein Weilchen, bis Elisabeth aufstand und mit den Worten: »Ich wollte Dir noch etwas zeigen«, den Balkon verließ.

Mit einem Buch in der Hand kam sie zurück und gab es Anna.

»Heinrich Böll«, las diese vor, »Die verlorene Ehre der Katharina Blum‹.«

»Kennst du den Roman?«

»Ja, den habe ich vor langer Zeit gelesen. Er spielt in den 70er Jahren, wenn ich mich richtig erinnere, es ging um die Studentenbewegung, auch um die RAF, vor allem aber auch gegen den Springerkonzern. Böll war politisch ziemlich links orientiert. Was ist denn damit?«

»Ich will es lesen. Ich dachte, ich muss mich jetzt, da ich wieder hier bin, mit der deutschen und auch der Berliner Geschichte befassen. Ich habe schon Einiges gelesen und wollte mir nun einmal Heinrich Böll vornehmen.«

Anna wusste nicht, worauf Elisabeth hinauswollte: »Ist doch eine gute Idee.«

Statt eine klare Antwort zu geben, fragte Elisabeth: »Weißt du, woher ich dieses Buch habe?«

»Nein, woher?«

»Ich habe es von Brigitte geborgt.«

»Na und?«

Jetzt ließ Elisabeth die Katze aus dem Sack: »Guck dir mal den Namen an, der innen auf dem Buchdeckel steht.«

Anna schlug das Buch auf und las: »Dagmar Kunze«. Sie lachte auf: »Da bin ich platt! Meinst du Brigitte ist Dagmar? Das ist unmöglich.«

»Warum?« Elisabeth beugte sich vor: »Sie hatte mir das Buch geborgt, lange bevor die Frau nach Dagmar fragte. Da konnte sie noch gar nicht wissen, dass dieser Name einmal eine wichtige Rolle spielen wird. Sie könnte gut die Dagmar sein.«

»Elisabeth!«, ermahnte Anna sie grinsend: »Du willst doch nicht etwa genauso in den Angelegenheiten von fremden Leuten herumschnüffeln, wie du es mir neulich vorgeworfen hast?«

Aber Elisabeth war nicht zu bremsen: »Wir haben jetzt endlich einen Anhaltspunkt, wer von uns diese Dagmar ist. Wenn ich Brigitte das Buch zurückgebe, werde ich sie einfach danach fragen.«

»Auf jeden Fall«, stellte Anna fest, »steht in dem Buch der Name der Frau, die mein Bekannter kennt.« In wenigen Sätzen erklärte Anna das Ergebnis ihrer Gespräche mit Otto. Sie blätterte im Impressum des Romans: »Das kann zeitlich stimmen. Es ist die 1. Auflage von 1974, Verlag Kiepenheuer & Witsch. Man darf also vermuten, dass dieses Buch Ottos Daggi gehört hat. Dass es sie gegeben hat, steht ja inzwischen außer Zweifel. Warum soll sie dann nicht auch diesen Roman besessen haben?«

»Aber wie kommt er in Brigittes Hände?« Elisabeth ließ nicht locker.

Anna sah darin kein Problem: »Z. B. auf dem Trödel gekauft.«

Enttäuscht verzog Elisabeth das Gesicht: »Ach so, ja, das kann sein.«

Anna lachte: »Ich erkenne dich gar nicht wieder. Du bist ja richtig verbissen! Brigitte kann auch aus einem anderen Grund nicht diese Dagmar sein. Wie du weißt, ist sie in der DDR geboren und aufgewachsen und kam erst nach der Wende nach West-Berlin. Trotzdem ist es natürlich ein unglaublicher Zufall, dass das Buch bei Brigitte gelandet ist.«

Annas Handy klingelte: »Hallo Mama«, hörte sie ihren Sohn. »Wo bist du denn die ganze Zeit?« »Bei einer Parkfreundin. Ich komm jetzt aber nach Hause. Tschau.«

»So weit sind wir schon.« Anna lachte. »Der Sohn kontrolliert die Mutter. Verkehrte Welt! Ich muss jetzt aber wirklich gehen.« Sie stand auf: »Allerdings will ich vorher nochmal kurz ins Badezimmer.«

Im Flur wies Elisabeth auf eine Tür: »Dort drüben.«

Als Anna sich die Hände abgetrocknet hatte, blieb ihr Blick an einem niedrigen Schränkchen neben dem Waschbecken hängen, auf dem ein breites Armband lag. Sie nahm es vorsichtig hoch und betrachtete es eingehend: es war aus schwerem, laut Stempel 24 karätigem Gold und verziert mit verschieden farbigen Edelsteinen, darunter auch Diamanten. Es musste ungeheuer wertvoll sein.

»Sag mal«, platzte Anna heraus, als sie das Badezimmer verließ. »Was liegt dort für ein wunderbares Armband? Das ist ja ein Museumsstück, sicher unendlich kostbar!«

Elisabeth blickte erschrocken und errötete. »Ich hatte vergessen, das wegzulegen, du solltest es gar nicht sehen.« »Warum nicht?«

»Ich habe mir angewöhnt, meinen Schmuck in der Öffentlichkeit nicht zu zeigen.«

»Und warum?«, fragte Anna ein zweites Mal irritiert.

Elisabeths Gesicht nahm einen melancholischen Ausdruck an: »Die Schmuckstücke sind Geschenke meines Manne in den langen Jahren unserer Ehe. Er war äußerst großzügig. Er liebte es, wenn ich kostbaren Schmuck trug. Aber, wie du weißt, Anna, die Zeiten haben sich geändert.« Tränen traten wieder in ihre Augen: »Wann soll ich hier in Berlin diese Schmuckstücke tragen? Dafür habe ich kaum Möglichkeiten und wenn, würde ich so sehr damit auffallen, dass es mir unangenehm wäre, auch gefährlich wegen des ungeheuren Wertes. Daher lege ich den Schmuck nur hin und wieder zu Hause an und denke an die schönen Zeiten mit meinem Juan, die nun endgültig vorüber sind.«

Elisabeth tat Anna leid, wie sie so traurig vor ihr stand, und sie umarmte sie kurz: »Du hast bestimmt Recht. Jedenfalls vielen Dank für diesen netten Nachmittag. Ich habe die Schule und alles, was ich noch machen muss, vollkommen vergessen.« Nach einem herzlichen Abschied schwang sich Anna auf ihr Fahrrad.

Im Grunde, überlegte sie auf der Fahrt nach Hause, kann die Frau auf der Bank doch von der Dagmar getötet worden sein, nach der sie sich erkundigt hatte. Bis jetzt waren sie und alle anderen davon ausgegangen – warum eigentlich? – , dass die Dagmar aus der Gruppe zwar nützliche Erklärungen hätte abgeben können, aber dass sie selbst nicht die Mörderin war. Aber niemand wusste, welche Beziehung zwischen den beiden Frauen früher bestanden hatte.

Elisabeth könnte Dagmar sein. Sie ging nicht nur in den 70er Jahren nach Südamerika, sondern konnte auch professionell mit einer Spritze umgehen. Vielleicht hat Elisabeth bewusst die Ehrliche gespielt und ganz ungeniert Brigitte ins Spiel gebracht, um von sich abzulenken. Aber jetzt nach dieser Einladung und dem freundschaftlichen Gespräch über ihre Lebensgeschichte, schien Anna das äußerst unwahrscheinlich. Vielleicht war es aber auch Brigitte, die an dem Dienstag gefehlt hatte, als Otto die Frauen inspizierte.

Daher ergab sich für sie der nächste Schritt zwangsläufig: Otto musste her! Wir vier treffen uns, überlegte sie, unterhalten uns und Otto muss dann sagen, ob er in einer der beiden Frauen seine alte Freundin wiedererkennt. Als Treffpunkt schien Anna der »Brotgarten« bestens geeignet, ein neutraler Ort, der trotzdem einen gewissen Bezug zu dem ganzen Geschehen hatte.

Anna, die an dem Fall Dagmar kaum mehr interessiert gewesen war, hatte nun nichts gegen eine Fortsetzung dieser spannenden Geschichte einzuwenden.

10

Einträchtig kehrten Brigitte und Anna die Stufen der Treppe, die zur Neuen Kantstraße hinaufführte und auf der sich im Laufe der Zeit wieder viel Müll, Dreck und Blätter angesammelt hatten. Sie kamen gut voran. Nicht zum ersten Mal staunte Anna über Brigitte, wie sie trotz ihres Alters diese Arbeit flotter und mit mehr Kraft und Ausdauer erledigte als sie selbst.

Als sie eine dementsprechende Bemerkung machte, lächelte Brigitte geschmeichelt: »Ich habe immer gern im Garten gearbeitet, ich habe sogar noch einen in Treptow in einer Kleingartenanlage mit einer Datsche.«

»Treptow? Hast du da gewohnt?« »Liegt im Osten von Berlin.«

Brigitte wechselte das Thema, mit Absicht, wie es Anna schien: »Aber jetzt habe ich auch eine Frage an dich. Du arbeitest doch als Lehrerin. Wieso hast du eigentlich an einem Vormittag Zeit?«

Anna lachte: »Komisch, das hat mich noch keiner gefragt.« Und sie erklärte, dass sie nur eine halbe Stelle an der Schule hatte und ihre Unterrichtsstunden so gelegt sind, dass sie einen Tag frei hatte.

»Sehr praktisch, das hätte ich auch gern gehabt.«

»Warst du auch Lehrerin, in der DDR? Das hast du ja noch nie erzählt.« Anna kam aus dem Staunen nicht heraus.

Brigitte machte eine Pause, wischte sich über die Stirn und erwiderte beiläufig: »Ach, weißt du, ich habe vieles nicht erzählt. Das spielt auch jetzt alles keine Rolle mehr.«

Das ist die Gelegenheit, dachte Anna.

»Sag mal, Brigitte«, Anna lächelte sie an, »hättest du etwas dagegen, wenn wir uns mal privat treffen und uns unterhalten würden? Lehrerin in der DDR, das interessiert mich wirklich. Wir könnten auch Elisabeth dazu holen. Ich habe mich ja zum Glück mit ihr wieder vertragen, vielleicht erzählt sie auch von ihrer Zeit in Argentinien.«

Misstrauisch runzelte Brigitte die Stirn: »Und was haben wir davon?«

Anna lächelte unentwegt weiter: »Wir arbeiten schon so lange hier im Park zusammen. Es wäre schön, wenn wir uns näher kennenlernen würden.«

»Mit den andern verabredest du dich auch?«

»Das wollte ich eigentlich. Ja«, improvisierte Anna schnell, unermüdlich lächelnd und noch eifriger: »Außerdem möchte ich dir etwas zeigen.« »Was denn?«

Fast wollte Anna aufgeben angesichts dieser hartnäckigen Abwehr. Letzter Versuch, dachte sie: »Das will ich nicht sagen! Eine Überraschung!« Brigitte schaute zum See hinunter, überlegte. »Na gut«, sie nickte Anna zu. »Und wo wollen wir uns treffen.«

Diese atmete auf: »Eigentlich, wo du willst. Ich dachte vielleicht im ›Brotgarten‹ in der Seelingstraße. Aber wir können uns auch hier im Café am See treffen.«

Brigitte begann wieder zu fegen: »Na gut. Dann sagen wir im ›Brotgarten‹.«

»Ich stelle mir das sehr nett vor.« Anna beendete erleichtert die Unterhaltung und begann, wucherndes Unkraut an den Treppenstufen abzukratzen. »Ich frage dann auch Elisabeth, und wir machen einen Termin aus.«

Am nächsten Tag telefonierte Anna mit Otto.

»Wir müssen das richtig planen. Es wäre gut, wenn du dir die beiden Frauen erst einmal allein in Ruhe ansiehst. Wenn du nämlich nur einmal kurz vorbeigehst, kannst du diese Dagmar nach über vierzig Jahren unmöglich sofort erkennen. Soll ich dir vorher ein Handy-Foto von den beiden schicken?«

»Ist nicht nötig. Ich werde sie mir mit einem Fernglas von weitem ansehen, wenn ihr schon am Tisch sitzt, sozusagen undercover.« Otto amüsierte sich. »Das wird der reinste Krimi.«

»Ja, das geht auch. Aber von wo aus?«

»Von Golos Wohnung, der wohnt ja schräg gegenüber.«

»Perfekt.« Anna spann belustigt den Faden weiter: »Und dann müsstest du ganz zufällig vorbeikommen, mich als alte Bekannte erkennen, stehenbleiben und mit mir plaudern. Das erfordert aber ein hohes Maß an Schauspielkunst. Kriegst du das hin?«

Im Brustton der Überzeugung versicherte Otto: »Selbstverständlich! Ich habe in meiner Schulzeit in der Theater-AG gespielt.« Beide lachten. »Wenn keine von den Frauen Dagmar ist, gehe ich weiter.«

»Gute Idee«, stimmte Anna zu. »Dann weiß ich Bescheid. Und wenn die Dagmar dabei ist, setzt du dich zu uns.«

»Dann sehe ich sie an und spiele den total Überraschten, der nie damit gerechnet hätte, Daggi nach Jahrzehnten wiederzusehen. Du wirst mich bewundern, wie überzeugend ich sein werde.«

»Wenn eine die Gesuchte ist, bringst du Golo mit. Der kann dann von Berrys Mappe erzählen, falls sie etwas abstreitet. Den Rest müssen wir improvisieren.« Anna wurde ernst: »Eigentlich ist es ein bisschen gemein, wie wir die beiden hereinlegen wollen, findest du nicht?«
»Nein, nein, ist ja für einen guten Zweck«, beruhigte sie Otto.

Im Laufe der Zeit hatte sich Anna an das Leben als Single und alleinerziehende Mutter gewöhnt, obwohl Martin, mit dem sie regelmäßig telefonierte, das nur ungern zur Kenntnis nahm. Er drängte sie und Kalli, ihn auch einmal in Wien zu besuchen, die Wohnung zu besichtigen, die er gemietet hatte, und an seinem neuen Leben teilzunehmen. Trotz Überredungsversuchen seines Vaters wollte der Sohn lieber in Berlin bleiben. Daher flog Anna allein an einem Wochenende im Juni nach Wien. Bei herrlichem Sonnenwetter zog sie mit Martin durch die Altstadt, bestand auf einem kurzen Besuch des Leopold-Museums wegen der Bilder von Schiele und Klimt, ließ sich von ihrem Mann die Universität am Ring und seine Räume dort vorführen und lernte dabei nette Kollegen und Studenten kennen. Auch von der Wohnung war Anna begeistert, besonders von der anregenden Atmosphäre des Schlafzimmers. Ihr Berliner Alltag trat in diesen beiden abwechslungsreichen Wiener Tagen fast vollständig in den Hintergrund.

    Zurückgekommen allerdings tauchte sie sofort wieder in ihr gewohntes Leben ein. Kalli hatte sich beim Sport das Knie verletzt, was ihn beim Cellospielen behinderte. Er jammerte – übertrieben, wie Anna es einschätzte – über seine Schmerzen, und sie musste ihn, mit Verstärkung seiner geigenspielenden Duo-Partnerin Anja, nachhaltig ermuntern, trotzdem zu üben, da die beiden in Anbetracht des bevorstehenden Wettbewerbs mit den Proben nicht pausieren durften.

    In der Schule drängte Golo sie, sich intensiver mit der Planung des Musikprogramms für das Sommerfest und die Entlassung der Sechstklässler zu beschäftigen. Otto hatte auf dem AB angekündigt, dass er sie sofort sprechen müsste, und auch Elisabeth hatte angefragt, wann sie sich nun treffen wollten, um herauszufinden, ob Brigitte Dagmar war.

    Anna rief zuerst Otto an. »Endlich«, freute er sich. »Ich habe schon einen Tisch für euch im Brotgarten ausgesucht, den ich aus Golos Wohnung erstklassig überblicke. Wann gibst du den Startschuss zu unserm Spionageprogramm? Ich kann mich ganz nach euch richten.« Daraufhin telefonierte Anna mehrmals mit Elisabeth und Brigitte, bis sie einen gemeinsamen Termin gefunden hatten.

Der Tag ihres Treffens war so trübe und regnerisch, dass es Anna große Mühe kostete, die beiden Parkfreundinnen zu überreden, sich draußen an den von Otto vorgeschriebenen Platz hinzusetzen. Dann aber unterhielten sie sich angeregt, tranken ihren Kaffee und erzählten sich gegenseitig, wann und wie sie zur Parkarbeit gekommen waren. Beide, Brigitte und Elisabeth, betonten, dass sie von Kindheit an gern mir Erde und Pflanzen hantiert hätten, so dass Anna als lebenslängliche Stadtbewohnerin nicht mitreden konnte und wollte. Entspannt zurückgelehnt in ihrem Stuhl, lauschte sie gerade dem Streitgespräch der Gartenexpertinnen, ob und wann Flieder beschnitten werden müsste, als sie plötzlich zusammenzuckte. Otto und Golo überquerten die Straße! Schnell wandte sie den Blick ab. Ihr Herz klopfte: Otto hatte Dagmar erkannt!

Die beiden Männer blieben vor ihrem Tisch stehen, Golo begann. Ein bisschen zu laut rief er: »Anna, du hier?« Sie lachte überrascht: »Klar, warum nicht?« Die Frauen musterten die Männer. Anna stellte etwas lückenhaft vor: »Das ist Golo, mein Musikkollege aus der Schule. Und das sind zwei Parkfreundinnen.«

»Wie reizend!« Golo strahlte sie übertrieben an und gab ihnen die Hand. »Dürfen wir Ihnen ein bisschen Gesellschaft leisten? Wir wollten auch gerade hier einen Kaffee trinken.«

Anna beobachtete die Reaktion der Frauen. Da sie anscheinend nichts dagegen hatten, sagte sie: »Gut, dann setzt euch. Einer muss noch einen Stuhl holen.«

Golo übernahm den Auftrag, während Otto sich neben Brigitte setzte und in Abständen immer wieder, ernst und gespielt unauffällig, sie ansah. Nicht schlecht, das also ist Dagmar, dachte Anna, ich bin neugierig, wie er sie zum Sprechen bringt. Otto hatte sich sogar ein bisschen im Stil der 70er Jahre ausstaffiert mit einer Strickweste, Jeans und einer breiteren als heute üblichen Schnalle für den Ledergürtel.

Als dann alle vor ihren Getränken saßen, begann Otto das Gespräch mit Brigitte. Er sprach sie mit weicher Stimme an: »Entschuldigen Sie bitte! Ich muss Sie ständig anschauen! Sie erinnern mich so an eine junge Frau, eine Studentin, in die ich vor Jahren, ach, vor Jahrzehnten verliebt war. Ich habe sie nie vergessen.« Er stieß einen kleinen Seufzer aus und blickte wie sehnsüchtig in die Ferne: »Ach, Daggi!«

Anna hielt die Luft an, sie konnte die Spannung kaum ertragen.

Verdutzt schauten die beiden anderen Frauen auf ihn: »Tut mir wirklich leid, aber ich bin nicht ihre alte Flamme«, meinte Brigitte, und man

hatte den Eindruck, sie würde sich nur mit Mühe das Lachen verbeißen.
»Das wäre ja auch ein unglaublicher Zufall.«

»Oh, Entschuldigung«, Otto musterte sie noch einmal intensiv: »Trotzdem ist Ihre Ähnlichkeit mit Dagmar verblüffend«, entschied er sachlich.

Obwohl die Fakten nun eindeutig waren, sehr zu Annas Leidwesen, blieben alle noch zusammen sitzen und plauderten, aber von Elisabeths oder Brigittes Vorleben erfuhr Anna keine neuen Einzelheiten. Zwischendurch nahm Elisabeth das Buch von Heinrich Böll aus der Tasche, das Brigitte ihr geliehen und in dem sie den Namen Dagmar Kunze entdeckt hatte, und reichte es der Besitzerin: »Mit bestem Dank zurück.«

»Hast du es gelesen?« »Natürlich, es hat mir gefallen.«

»Ich kenne es noch gar nicht. Ich habe es neulich auf dem Flohmarkt gekauft, bin aber noch nicht zum Lesen gekommen.«

»Es gehörte wohl einer Dagmar Kunze, jedenfalls steht ihr Name darin«; bemerkte Elisabeth beiläufig.

»Wirklich?« Brigitte schaute gar nicht nach, sondern packte das Buch weg. »Wieder eine Dagmar. Wir werden von ihnen richtig verfolgt«, lachte sie. In diesem Moment klingelte ihr Handy, sie stand auf: »Entschuldigt, eine SMS«, trat ein wenig zur Seite und las. Dann steckte sie das Handy weg. »Tut mir leid, ich muss gehen. War nett mit euch, Tschau, bis zum nächsten Mal.« Sie winkte den Zurückbleibenden zu, bezahlte im Laden ihren Latte Macchiato und ging.

Als sie nicht mehr von den vieren gesehen werden konnte, blieb sie stehen und starrte noch einmal auf die SMS, die sie vor wenigen Minuten erhalten hatte:

Die zweite Rate ist fällig. Wieder 20 000 €. Nächsten Donnerstag, wie gehabt.

Angst und Wut überfielen Brigitte. Was sollte sie machen? Sie hatte keine Wahl, diese Frau wusste zu viel, daher musste sie zahlen, musste sich bis auf den letzten Euro ausplündern lassen.

11

Otto grübelte seit Tagen, diese Brigitte im ›Brotgarten‹ ließ ihn nicht zur Ruhe kommen. Er wusste instinktiv, es war ›seine‹ Dagmar. Sie war alt und noch üppiger geworden, aber er hatte keinen Zweifel an ihrer

Identität. Warum aber verleugnete sie sich? Seine Überlegungen liefen immer auf denselben Entschluss hinaus: Ich muss sie anrufen und fragen.

Daher ließ er sich von Anna ihre Telefonnummer geben und sprach auf den Anrufbeantworter: »Hallo, Brigitte, hier ist Otto. Wir haben uns neulich im ›Brotgarten‹ getroffen und uns unterhalten. Ich würde Sie gern näher kennenlernen. Vielleicht rufen Sie mich einfach mal an.« Er nannte seine Festnetz- und Handynummer.

Es dauerte nicht lange, bis Brigitte zurückrief.

»Du hattest Recht, Otto«, sagte sie. »Ich bin die Dagmar. Als ich dich neulich nach so langer Zeit wiedersah, war ich wie vor den Kopf gestoßen vor Überraschung. Aber dann habe mich gefreut.«

Überrascht und ehrlich antwortete Otto: »Ich wusste es! Schön, dass du dich meldest. Ich hatte gar nicht mehr damit gerechnet. Warum hast du nicht zugegeben, dass du Dagmar bist?«

»Ich habe meine Gründe, die niemanden etwas angehen. Vor allem Anna nicht. Woher kennst du sie eigentlich?«

»Reiner Zufall.« Er erklärte es kurz.

»Ich hoffe, dass du meine mühsam aufgebaute neue Identität nicht zerstörst. Aber seit ich dich sah, habe ich eine ungeheure«, sie überlegte kurz, »ja, geradezu Sehnsucht danach, mich an die alte Zeit zu erinnern und darüber zu sprechen.«

Otto antwortete warm: »Das würde ich auch sehr, sehr gern tun.«

»Wie habt ihr, du und Anna, festgestellt, dass ihr mich beide kennt?«

»Das ist ein lange Geschichte, Daggi, nichts fürs Telefon.«

»Gut, dann später. Ich kann es Anna nicht einmal übelnehmen, dass sie mich verdächtigt, die Frau auf der Bank umgebracht zu haben. Ich brauche dir wohl nicht zu erklären, dass ich damit nichts zu tun habe. Ich habe zwar die anderen angelogen, aber es war unumgänglich, da ich wegen der vielen Fehler, die ich in meiner Jugend gemacht habe, ein neues Leben anfangen wollte.«

»Was genau meinst du mit Fehlern?«, fragte Otto neugierig.

»Das ist auch eine lange Geschichte. Ich weiß nicht, ob sie dich überhaupt interessiert.«

Wieder reagierte Otto erwartungsgemäß. »Natürlich, Daggi. Ich freue mich, dass wir wieder Kontakt aufgenommen haben. Ich würde mich gern mit dir treffen.« Er lachte leise.

»Du bist ein lieber Kerl, Otto, aber bitte nenn mich Brigitte.« »Nicht, wenn wir alleine sind!«

Schließlich verabredeten sie sich. Sie würde ihn in seiner Wohnung in Spandau besuchen, anschließend wollten sie vielleicht noch einen Spaziergang zur Zitadelle machen.

Otto hatte alles perfekt vorbereitet, mit Wasser seine wilde Mähne gebändigt, seinen besten Pullover angezogen, die Wohnung aufgeräumt, auch das Schlafzimmer, Kuchen gekauft und Kaffee gekocht.

Dann kam sie. Ein wenig ernüchtert registrierte Otto ihre ausladende Figur, als er ihr aus dem Blazer half. Aber sie hatte sich für ihn in Schale geworfen, hellblaue Bluse zu dunkelblauer Jerseyhose.

Mit einem: »Wie habe ich mich auf diesen Nachmittag gefreut!« hauchte sie ihm einen Kuss auf die Wange. Otto drückte sie kurz an sich: »Tritt ein in diese heilgen Hallen«, scherzte er. »›Kennt man die Rache nicht‹, kann ich von mir allerdings nicht behaupten«, scherzte sie zurück.

Sie kamen sich schnell näher, kochten zusammen in der Küche für sie Kakao, den sie in weiser Voraussicht mitgebracht hatte. Biggi, wie er sie jetzt nennen wollte, war bester Laune und ertrug auch mit Humor seine Anspielung auf die schädliche Wirkung von süßem Kakao für ihre Figur.

»Ich war immer mollig.« Sie hatte es sich auf dem Sofa gemütlich gemacht. »Aber das hat dir damals ganz gut gefallen.«

»Stimmt! Ach, Daggi, Biggi, das ist alles so lange her. Wie jung wir damals waren«, seufzte Otto wohlig und lehnte sich weit in seinem Sessel zurück. »Wo ist die Zeit geblieben?«

Biggi widersprach: »Hey, was soll das? Wir sind noch nicht alt, haben noch gut zwanzig Jahre vor uns.« Plötzlich richtete sie sich auf: »Ein Joint!«, rief sie. »Der würde jetzt passen! Aber hast du nicht da, oder?« Sie schaute sich im Zimmer um, als ob er irgendwo Haschvorräte versteckt hätte.

Otto schaute sie entgeistert und zugleich belustigt an: »Sag bloß, du in deinem Alter kiffst noch?«

Brigitte genoss sichtlich dieses Gespräch: »Nein, aber warum eigentlich nicht? Gab immer ein gutes Gefühl und die Musik hörte sich viel besser an. Hast du überhaupt noch Musik von damals, Jimi Hendrix, Velvet Underground, Janis Joplin, irgendwas?«

Otto ging auf ihren lockeren Ton ein: »Also, einen Joint kann ich dir nicht anbieten, aber, wenn du willst, eine CD von den Rolling Stones.«

»Ja, klar.« Brigitte klatschte in die Hände. »Otto, komm, setz dich zu mir!« Sie klopfte auf den Platz neben sich und sah ihn aufmunternd an.

Aber Otto, der die CD in den CD-Player schob, winkte lachend ab: »Nee, Daggi, das ist mir zu gefährlich. Und von hier aus kann ich dich besser sehen.« Und schon dröhnte »Satisfaction« durch den Raum.

Sie sang aus vollem Halse mit: »and I try, and I try, and I try«, und fragte, nach einem Schluck aus ihrem Kakaobecher, aufgekratzt: »Weißt du eigentlich, dass du mir das Kiffen beigebracht hast?« Otto stellte den Lautsprecher leiser: »Wie bitte?«

»Ja, irgendwo auf einer Party, sogar am Lietzensee, wo ich wohnte. Ich konnte nachts einfach zu Fuß nach Haus gehen. Du hattest dir gerade ein Peace am Savignyplatz, in den S-Bahnbögen gekauft. Ich habe dann zugesehen, wie du die Zigarette gedreht hast. Bis dahin hatte ich mich nie getraut zu kiffen. Aber du hast mir das dann richtig nett beigebracht, mir genau gezeigt, wie man den Joint halten muss, inhaliert usw. Dann habe ich es probiert und fand die Wirkung toll. Und danach habe ich regelmäßig gekifft.« Brigitte war in so gehobener Stimmung als hätte sie gerade mindestens zwei Haschzigaretten konsumiert.

»Das stimmt.« Otto grinste sie an. »Ich kann mich jetzt erinnern. Wir lagen noch mit zwei andern auf einer Matratze, es war drum herum irre laut, die meisten waren schon besoffen.«

»Ja, und du hast mir erklärt, dass man beim Kiffen zwar Durst kriegt, aber nicht Alkohol trinken darf, sonst bekäme man einen wahnsinnigen Kater. Das habe ich natürlich auch befolgt.«

»Warum war damals dein Berry eigentlich nicht dabei? Wenn, dann hättest du garantiert nicht mit mir eng auf einer Matratze gekifft. Mit mir hast du ja sowieso nie was angefangen, im Gegensatz zu zig anderen.« Er schaute sie gekränkt an.

»Nee, Otto, das siehst du falsch«, beteuerte Biggi stürmisch. »Das habe ich mit Absicht nicht gemacht. Du warst mein treuer Freund und unsere Freundschaft sollte nicht durch eine blöde Bettgeschichte zerstört werden.«

»Freund!« Otto legte so viel Abscheu in diese Silbe, wie er nur konnte.

»Doch. Ich habe damals mit so vielen gepennt, weil ich dachte, das muss man, wenn man das bürgerliche Establishment verachtet. Einmal, du glaubst es nicht«, ihr Gesicht rötete sich tatsächlich schamhaft bei dieser Erinnerung. »habe ich sogar versucht einen Vikar zu verführen. Ist mir jetzt noch peinlich, ist mir auch nicht gelungen.«

»Ach, nee! Erzähl mal!« Otto war ganz Ohr.

»Kennengelernt habe ich ihn durch Berry bei den Demos am Klausenerplatz. Er war von der Kirche beauftragt zwischen Demonstranten im Kiez und der Polizei zu vermitteln. Er hieß Hermann, sah gut aus, war groß, hatte natürlich auch lange Haare und wirkte gar nicht anders als die Studenten. Einmal wurde er sogar mit andern Demonstranten auf einem Polizeilastwagen abtransportiert. Erst später konnte er die Polizisten von seiner Funktion als Kirchenbeauftragter überzeugen.« Sie machte eine Pause.

»Und weiter?«

»Eines Tages hörte ich ihn in unserm Wohnzimmer, wie er sich mit Elke, meiner Vermieterin, unterhielt. Er suchte Spender für ein besonderes Projekt in seiner Kirche. Dort gab es damals aggressive Rockerbanden, die die ganze Gegend terrorisierten. Die wollte er in die Jugendarbeit integrieren. Elke stellte ihn mir ›als Pfarrer Glaser von unserer Gemeinde vor.‹ ›Wir kennen uns‹, sagte ich und begrüßte ihn ganz vertraulich mit: ›Tag, Hermann. Wenn du Zeit hast, komm doch bitte hinterher noch mal in mein Zimmer. Ich will dich etwas fragen.‹ Er kam dann auch. Ich zeigte ihm ein Flugblatt von Berry, das er unterschreiben sollte. Während er las, rückte ich nah an ihn heran und begann ihn aus Spaß vorsichtig zu befummeln.« Wieder Pause.

»Nun sei nicht so verklemmt«, ermunterte sie Otto, » Erzähl weiter!«

»Ist mir jetzt direkt unangenehm.« Trotzdem musste Brigitte lachen. »Jedenfalls als ich bei ihm schon gewisse körperliche Reaktionen verspürte, stand er plötzlich auf, sagte: ›Ich bin verlobt‹ und ging, ohne zu unterschreiben. Danach schaute er immer weg, wenn er mich sah.« Ihr Blick wurde nachdenklich. »Ich habe niemandem von der Sache erzählt, außer meinem Bruder Gerd, und der hat mir schwere Vorwürfe gemacht. Aber das war zu erwarten.«

Sie betrachtete versonnen das Gemälde »Der Kuss« von Gustav Klimt, das ihr gegenüber an der Wand hing. »Schönes Bild, bisschen kitschig. Ich hätte nicht gedacht, dass das dein Geschmack ist.«

»Ist es auch nicht, es stammt von einer ehemaligen Freundin. Als sie ging, hatte ich mich an das Bild gewöhnt und ließ es hängen. Was hat dein Bruder denn gesagt?« fragte Otto, um Brigittes Redefluss wieder anzukurbeln.

»Wir verstanden uns gut«, fuhr sie fort, »auch wenn er meinen Lebenswandel missbilligte. In seiner Berliner Zeit hat er sich zu einem strebsamen Studenten entwickelt, studierte zügig seine Medizin und hatte eine feste Freundin, die er auch später heiratete. Mich als seine kleine Schwester versuchte er immer zu beschützen. Trotzdem ist es ihm nicht gelungen. Mein Verhältnis zu Berry hielt er für die Ursache allen Übels, womit er Recht hatte. Doch meine Einsicht kam zu spät.«

Sie lachte kurz auf: »Jetzt aber Schluss mit den Sentimentalitäten. Du bist dran! Wie ist es dir ergangen?«

Aber dann wollte Brigitte seine Antwort noch nicht hören. Als sie nämlich die ersten Beats des nächsten Stones-Titels aus dem CD-Player erkannte, rief sie: »Ah!« und verdrehte verzückt die Augen: »›Paint it, Black‹. Mein Lieblingssong! Stell bitte lauter! ›I see a red door and I want it painted black‹«, sang sie laut mit und diesmal fiel auch Otto ein: »No colors anymore I want them to turn black.« Sich gegenseitig mit Blicken anfeuernd grölten sie begeistert den Song und rockten – trotz Alter und Behinderung durch Sofa und Sessel –, wie in alten Zeiten zu den aufpeitschenden Rhythmen ihrer Jugend und ließen sich auch von diversen Erinnerungslücken hinsichtlich des Textes nicht stören. Nach der letzten Zeile: »I wanna see it painted, painted, painted, painted black. Yeah!« ließen sie sich lachend und außer Atem in die weichen Polster zurückfallen. Als der nächste, der letzte Song der CD begann »Under my Thumb«, flehte Brigitte, erhitzt und noch immer atemlos: »Bitte, Otto, mach eine Pause! Ich kann nicht mehr.«

»Das war eben richtig gut«; auch Otto keuchte noch. Während er die Lautstärke drosselte, schaute er seine alte Freundin bewundernd an: »Ich staune, du hast immer noch eine klasse Stimme. Macht richtig Spaß, mit dir zu singen. Wenn du willst: Willkommen in unserm Jazzclub!«

»Danke, danke!« Brigitte nickte zwar geschmeichelt, aber es gab Wichtigeres für sie. »Ich habe Durst.« Sie hielt Otto ihren leeren Kakaobecher hin: »Ich beginne jetzt mit meiner Schlankheitskur. Gieß mir bitte Kaffee ein.« Ihre Wangen glühten nach wie vor: »Mensch, Otto! Ich habe mich lange nicht so wohl gefühlt!«

»Ich hab was Besseres.« Otto verschwand in der Küche und kam mit Wasser und Wein wieder. Sich selbst goss er den Wein ein und seinem Gast das Wasser mit den Worten: »Wein hat zu viel Kalorien für dich.«

»Du Sadist!« kreischte sie begeistert: »Gieß ein! Ich fange erst morgen mit der Diät an.«

Nachdem sie das erste Glas in einem Zug leergetrunken hatte, forderte sie. »So, Otto, jetzt bist du dran!« Er zögerte: »Da gibt's nicht viel zu erzählen.« Aber Brigitte lachte ihn aus: »Nichts erlebt in vierzig Jahren? Keine Frau? Keine Kinder? Nun lass dir nicht alles aus der Nase ziehen!«

»Also ich war verheiratet, aber auch bald wieder geschieden. Inzwischen ist meine frühere Frau gestorben. Aber ich habe eine Tochter«, sein Gesicht leuchtete auf. »Sie hat Medizin studiert, dann aber die wissenschaftliche Laufbahn eingeschlagen. Zur Zeit hat sie eine Gastprofessur in Harvard.«

»Nicht schlecht. Glückwunsch!«, staunte Brigitte.

»Im vorigen Jahr hat sie geheiratet und zu Weihnachten erwarten die beiden das erste Kind. Dann fliege ich nach Boston, um die Familie besuchen. Aber das ist alles nicht so interessant. Viel interessanter finde ich, warum du den Parkfrauen deine wahre Herkunft verschwiegen und erklärt hast, du stammst aus der DDR. Davon wolltest du mir doch erzählen.«

Brigittes bisher entspanntes Gesicht verfinsterte sich. »Ja, aber jetzt habe ich keine Lust dazu. Davon bekomme ich nur schlechte Laune.«

»Gut, dann erzähle, seit wann und warum du ein neues Leben angefangen hast.«

Sie verzog den Mund: »Du willst mich reinlegen, das ist doch dasselbe! Außerdem würde der Bericht ewig dauern, und wir könnten keinen Spaziergang mehr zur Zitadelle machen. Und welche Fehler in meinem Leben ich dir besser verschweige, muss ich mir auch erst überlegen.«

»Das macht nichts. Wir haben Zeit. Mach es dir bequem, streck dich auf dem Sofa aus und fang an.« Otto kam sich wie ein Psychotherapeut vor. »Ich höre.«

12

Dagmar war wütend. Sie saß auf einem Stuhl in der vermüllten Bude von Berry, der aber nicht kam, obwohl sie verabredet waren. Wer weiß, wo der sich wieder herumtrieb. Wenigstens musste sie die Wartezeit nicht mehr bei ihrem Bruder absitzen, der jetzt meistens zu Hause war und an seiner Examensarbeit schrieb. Gerd nahm sie gern in seine Wohnung auf, aber sparte bei dieser Gelegenheit nie mit Warnungen, ähnlich wie die ihrer Eltern früher, vor den Folgen ihres unsteten Lebens. Sie wusste, er meinte es gut und hatte leider auch Recht, aber sie konnte nicht anders. Wenigstens hatte Berry vor einiger Zeit ihr einen Schlüssel zu seiner Wohnung überreicht, ein besonderes Privileg, wie er betonte, damit sie nicht auf der Straße warten müsste, was auch ab und zu vorgekommen war.

Sie stand auf und schaute sich um. Früher hätte sie angefangen, die Wohnung aufzuräumen, aber das unterließ sie schon seit langem. Auf seinem sogenannten Schreibtisch lagen bergeweise ungeordnet Papiere, vorwiegend Flugblätter, dazwischen ein halbaufgegessenes

Brötchen. Sie stöberte ein wenig herum, in der Hoffnung, irgendetwas Interessantes zu finden, als die den Schlüssel im Schloss hörte. Endlich!

Noch konnte Dagmar ihn nicht sehen, aber bereits im Flur hörte sie ihn rufen: »Entschuldige, Daggi, dass du warten musstest!« Er kam ins Zimmer, erhitzt von schnellem Laufen, warf seine Jacke auf den Boden und lachte sie an, nahm sie in die Arme und küsste sie. Alle Vorwürfe, die in einer solchen Situation ihr auf der Zunge lagen, schmolzen bei diesem Anblick dahin: diese dicken langen Haare mit dem Pony, dieses kernige Gesicht, dieses Lachen – diese Küsse und die wunderbaren Stunden und Nächte voller Zärtlichkeit und Liebe! Was bedeuten da seine Unpünktlichkeit, Unzuverlässigkeit, Vergesslichkeit?

»Guck mal, habe ich eben bekommen.« Mit einer Handbewegung fegte Berry sein Sofa frei und zog Dagmar neben sich: »Hier!« Er hielt ihr ein kleines rotes Büchlein hin, seinen neuen Parteiausweis der SEW: »Mein Mitgliedsbuch. Ich bin jetzt Genosse!« Er sah ihr zu, wie sie die auf dem Deckblatt eingestanzte Losung las: »Proletarier aller Länder – Vereinigt euch« und den Ausweis aufschlug. »Hier, siehst du? ›Parteimitglied seit 23.3.‹ und Datum der Ausstellung ›20.5.‹, gestern!« »Schön«, freute sie sich mit ihm, »und was hast du davon?«

»Ich bin jetzt ein aktives Mitglied der Partei, nicht nur irgendein linker Student. Ich mache Schulungen, Kaderarbeit, organisiere mit Genossen Hochschulkampagnen, stelle mich vielleicht bei den nächsten Hochschulwahlen als Kandidat der ADS/SEW zur Verfügung, alles Mögliche. Außerdem werbe ich Studenten an.« Er lachte: »Ich kann ja gleich mit dir anfangen: möchtest du der Partei über Vorgänge an der PH berichten?

»Klar, aber ich wüsste keine Geheimnisse, die ich verraten könnte.«

»Das müssen gar keine großen Geheimnisse sein, sondern nur Berichte aus den Seminaren, wie viele teilgenommen haben, wie die Stimmung war, wer besonders links agitierte, oder wer fortschrittliches Gedankengut blockierte. Wie die Profs einzuordnen sind. So etwas!«

»Da kann doch jeder selbst hingehen und sich das ansehen bzw. -hören.«

»Richtig, aber die Genossen können ja nicht überall sein. Und je mehr sie solche Berichte bekommen, desto besser lernen sie die Hochschullandschaft kennen und können gezielt eingreifen bzw. in den politischen Aktionen entsprechende Schwerpunkte setzen.«

Dagmar überlegte: »Ich kann ja mal morgen im Wahlfach-Seminar Notizen machen. Vielleicht nützen sie euch etwas.«

»Prima. Wenn du merkst«, erklärte Berry weiter, »dass jemand mit besonders vielen Leuten zu tun oder Einblicke in spezielle und interessante Gremien hat, sprich ihn auch ruhig an, sag mir Bescheid, ich lade ihn dann zu einem Treffen des SEW-Kreisverbandes ein und Ähnliches. Wie steht es überhaupt mir dir, willst du nicht auch Genossin werden?«

»Nee, danke«, Dagmar lachte. »Vorläufig jedenfalls noch nicht. Ich kann ja mal Marion fragen. Vielleicht will sie ja, mit ihr treffe ich mich nachher.«

»Ah, deine schöne Freundin! Grüß sie bitte herzlich von mir!«

Dagmar sah ihn scharf an, in diesem Punkt verstand sie keinen Spaß: »Berry, ich habe dir tausendmal gesagt, wenn du mit anderen Frauen herummachst, gefällt mir das überhaupt nicht. Solltest du aber auf die Idee kommen, mit meiner besten Freundin etwas anzufangen, dann bringe ich dich um!« Ihr Gesichtsausdruck ließ keinen Zweifel daran, wie ernst ihr diese Drohung war. Berry verdrehte genervt die Augen: »Das habe ich gar nicht gemeint. Du bist ja fixiert auf dieses Thema! Also grüß Marion bitte nicht von mir.«

Schwer verstimmt stand er auf. »Ich will jetzt noch arbeiten.«

Dagmar, die sich gerade wieder mit ihm hatte vertragen wollen, lachte höhnisch auf: »Du? Arbeiten? Was denn?« »Über Themen, von denen du keine Ahnung hast«, fuhr er sie an. Dagmar lenkte ein: »Komm, jetzt sei nicht eingeschnappt! Sag mir, was du arbeiten willst.«

Obwohl noch immer beleidigt, bequemte sich Berry zu einer Erklärung: »Ich habe vor ein paar Tagen einen Vortrag von Prof Holzkamp gehört über die Kritische Psychologie als marxistische Theorie. Die Notizen wollte ich noch ordnen und durchgehen. Ich werde diesen Genossen jetzt sicher häufiger treffen und mit ihm diskutieren.«

»Ist der auch in der SEW? Naja, als Kommunist und Marxist muss er ja.«

»Er ist aber kein offenes Mitglied. Du darfst nicht darüber sprechen.« Berry hatte sich inzwischen an den Tisch gesetzt und wühlte in den Papieren nach den Notizen, die er aber nicht fand. »Egal«, murmelte er vor sich hin, »ich kann mich sowieso noch ganz gut an seine Thesen erinnern.« Dabei fiel ihm ein anderes Blatt in die Hände. Er zögerte, dann drehte er sich zum Sofa um hielt es Dagmar hin: »Lies mal, ein Brief meiner Eltern.«

»Boah!«, machte sie nach der Lektüre: »Knallhart! Und was machst du jetzt?«

»Ich versuche erst Mal ohne ihre blöde Kohle auszukommen, geradezu verrückt, wenn man bedenkt, dass die steinreich sind und ich ihr einziges

Kind bin. Aber vielleicht kann ich bei der Partei in Zukunft etwas verdienen.«

»Wie denn?«

»Als IM, inoffizieller Mitarbeiter des MfS, Ministerium für Staatssicherheit, das kennst du doch.«

Dagmar hatte wenig Ahnung: »Willst du in die DDR übersiedeln und da Karriere machen?«

»Nein, hier in Westberlin will ich für die Partei tätig sein.« Als Dagmar ihn fragend anblickte, fuhr er fort: »Beobachtungen machen, Aufträge erledigen usw. Wenn das nicht klappt«, er zuckte mit den Schultern, »fange ich tatsächlich in der beschissenen Klitsche meines Vaters an. Schließlich bin ich ja der Erbe.«

»Das wird ja spannend.« Dagmar nahm ihren Beutel: »Ich gehe jetzt, ich will noch nach Hause, mich umziehen. Marion und ich wollen abends in 'ne Disco, oder vielleicht auch zu einem Freund von Knut, der große Party macht. Was machst du heute?«

Sie bemühte sich um einen neutralen Ton, was ihr aber, wie sie an Berrys gereizter Antwort merkte, misslang: »Kontrollierst du schon mich wieder? Du bist ja krank!«

In dem Wunsch nach einem friedlichen Abschied, meinte sie nur: »Sei nicht so empfindlich. Komm doch auch hin!«

»Wo findet denn die Feté statt?« Auch Berry wollte keinen Streit. Dagmar zog die Stirn in Falten: »Leider keine Ahnung!« Beide lachten.

Vor der Haustüre in der Wundtstraße suchte Dagmar vergeblich nach ihrem Schlüssel, den sie offenbar wieder einmal vergessen hatte. »Hoffentlich ist jemand zu Hause«, dachte sie, »aber bitte nicht Kai, der meckert immer.« Aber natürlich erklang Kais Stimme in der Sprechanlage und er war es, der den Summer betätigte.

Dagmar war durstig und wollte sich aus der Küche noch ein Glas Wasser holen. Zu ihrer großen Überraschung saß dort Kai, der bisher nie eine Freundin mitgebracht hatte, mit einer jungen Frau am Tisch. »Ah, du hast Besuch, guten Tag«, begrüßte Dagmar die beiden schnell, bevor Kai seine übliche Litanei: »Wieso vergisst du immer…« starten konnte. Aber ihr Mitbewohner dachte diesmal nicht daran, sondern wurde rot und stellte seine Begleitung vor: »Das ist Sabine, eine Kommilitonin, sie studiert auch Physik. Wir wollten uns gerade etwas zu essen machen.«

Dagmars erster Gedanke war: passt ideal zu Kai, sicher genauso strebsam. »Ich bin Dagmar«, sagte sie: »Lasst euch nicht stören. Ich geh auch gleich wieder, bin zu einer Party verabredet.« Sie nahm ein Glas aus dem Schrank, ließ kaltes Wasser ablaufen und trank ein paar Schlucke.

Unterdessen ließ Kai eine Bombe platzen: »Du und Veronika könnt ja mal mit Sabine über den gerechten kommunistischen Staat auf der Grundlage des Marxismus/Leninismus diskutieren, wie er in der DDR vorbildhaft praktiziert wird. Von Sabine lernt ihr die Wirklichkeit kennen. Sie ist nämlich erst vor ein paar Wochen aus euerm Arbeiterparadies geflüchtet, unter Todesangst und Lebensgefahr!«

Dagmar konnte es kaum glauben: »Du bist aus der DDR geflüchtet, wie denn?«

»In einem Lastwagen, hinter festgeschraubten Brettern, äußerst bequem«, war Kais zynische Antwort.

»Und wo bist du über die Grenze gekommen?«

Kai wollte weiterreden, aber Sabine legte ihm die Hand auf den Arm und antwortete selbst: »Darüber möchte ich nicht sprechen. Wir Flüchtlinge aus der DDR wollen auf keinen Fall durch Berichte über die Art und Weise der Flucht uns und unsere Helfer in Gefahr bringen. Man kann nicht vorsichtig genug sein, der Westen ist flächendeckend mit Spitzeln der Staatssicherheit unterwandert. Bitte, Kai, erzähle nichts fremden Leuten von meinem Werdegang, schon gar keine Einzelheiten oder gar Namen.«

»Du hast ja Recht«, brummte ihr Freund, »bloß Dagmar gehört zu denen, die zwar alle Freiheiten hier bei uns in Anspruch nehmen, aber die kommunistische Ideologie im Osten verherrlichen, ohne sie in der Praxis überhaupt zu kennen. Die soll sich mal anhören, was sich tatsächlich in ihrer geliebten DDR abspielt.«

»Ich weiß, was sich dort abspielt. Besser als du!«, erwiderte Dagmar aufgebracht und zu Sabine gewandt fuhr sie fort: »Ich frage mich wirklich, warum du freiwillig den sozialistischen Staat verlassen hast, in dem sicher noch nicht alles reibungslos funktioniert, der aber die Staatsform der Zukunft ist. Jedenfalls garantiert nicht unsere dekadente kapitalistische BRD, ein abhängiger Vasall der Kriegsnation USA!« Ihr Ton wurde aggressiver: »Leute wie dich können wir hier überhaupt nicht gebrauchen, die nur unsern Kampf mit der Arbeiterklasse und jeden gesellschaftlichen Fortschritt blockieren wollen!«

Sie wollte gehen, aber Sabine hielt sie mit ihrer Antwort zurück: »Es ist lächerlich, wie wenig Ahnung ihr Studenten hier im Westen von der DDR habt! Eure Art zu leben, die ich überall an den Unis sehe, mit diesem Pseudo-Kommunismus und dem linken Aktionismus oder dem ständigen Herumhängen auf Partys, Lernen, nur wenn man mal Lust hat, kaum Interesse fürs Studium – das versucht mal in euerm Traumstaat.« Sie lachte höhnisch: »Euch nimmt drüben sowieso keiner ernst, am wenigsten die Stasi, die nutzt eure Naivität aus für ihre Zwecke. Und ihr merkt es nicht einmal.«

Ohne ein Wort zu sagen, verließ Dagmar die Küche. Was bildet diese Sabine sich ein: nicht ernst genommen, naiv, linkes Gequatsche – die soll mich kennenlernen, dachte Dagmar. Das muss ich Berry erzählen. Ich könnte ja für ihn mit Sabines Beobachtung anfangen, die vielleicht sogar zur Aufdeckung von illegalen Fluchthilfeunternehmen führt.

Eine Stunde später saß sie auf Marions Bett, auf ihren Befehl hin sogar mit geschlossenen Augen. Die Freundin hatte ihr mit einem strahlenden Gesicht die Tür geöffnet und eine Überraschung angekündigt. Jetzt hörte Dagmar sie rascheln, spürte, wie sie ihr etwas in die geöffneten Hände legte, es aber sofort wieder wegnahm: »Ein Moment! Erst musst du mir schwören, dass du niemandem davon erzählst, was ich dir jetzt sage und zeige. Hörst du?! Niemandem! Berry nicht, deinem Bruder nicht, niemandem auf der ganzen Welt. Schwöre!«

»Ich schwöre es. Nun sag schon.«

»Augen zu!« Zum zweiten Mal gab Marion das Etwas in ihre Hände: »Erst fühlen, ohne hinzugucken: Was ist das?« Dagmar ertastete einen Karton mit Papieren, die aus besonderem Material und schmal geschnitten waren: »Geld«, rief sie erstaunt.

»Richtig«, jubelte die Freundin, »du darfst die Augen aufmachen.«

Dagmar tat es und starrte auf die kleinen und großen Scheine in dem Karton: »Woher hast du das Geld?« »Das habe ich mir verdient!«

»Wie viel ist das?« »Über 500 DM!«

»Marion, nun rede!« Dagmar stellte den Karton auf den Tisch. »Wie hast du dir das Geld verdient, bestimmt nicht bei deiner Ausbildung im Lettehaus.«

»Nee«, lachte Marion übermütig, »damit ist Schluss.« Jetzt wurde sie wieder ernst: »Ich konnte und wollte dir nichts sagen. Was ich mache, ist streng geheim. Du darfst es wirklich niemandem weitererzählen.«

»Nein! Ich habe es schon geschworen«, bestätigte Dagmar ungeduldig.

Marion holte tief Luft, dann platzte sie heraus: »Ich arbeite bei einem Fluchthilfeunternehmen. Wir bringen ausreisewillige DDR-Bewohner in den Westen.«

Dagmar schaute sie sprachlos an. Nicht möglich. Wieder Fluchthilfe – diesmal aus einer anderen Perspektive. »Ist das nicht gefährlich?«

»Im Prinzip ja, in der Praxis aber gar nicht so«, entgegnete die Freundin mit einem verliebten Blick auf ihr Geld: »Und es lohnt sich. Findest du nicht?«

»Nee!« Dagmar schüttelte den Kopf: »Was genau machst du eigentlich?«

»Du weißt doch«, begann Marion, »dass Knut mir versprochen hat, wenn ich meinen Führerschein gemacht habe, mir Fahrjobs zu besorgen. Er hat mir dann auch einige vermittelt, mal habe ich Apotheken beliefert, mal Buchläden. Inzwischen sind wir ein Paar, wir lieben und vertrauen uns. Deshalb fragte mich Knut vor einiger Zeit, ob ich nicht Lust hätte, mich an einem größeren Geschäft zu beteiligen, bei dem man viel Geld verdienen kann, das aber absolut geheim gehalten werden muss.

Dann erklärte er Einzelheiten: Die Fahrschule seines Vaters hat Kontakt mit einem kommerziellen Fluchthilfeunternehmen. Der Vater hat ein Auto so umgebaut, dass es zwei Menschen transportieren kann, ohne bei den Grenzkontrollen aufzufallen. Das Auto, ein alter Opel, hat Spezialstoßdämpfer, belüfteten Kofferraum und ist auch sonst in jeder Beziehung so präpariert, dass bisher kein Grenzer misstrauisch geworden ist. Auf diese Weise haben sie mehrere DDR-Bürger über die Grenze bei Marienborn gebracht. Knut selbst war zuerst Kurier und ist jetzt auch Fahrer. Ich habe vor ein paar Wochen als Kurier angefangen und dabei bereits eine Menge Geld verdient.« Marion zeigte wieder auf den Karton mit den Scheinen: »Da ist immer noch so viel übrig, obwohl ich mir schon etliche neue Klamotten gekauft habe.«

Dagmar schüttelte den Kopf: »Das ist doch alles illegal.«

»Aber nur innerhalb der DDR, in der Bundesrepublik macht man sich damit nicht strafbar. Außerdem gehst du als Kurier kein Risiko ein.«

»Sehr unwahrscheinlich.«

»Doch. Ich fahre nach Ostberlin, problemlos , weil ich einen westdeutschen Pass habe. Das Fluchthilfeunternehmen organisiert alles: Es nennt mir Ort und Uhrzeit, wo ich denjenigen treffe, der flüchten will. Wir verständigen uns ganz konspirativ«, sie lachte, »Erkennungszeichen ist z. B. ein auffälliges Kopftuch oder ein schräger Dialog, damit wir nicht aus Versehen an Unbeteiligte geraten. Wir gehen dann spazieren oder in ein Restaurant und besprechen alles genau, an welcher Stelle der Flüchtling in das Auto steigen soll, meistens auf einem Parkplatz auf der Transitstrecke. Wenn alles klar ist, trennen wir uns und sehen uns nie wieder. Ich schlendere noch ein bisschen durch Ostberlin, dann fahre ich mit der S-Bahn von Friedrichstraße aus wieder nach Hause. Beim ersten Mal war mir bei dem ganzen Unternehmen noch mulmig zumute, jetzt gar nicht mehr. Von diesen Treffen wissen nur vier Personen, einer von der Fluchthilfe, der Flüchtling, der Kurier und der Fahrer. Sonst niemand. Und die verraten natürlich keine Silbe. Daher gehen diese Transporte auch absolut gefahrlos über die Bühne. Nächste Woche werde ich sogar im Auto Knut begleiten und mit ihm die Flüchtlinge nach Westdeutschland bringen. Knut meint, wenn wir als Pärchen über die Grenzen fahren, ist es noch viel weniger auffällig bzw. gefährlich. Und das wird richtig gut bezahlt. Eine Tour mindestens 5000 DM!«

Dagmar zweifelte trotzdem: »Vielleicht erzählt es doch jemand weiter. Ich weiß es jetzt ja schließlich auch!«

»Haha!« machte Marion. »Du erzählst es ja auch überall herum!«

»Und wenn sie euch schnappen?«

»Das wird dann übel! Kommerzielle Fluchthilfe wird in der DDR mit bis zu 15 Jahren Knast bestraft. Aber uns erwischt keiner.«

Dagmar staunte, wie sorglos die Freundin die Gefahren abtat, und nur das Geld im Blick hatte. Sie selbst beabsichtigte ja auch, Kommilitonen zu beobachten, den Ausdruck »bespitzeln« untersagte sie sich, aber das war weder gefährlich, noch schadete sie damit jemandem. »Hoffentlich geht das gut. Ich würde sterben vor Angst.«

Aber Marion meinte nur locker: »Da passiert nichts, es hat bisher immer geklappt.« Sie nahm ihre kleine Stofftasche: »Komm, Knut wartet, wir gehen jetzt. Warum hast du eigentlich Berry nicht mitgebracht. Der ist so süß und mit dem kann man so schön…« Ihr fehlte der passende Ausdruck, sie lachte.

»Herumknutschen! Sprich ruhig weiter«, Dagmar lachte auch, dennoch kostete sie es Mühe, ihre Eifersucht zu verbergen. Aber die Freundin kannte sie zu gut: »Keine Angst, Daggi, ich nehme ihn dir nicht weg. Ich meinte, höchstens ein bisschen flirten.«

»Mehr würde auch üble Folgen für dich haben.« Es war ungezwungen gesagt, aber ein drohender Unterton war nicht zu überhören. »Berry wollte eigentlich mitkommen, aber ich wusste nicht, wo die Feté stattfindet.«

Das Geschichts-Seminar am nächsten Tag fand zum Glück am Nachmittag statt, so dass Dagmar nach der langen Partynacht ausschlafen konnte. Dann aber schrieb sie ausführlich mit, was ihr interessant erschien, vor allem notierte sie die Namen von sich fortschrittlich äußernden Kommilitonen, die man vielleicht zur Mitarbeit für die SEW ansprechen konnte, bzw. von konservativen Revisionisten, die man im Auge behalten musste.

Danach hatte sie sich mit Berry in den Räumen des ASTA verabredet, wo sie ihn in angeregtem Gespräch mit einem Unbekannten antraf. Dagmar starrte ihn an, noch nie hatte sie einen so unattraktiven Mann auf dem Campus gesehen. Neben ihm wirkte ihr Berry erst recht wie ein junger Gott.

»Henning, Daggi«, stellte dieser vor. »Tach, Daggi«, begrüßte Henning sie. Er war groß und dick und hatte dünne schwarze, nach hinten gekämmte Haaren, die sich auf dem Kragen der graublauen Nylonjacke kringelten. Aber er lächelte sie so herzlich an, dass seine Augen hinter der Brille und seinen rundlichen Wangen fast verschwanden und reichte ihr eine fleischige warme Hand. Trotz seines Aussehens sympathisch, entschied Dagmar. »Ich habe dich noch nie gesehen. Studierst du auch hier auch?«, fragte sie.

Henning meinte gemütlich: »Danke für die Blumen! Aber dafür bin ich wohl ein bisschen zu alt.«

»Das ist ein Genosse, er besucht gerade die SEW-Kreisleitung Steglitz und wollte auch mal bei unserer SEW-Hochschulgruppe vorbeischauen«, erklärte Berry locker.

»Da kann ich euch ja gleich das Ergebnis meiner heutigen Tätigkeit als Informantin zeigen.« Dagmar zog aus der Tasche ihre Notizen heraus und gab sie Henning, der sie überflog und ihr freundlich zunickte: »Nicht schlecht.« Gegen ihren Willen fühlte sich Dagmar angesichts des Lobes geschmeichelt. Als der Genosse aber einen 20 Markschein aus seinem Portomaine zog, wurde sie rot: »Nein, kein Geld!« Sie zog die Stirne kraus: »Für mich ist es wichtig, dass ich unseren Ideen und unseren Zielen dienen kann. Ich arbeite für die Partei aus Überzeugung.«

»Das ist gut und richtig«, meinte Henning wohlwollend. »aber das schließt ein kleines Honorar nicht aus. Ich hoffe auf deine weitere Mitarbeit.«

Dagmar zögerte, dann steckte sie das Geld ein: »Ok., danke. Ich werde auch in Zukunft Augen und Ohren offenhalten«, versicherte sie.

Henning wurde sachlich: »Gut. Dann treffen wir uns in einer Woche wieder. Aber nicht hier. Ich schlage vor zur selben Zeit im Café im Gemeindepark.«

Dagmar nickte: »Gut ich komme und bringe Informationen, mit denen du hoffentlich wieder zufrieden bist.«

Sie gaben sich die Hand zum Abschied. Ohne sich einzumischen, hatte Berry das Gespräch verfolgt, zufrieden, dass die Zusammenarbeit zwischen dem Genossen und seiner Freundin so reibungslos begann.

Die Wochen gingen dahin.

Dagmar und Henning trafen sich regelmäßig und wurden allmählich vertrauter miteinander. Trotzdem konnte ihm Dagmar keine Einzelheiten über seine Lebensumstände entlocken, z. B. erfahren, ob er zwischen Ost- und West-Berlin hin- und herwechselte oder hier wohnte. Auch wenn Henning nicht mehr so überschwänglich herzlich war wie bei ihrer ersten Begegnung, mochte sie seine gleichbleibend freundliche Art. Jedes Mal bekam sie von ihm für ihre Informationen ein Honorar in unterschiedlicher Höhe.

Einmal hielt er ihr sogar einen Hundertmarkschein hin. »So viel heute?« »Ja, deine Angaben über die DDR-Bewohnerin, die mit Hilfe eines Fluchthilfeunternehmens im Lastwagen unser Staatsgebiet verlassen hat, waren sehr nützlich. Wir konnten das Unternehmen und den Fahrer aufspüren Er sitzt nun hinter Gittern.« Henning lächelte sie voller Genugtuung an.

»Sabine auch?« fragte Dagmar neugierig. »Nein, nein, keine Sorge.« »Um die mache ich mir nun wirklich keine Sorgen«, stellte Dagmar richtig.

Mit Marion war sie jetzt häufig zusammen, da diese sich endgültig entschlossen hatte, auch Lehrerin zu werden und sich an der Pädagogischen Hochschule immatrikulieren lassen. Dagmar freute sich darüber, beriet sie ausführlich über wichtige und überflüssige Seminare und machte sie mit ihren Kreisen bekannt. Allerdings beobachtete sie mit einem gewissen Neid, dass die Freundin sie, genauso wie zu Schulzeiten, wegen ihres Aussehens und ihrer Unbefangenheit in den Schatten stellte, bei Frauen und besonders bei Männern. Ich bin und bleibe ein Mauerblümchen, obwohl ich dank meiner Einnahmen mir jetzt bessere Sachen leisten kann, dachte Dagmar missmutig und musterte ihre silbernen Armringe und ihre neue Hose. Auch das Verhältnis zwischen Marion und Berry beäugte sie misstrauisch. Wenn Berry sie beide traf, behandelte er sie in gleicher Weise, umarmte sie, gab Küsschen auf die Wange, sprach zu beiden. Niemand würde erkennen, dass er Dagmars Freund ist. Im Gegenteil, Marion trat oft nah an ihn heran, machte Scherze, auf die er einging und sie lachten zusammen. In einer solchen Situation dachte Dagmar ungerührt: Wenn sie mit Berry was anfängt, bestrafe ich sie.

War Dagmar allein mit ihr und brachte das Gespräch darauf, beruhigte die Freundin sie: »Daggi, du weißt doch, ich bin nun mal so. Das bedeutet gar nichts.« Sie legte den Arm um ihre Schulter: »Ich will nichts von deinem Berry. Ich habe Knut, wir gehören zusammen. Nächste Woche bringen wir wieder Flüchtlinge nach Marienborn. Das bringt immer eine gute Stange Geld«, freute sie sich.

»Und du hast keine Angst, gefasst zu werden?«

»Warum sollte ich? Wir sind ein eingespieltes Team.«

Dann trat die Katastrophe ein.

Dagmar hatte ihren Bruder besucht. Kurz vor Mitternacht kam sie aus dem Haus und bevor sie sich auf den Nachhauseweg begab, warf sie einen Blick nach oben und sah in Berrys Wohnung Licht. Einem Impuls gehorchend, drehte sie sich um und stieg die Treppe im Vorderhaus hoch, um ihren Freund zu besuchen, vielleicht sogar, um bei ihm zu übernachten. Schon als sie den Schlüssel ins Schloss steckte, hörte sie eindeutige Geräusche aus dem Wohnzimmer.

Das Bild, das sich ihr dort bot, würde sie nie vergessen! Marion ritt auf Berry, den Kopf mit den langen Haaren nach hinten geworfen, wilde Schreie ausstoßend. Berry, ebenfalls keuchend, lag mit geschlossenen Augen und zuckendem Körper unter ihr, Marions Brüste knetend, ganz versunken in seine Tätigkeit.

Fassungslos, mit aufgerissenen Augen und offenem Mund beobachtete Dagmar ein paar Sekunden die Rammelei der beiden, die ihre Anwesenheit gar nicht bemerkt hatten, dann stürzte sie sich wie eine Furie auf die nackte Freundin, riss sie von ihrem Lover und vom Sofa herunter, so dass ihr Kopf an die Tischkante anstieß, und belegte beide mit ihrer schrillsten Stimme mit den ordinärsten Schimpfworten, die ihr einfielen. Zu ihrem Leidwesen war ihr Repertoire ziemlich beschränkt.

Es dauerte wiederum nur Sekunden bis die in flagranti Ertappten sich aufrichteten und zurückschrien.

»Aua! Spinnst du?«, Marion befühlte empört ihre Beule an der Stirn: »Was fällt dir überhaupt ein, uns nachzuspionieren. Hau ab!«

»Bist du verrückt geworden?« brüllte auch Berry und erhob sich aus seiner liegenden Position. »Was fällt dir ein, du blöde Kuh!« Und während er nach seinem winzigen Slip griff und sich mit Mühe hineinzwängte, schrie er weiter: »Du hättest wenigstens warten können, bis wir fertig sind. Das grenzt ja an Folter! Aber das kannst du dir ja gar nicht vorstellen, so frigide, wie du bist!«

Dagmar wusste nicht, wie ihr geschah. Noch nie in ihrem Leben hatte sie eine solche Verletzung und Demütigung erfahren. In blinder Wut stürzte sie sich auf Berry, trommelte mit den Fäusten auf ihn ein und beschimpfte ihn kreischend, hochrot im Gesicht. Aber Berry, fast einen Kopf größer als sie, packte locker ihre Arme und verdrehte sie mühelos, so dass Dagmar nun vor Schmerz aufschrie. Dann warf er sie einfach auf den Boden, wo sie gekrümmt und mit geschlossenen Augen liegenblieb. Sie hatte keine Kraft mehr, dachte nur noch: am liebsten wäre ich tot.

Jetzt sammelte auch Marion, die sich inzwischen beruhigt hatte, ihre Kleider ein und zog sich an:»Ich verstehe nicht, warum du dich wegen diesem bisschen Vögeln so anstellst. Das bedeutet doch gar nichts.« Sie sah Dagmar unfreundlich an, fasste aber dann ihre Hand, zog sie hoch, was wegen Dagmars Gewicht nicht so einfach war, und setzte sie auf den Stuhl. Dabei erklärte sie:»Berry möchte eben mal eine schlanke und schöne Frau besteigen. Das ist normal. Aber ich habe dir tausendmal gesagt: du kannst ihn behalten, ich nehme ihn dir nicht weg.«

»Was soll der Quatsch?«, fuhr Berry jetzt Marion an,»Als ob du über mich verfügen kannst! Ich gehöre niemandem. Ich bestimme allein, was ich mache und mit wem ich bummse«; und zu Dagmar gewandt:»Du wusstest, dass ich auf deine kleinbürgerliche Spießertreue scheiße. Angeblich warst du derselben Meinung. Haha! Und für mich spielt es keine Rolle, ob ich mit Marion oder einer anderen Frau penne.« Er schaute höhnisch auf sie herab:»Übrigens vielleicht tröstet es dich. Es war hier mit Marion nicht das erste Mal. Wir haben dir nur nichts gesagt, um dich zu schonen. Wenn du hier nicht dämlich hereingeplatzt wärst, wüsstest du überhaupt nichts davon. Deine eigene Schuld! Und nun raus! Ich will dich hier nie wieder sehen!«

»Das werdet ihr mir büßen«, sagte sie laut auf der Straße. Unter einer Laterne ging zufällig ein junger Mann an ihr vorüber. Erstaunt drehte er sich um und blickte ihr hinterher: einen so hasserfüllten Blick hatte er noch nie gesehen.

In dieser Nacht fand Dagmar keinen Schlaf. Einerseits weinte sie verzweifelt über den gemeinen Verrat der beiden Menschen, denen sie vertraut hatte und die ihr, außer ihrem Bruder, am nächsten standen. Andererseits löste der Gedanke an diesen Treuebruch einen überwältigenden Drang nach Rache in ihr aus, und sie grübelte kalt und nüchtern über Möglichkeiten der Bestrafung, ohne zu einem Ergebnis zu kommen.

Am nächsten Tag war sie mit Henning verabredet. Erst als sie niemanden mehr in der Wohnung vermutete, stand sie auf. Beim Blick in den Badezimmerspiegel zuckte sie zusammen, blass, rotgeheulte Augen und darunter schwarze Ringe. Grauenhaft! Sie würgte die aufsteigenden Tränen hinunter und bemühte sich, ihr Gesicht einigermaßen wiederherzustellen.

Aber ohne Erfolg. Als sie neben Henning im Café saß, war seine erste mitleidige Bemerkung: »Geht es dir nicht gut?« Statt einer Antwort ließ sie den Kopf hängen und begann zu weinen. Henning griff nach ihrer Hand und drückte sie, Dagmars Schluchzen wurde stärker. Jetzt legte er seinen Arm um ihre Schulter, bestellte bei der erstaunt blickenden Kellnerin zwei Kaffee und einen Kognak und sagte in aller Ruhe zu Dagmar: »Jetzt weine dich erst Mal richtig aus und dann erzählst du mir, was geschehen ist.« So geschah es. Dagmar ließ ihren Kopf an seine weiche Schulter fallen und während sie minutenlang weinte, spürte sie wie der Druck, der auf ihr gelastet hatte, und die Verzweiflung allmählich von ihr wichen. Schließlich richtete sie sich auf und unter Tränen lächelte sie Henning an: »Danke. Das habe ich gebraucht, so getröstet zu werden.« Er strich ihr fast zärtlich die Haare aus dem Gesicht und hielt ihr das kleine Schnapsglas hin, das sie in einem Zug austrank. »Danke«, sagte Dagmar noch einmal und lächelte ihn an, »danke für alles«, und gab Henning einen Kuss auf die Wange, der errötete. »Nun erzähle!«

Und Dagmar redete, redete sich ihre Qualen von der Seele, nichts verschwieg sie, nichts war ihr peinlich, offen und selbstkritisch schilderte sie ihre Beziehung zu Marion und zu Berry. Bei der drastischen Schilderung der gestrigen Szene auf dem Sofa konnte Henning sich nicht das Lachen verbeißen und Dagmar lachte mit.

Als sie schließlich geendet hatte, drückte Henning wieder ihre Hand und sah ihr liebevoll in die Augen: »Daggi, entschuldige, wenn ich das sage. Aber es musste so kommen. Du und Berry passt überhaupt nicht zusammen. Du magst es doch gar nicht so wie er, überall herumvögeln, du willst lieben und geliebt werden.«

Ihre Blicke trafen sich und sie gab den Händedruck zurück: »Ich fürchte, du hast Recht.« Dann rückte sie ein wenig von ihm weg und schaute hinaus auf die Bäume des Gemeindeparks: »Das Schlimme ist«, fuhr sie fort, »Ich kenne zwar unheimlich viele Leute, aber richtige Freunde habe ich nicht, außer eben diesen beiden. Und die haben mich betrogen!« Ihre Stimme schwankte wieder gefährlich, so dass Henning energisch eingriff: »Wir kennen uns noch nicht besonders gut, aber ich habe den Eindruck, du gehörst hier auch gar nicht mehr hin in diese dekadente bourgeoise Welt. Suche dir eine neue Heimat! In unserem Staat! Da kannst du ein neues, für die Gesellschaft wirklich wichtiges Leben beginnen, kannst beim Aufbau des Sozialismus helfen.«

Nachdenklich schaute sie ihn an: »Dort kenne ich ja noch weniger Leute.«

»Die lernst du schnell kennen! Und du hast doch mich«, Henning errötete wieder, »ich kenne viele Leute, ich kann dir Wege ebnen, dich überall bekanntmachen.« Und nach einer kurzen Pause: »Ich würde mich sehr gerne um dich kümmern, Daggi, ich bin übrigens alleinstehend.« Seine runden roten Wangen verdunkelten sich noch mehr, als er sie ernst anblickte.

Dagmar nickte: »Vielleicht ist das eine Lösung. Ich werde darüber nachdenken. Noch einmal herzlichen Dank, Henning! Du bist ein wahrer Freund. Übrigens: Ich habe noch einen Tipp für dich. Ich habe zufällig in der Mensa ein Gespräch belauschen können zwischen zwei Frauen, die über eine geplante Flucht sprachen. Folgende Einzelheiten habe ich gehört.« Und ohne mit der Wimper zu zucken, nannte Dagmar ihm die Daten, Ort und Zeit, von Marions nächster Fahrt für das Fluchthilfeunternehmen, die diese vor ein paar Tagen erwähnt hatte.

Das ist gerecht, dachte sie, so bestrafe ich den Verrat mit Verrat und niemand wird davon erfahren.

13

Brigitte richtete sich aus ihrer liegenden Stellung auf dem Sofa auf, ordnete ihre Haare und beendete ihren Bericht lakonisch mit einem: »Ja, das wär's.«

Otto schaute sie frustriert an: »Du hörst doch jetzt nicht etwa auf!« Er stotterte fast vor Entrüstung: »An dieser spannenden Stelle?! Erzähl weiter, bist du damals wirklich in die DDR übergesiedelt?« Er goss ihr Wein nach und hielt ihr das Glas hin. Brigitte grinste: »Du willst mich betrunken machen.« Aber sie trank einige Schlucke: »Ja, ich habe in der DDR ein neues Leben begonnen, aber darüber möchte ich nicht sprechen.«

»Warum nicht? Hast du etwas zu verbergen? Wenn ja, wäre das längst verjährt, fast 30 Jahre nach der Wende. Außer Mord natürlich.« Er lachte über seinen Witz.

Brigitte schüttelte empört den Kopf: »Was denkst du denn? Nein, über meinen zweiten Lebensabschnitt in der DDR gibt es einfach nicht viel zu berichten.«

»Das glaube ich nicht« Otto gab nicht auf: »Hat dich dieser Henning über die Grenze gebracht?«

»Dieser Henning, wie das klingt«, Brigitte lächelte, »ich war mit ihm verheiratet. Ihm verdanke ich meinen neuen Namen: Brigitte, mein zweiter Vorname, und Beyer von Henning. Er sorgte auch dafür, dass in meinem DDR-Ausweis als Geburtsort Berlin eingetragen wurde, so dass ich eine neue Identität bekam.« Plötzlich zog sie die Stirne kraus und schaute Otto böse an: »Du hast mir zu viel Wein eingeflößt. Das wollte ich niemandem erzählen. Kein Wort zu anderen darüber, hörst du? Vergiss es einfach!«

»Ja, ja, kein Problem. Und wie bist du über die Grenze gekommen?«, wiederholte Otto seine Frage.

»Den üblichen Weg. Man ging zu einem Sektorenübergang und sagte einem Vopo, dass man übersiedeln will. Dann wurde man in das Aufnahmelager Röntgental gefahren, wo zuerst eine wochenlange Warterei begann, in der man tägliche nerv tötende Verhöre durch Stasileute über Vorleben und Motivation über sich ergehen lassen musste. Die waren extrem misstrauisch und vermuteten in jedem Übersiedler einen Spion. Irgendwann bekam man endlich seinen DDR-Ausweis und konnte ein normales Leben beginnen. Wegen meiner Beziehung zu Henning wurde ich allerdings bevorzugt behandelt. Er war Offizier der HVA, der Hauptverwaltung Aufklärung, einer Abteilung des MfS, die u.a. auf die Unterwanderung der westdeutschen Universitäten spezialisiert war.« Brigitte gähnte: »Das ist schon so lange her, kannst du auch alles im Internet nachlesen, Stichwort ›Röntgental‹ oder auch einfach nur ›Mediathek der Stasi-Unterlagen‹.«

Sie gähnte ein zweites Mal, aber Otto war noch nicht zufrieden: »Und weiter? Wie es dir als DDR-Bürgerin ergangen ist?«

Brigitte stand auf: »Ich habe Hunger. Wenn du mit mir essen gehst, kannst du den Rest hören.«

Otto sprang auf und half Brigitte in den Blazer: »Ok, dann ziehen wir los.«

Auf der Straße hakte sich die alte Freundin sofort ein, da sie aufgrund ihres Weinkonsums nicht mehr ganz sicher auf den Beinen war, wie Otto feinfühlig bemerkte. Das ist zwar gut für weiteres ungehemmtes Plaudern, dachte er, aber zu viel ist wiederum gefährlich. Als sie in seiner

Lieblingspizzeria ihre Bestellung aufgaben, empfahl er ihr daher väterlich:»Trink jetzt erst Mal ein Glas Apfelschorle.«

Während sie auf das Essen warteten, fielen ihm ihre Kontrahenten von damals ein:»Was ist eigentlich aus Berry und Marion geworden?« Sofort verschwand Brigittes gute Laune:»Keine Ahnung. Erinnere mich bloß nicht an diese Verräter.«

Otto bohrte weiter:»Du hast Marion bei Henning denunziert. Ist sie damals gefasst worden?« Widerstrebend kam die Antwort:»Ich glaube ja. Henning hat so etwas angedeutet.«

»Sie kam also in den Knast?!« Otto versuchte gar nicht, sein Entsetzen zu verbergen.»Weißt du, wie lange?«»Hör endlich auf damit!«, schrie Brigitte den Freund an,»du hast wohl noch Mitleid mit der. Sie hat die Strafe verdient.« Otto schwieg.

Brigitte hielt ihr Versprechen, von ihrem Leben in der DDR zu berichten. Es war tatsächlich wenig spektakulär. Nach ihrer Entlassung aus Röntgental wollte sie ein Lehrerstudium beginnen, bekam aber keinen Studienplatz. Henning sorgte dafür, dass sie wenigstens in einem Kindergarten arbeitete und nicht in einer Fabrik. Sie heirateten, bezogen eine Neubauwohnung in Marzahn und schließlich durfte sie auch studieren. Brigitte wählte als Fächer Staatsbürgerkunde und Geschichte, zog im Eiltempo ihr Studium durch, anders funktionierte es in der DDR sowieso nicht, und unterrichtete anschließend in einer EOS in Hellersdorf. So lebte sie zufrieden ihr neues Leben, das zwar nicht unbedingt ihren Erwartungen entsprach, aber an Hennings Seite ging ihr es besser als vielen anderen DDR-Bürgern. Allerdings war Henning herzkrank, er bekam mehrere Herzinfarkte und wurde verschiedene Male operiert, aber trotz der Bemühungen der Ärzte und trotz Brigittes Pflege starb er kurz vor der Wende. Brigitte verließ Berlin, nahm eine Stelle an einer EOS in der Stadt Brandenburg an. Nur ihren Garten mit Datsche in Treptow behielt sie. Nach der Wiedervereinigung durfte sie ihre Stelle behalten und unterrichtete dort bis zu ihrer Pensionierung vor ein paar Jahren.

Inzwischen hatte sich Brigitte nach dem Glas Apfelschorle wieder dem Weißwein zugewandt. Kichernd erklärte sie:»Staatsbürgerkunde wurde nach der Wende als Fach natürlich nicht anerkannt. Also mussten wir Stabü-Lehrer im Schnellverfahren ein neues Fach lernen. Und weißt du, was ich gewählt habe? Latein, das Horrorfach aus meiner Schulzeit! Aber da es dieses Fach in der DDR kaum gegeben hatte, nach der Wende aber erheblicher Bedarf bestand, kamen Professoren aus Westdeutschland und Berlin, die Lateinlehrer für die neuen Bundesländer ausbildeten. Das habe ich dann gemacht, mit meinem Schullatein hatte ich natürlich auch Vorteile, und es hat mir komischerweise gefallen. Ich unterrichtete dann jahrelang Latein, und zwar gern.« Brigitte lachte über Ottos skeptische Bemerkung: »Kaum vorstellbar.«

Nach der Pensionierung zog Brigitte wieder zurück nach Berlin, angelockt durch das pulsierende Leben in der Hauptstadt und die zahlreichen kulturellen und sonstigen Veranstaltungen, an denen sie teilnehmen wollte.

»Und da bist du ausgerechnet wieder in den alten Kiez gezogen, wo du letzten Endes so unglücklich warst?«, wunderte sich Otto.

Brigitte trank das – niemand wusste wievielte – Glas leer: »Wer sagt, dass ich dort hingezogen bin? Ich wohne am Sterndamm, Treptow.« Sie warf lachend ihren Kopf zurück: »Da staunst du, was? Ich fahre zur Parkarbeit jedes Mal mit dem Auto über die Stadtautobahn, geht schnell.« Sie rülpste: »Ich glaube, ich trinke zu viel.«

»Stimmt, ab jetzt nur noch Wasser.« Otto wollte bestellen, aber Brigitte versuchte aufzustehen: »Kein Wasser, mir reicht's. Ruf bitte eine Taxe. Ich will nach Hause.«

Sie warteten vor dem Restaurant, Otto hatte Mühe, die schwankende Freundin gerade zu halten. Als der Taxifahrer die beiden sah, schnauzte er sie an: »Wehe, wenn mir einer den Wagen vollkotzt! In der Tasche hinten sind Tüten.«

Am Vormittag des nächsten Tages wachte Brigitte mit starken Kopfschmerzen auf und einem flauen Gefühl im Magen. Sie kannte die Symptome. Ich trinke zu viel, dachte sie zum tausendsten Mal, aber mit Alkohol lässt sich eben vieles leichter aushalten. Die gestrige unverhoffte Rückschau auf ihre Studentenzeit und das Leben danach mit seinen wenigen Höhen und zahlreichen Tiefen hätte sie ohne Mengen von kaltem trockenen Weißwein nicht ertragen, trotz Ottos tröstender, beruhigender Anwesenheit. Sie nahm eine Kopfschmerztablette und versuchte, sich daran zu erinnern, worüber sie im Einzelnen gesprochen hatten. Otto hat kaum etwas von sich erzählt, aber ich, fiel ihr siedend heiß ein, habe fast mein ganzes Leben vor ihm ausgebreitet, sogar meine Flucht in die DDR, nachdem ich Marion verraten hatte, und meine Beziehung zu Henning, der meine Spuren auf Grund seiner Stellung im MfS so verwischen konnte, dass mich niemand fand. Keiner weiß davon, nur Gerd, ihr Bruder und einziger Vertrauter. Brigitte geriet in Panik, sie griff zum Telefon. Sie musste Otto instruieren.

Aber sie erreichte ihn nicht, konnte nur hastig auf den Anrufbeantworter sprechen: »Otto, hör zu, es war verkehrt, dass ich dir gestern so viel von mir erzählt habe. Ich wollte das nicht, hatte zu viel getrunken. Ich flehe dich an, vergiss alles, was ich gesagt habe! Sprich mit niemandem darüber, hörst du? Mit niemandem! Vor allem nicht mit Anna! Schwöre mir...!« Aus dem Hörer erklang das Besetztzeichen. Resigniert ließ Brigitte das Telefon sinken. Nach ein paar Minuten stand sie entschlossen auf, um sich in der Küche diesmal keinen Kakao, sondern einen Kaffee zu machen.

Zur selben Zeit saß Otto an seinem PC und schrieb. Er hatte zwar das Telefon läuten hören, aber wollte nicht gestört werden. Getrieben von einer diffusen Vorahnung, dass Dagmars umfangreiche Beichte vielleicht einmal von Bedeutung sein könnte, konzentrierte er sich ganz auf den gestrigen Abend und schrieb alle Details auf, die er noch in Erinnerung hatte, bevor er sie vergaß. Noch zweimal ließ er Anrufer auf den AB sprechen, erst am späten Nachmittag, als er seinen Bericht beendet hatte, hörte er ihn ab.

Anna werde ich nichts erzählen, dachte Otto, als er Brigittes dringenden Appell hörte, das bedeutet aber nicht, dass ich ihr nicht meine Aufzeichnungen zum Lesen gebe.

In dieser Nacht klingelte wieder das Telefon: »Die dritte Rate ist fällig. 20 000 €, nächsten Mittwoch, wie gehabt.« Diesmal kam eine Antwort: »Ok, aber die dritte Rate zahle ich dir nur persönlich aus.«

»Was soll das? Als ob ich nichts zu tun hätte«, dachte Anna nicht gerade begeistert, als sie Ottos Mail las und den vierseitigen, engbeschriebenen Anhang sah. Der Titel »Kurzer Lebenslauf von Dagmar Kunze = Brigitte Beyer« erregte zwar ihr Interesse, aber zum Lesen fehlte ihr die Zeit.

Gestern war Martin über ein verlängertes Wochenende nach Hause gekommen, der wegen des immer näher rückenden Umzuges im Moment sein Arbeitszimmer aufräumte und alte Akten aussortierte, allerdings nicht richtig vorankam, da er bei jedem Ordner, den er aufschlug, interessante Papiere und Briefe entdeckte, die er erst einmal lesen musste.

Kalli hatte sich vorhin verabschiedet und war sicher schon in Friedrichshain, wo er bei Ulli und Rike übernachten würde als »Baby«sitter seiner beiden Kusinen, die sich mächtig auf ihn und einen aufregenden Abend freuten, ebenso ihre Eltern, da sie sich wiedermal wie in alten Zeiten als kinderloses Ehepaar auf einem Rockkonzert, diesmal der Antilopen Gang, austoben konnten.

Es klingelte, das musste Golo sein, mit dem sie für das Sommerfest zum Abschluss des Schuljahres zwei Songs üben wollte, die die Schüler sich gewünscht hatten. »Otto!«, freute sich Anna, als sie die Tür öffnete, denn Kollege Golo hatte seinen Freund samt Gitarre im Schlepptau. »Willst du mitmachen?«

»Klar, wenn du nichts dagegen hast! Ich will dich endlich mal singen hören!«

»Ok, fangen wir an!«

Sie jazzten mit Enthusiasmus. Es dauerte nicht lange, da riss Martin sich von seinen Akten los und kam ins Zimmer, um zuzuhören.

»Nicht schlecht«, meinte er in einer Pause, »wenn man sich noch Mikrofon und Verstärker dazu denkt – so könntet ihr direkt auftreten!«

Otto grinste: »Danke für die Blumen. Ich bin übrigens Otto, ein enger Freund von Anna.«

»Ich auch«, grinste Martin zurück.

Später schlenderten die Vier durch den Park zum Café am See, um einen Abschiedstrunk zu nehmen. Sie ließen die Blicke schweifen, wie gewöhnlich an solchen warmen Abenden war jeder Tisch besetzt.

»Deine Eltern«, rief Martin und zeigte auf die beiden, die mit einem befreundeten Paar an einen Tisch direkt am See saßen. »Kommt, wir sagen Guten Abend«, entschied Anna.

»Hallo, welche Überraschung«, freute sich Waltraut. Man begrüßte sich, Anna verteilte Küsschen an Mama und Papa und sah sich um: »Schade, dass es wieder so voll ist.«

Fritz zwinkerte seiner Tochter zu und trank sein Bierglas leer: »Wir wollten sowieso gerade gehen.« Er blickte aufmunternd in die Runde: »Oder nicht?«

»Naja, gut«, nickten die andern verständnisvoll.

»Vielen Dank, aber wir wollen euch nicht vertreiben«, fühlte sich noch Martin bemüßigt anzumerken.

Es war Nacht, der Himmel war heute nicht bedeckt, sondern die ersten Sterne funkelten. Anna lehnte sich gerade entspannt zurück, als Otto sie nach ihrer Einschätzung zu Dagmar Kunzes Lebenslauf fragte. »Ich kenne ihn noch gar nicht, habe mir nur die Seiten ausgedruckt«, erwiderte sie träge. »Tut mir leid.«

»Du musste es ja wissen«, murmelte Otto verstimmt.

Nachdem Anna allerdings später endlich seinen Bericht gelesen hatte, wurde sie nachdenklich. Sie hatte das sichere Gefühl, dass Brigitte wichtige Umstände ihres ungewöhnlichen Lebens verschwieg, nicht nur wegen ihrer dringenden Bitte an Otto, nichts davon anderen zu erzählen. Deshalb wählte Anna nach langer Zeit wieder einmal die Nummer der Kommissarin, um sie über die neuen Erkenntnisse über Brigitte Beyer zu informieren, aber sie erfuhr nur, dass Frau Waldau gerade ihren Urlaub angetreten hatte.

14

Am nächsten Dienstag fehlte Brigitte bei der Parkarbeit, sie hatte sich bei niemandem von der Gruppe abgemeldet. Abwarten, dachte Anna, vielleicht kommt sie auch gar nicht mehr, nach alldem, was wir inzwischen von ihr wissen. Als die Frauen und Männer mittags ihren Parkeinsatz beendeten und sich voneinander verabschiedeten, fiel zuerst Christiane der weiße Briefumschlag auf, der zwischen ihren Baumwolltaschen auf der Bank lag. »Für Anna – persönlich« las sie vor und drehte ihn um: »Kein Absender. Wer schreibt dir denn einen Brief?« Anna nahm ihn und stopfte ihn mit den Worten: »Keine Ahnung. Sicher nichts Wichtiges«, trotz der neugierigen Gesichter der anderen zu ihren Arbeits-Utensilien in die Tasche. Ein Gefühl riet ihr, den Umschlag erst zu öffnen, wenn sie allein ist.

Es hatte sie nicht getrogen. Erstaunt las sie zu Hause die wenigen Worte des Briefes: *Gern würde ich mich mit Ihnen treffen und Sie um Rat fragen. Ich bin eine ehemalige Freundin von Dagmar Kunze. Ich warte morgen auf Sie in der Wiener Conditorei am Steubenplatz um 18 Uhr. Sollten Sie nicht kommen können oder wollen, werde ich mich damit abfinden. Mit freundlichem Gruß Marion Neumann*

Marion! Sie kannte sie nur aus Ottos Schilderungen. Woher aber wusste Marion von ihrer Existenz? Anna schaute auf den Kalender, morgen Nachmittag fand eine Konferenz statt, in der vor allem Projekte für das nächste Schuljahr vorgestellt werden sollten. Da diese sie wegen ihres Umzugs nach Wien nicht mehr betrafen, würde sie sich beurlauben lassen und zu dem Treffen mit Marion Neumann gehen.

Am nächsten Tag fuhr Anna mit dem Rad zur Wiener Conditorei. Sie kannte das Café, mitten im gutbürgerlichen Westend gelegen, Treffpunkt wohlsituierter älterer Herrschaften der Nachbarschaft, vorwiegend Damen. Allerdings verirrten sich wegen des reichhaltigen Angebots auch jüngere Tortenliebhaber gern dorthin. Pünktlich betrat Anna das Café, in dem um diese Zeit nur wenige Gäste saßen, und blieb einen Moment am Eingang stehen, in der Erwartung, dass sie erkannt wurde. Tatsächlich winkte und lächelte ihr eine gepflegte ältere Dame mit blonden welligen Haaren zu und zeigte auf den leeren Platz an ihrem Tisch.

»Anna? Entschuldigen Sie, aber ich weiß leider nicht Ihren Nachnamen.« Die Dame war aufgestanden, gab ihr die Hand und wirkte sehr erleichtert: »Ich bin ja so froh, dass Sie gekommen sind. Bitte setzen Sie sich. Was darf ich für Sie bestellen?«

»Mein Name ist Anna Kranz und ich hätte gern eine Weinschorle«, sagte Anna gutgelaunt und setzte sich. »Aber bevor wir über Ihre Probleme sprechen, habe ich selbst einige Fragen. Woher wussten Sie z. B., dass ich im Park arbeite, dass wir unsere Taschen immer auf einer Bank liegen lassen und dass ich Anna heiße?«

Erstaunt hob Marion die Augenbrauen: »Aber wir haben uns doch getroffen und miteinander gesprochen, vor einigen Wochen im Park«, und als Anna sie noch immer fragend anschaute, erklärte sie: »Ich habe in einem rbb-Film über Ihre Parkgruppe eine ehemalige Freundin wiedererkannt. Als ich dann das erste Mal zu Ihnen kam und nach Dagmar fragte, hat eine Frau ›Anna‹ gerufen und Sie sind gekommen. Nebenbei habe ich auch gesehen, dass die arbeitenden Frauen ihre Taschen einfach auf eine Bank legten. Daher bin ich vor ein paar Tagen ein zweites Mal zu Ihnen in den Park gegangen und habe heimlich meinen Brief an Sie zwischen die Taschen gelegt.«

Während Marion Neumann in aller Ausführlichkeit ihre Fragen beantwortete, entglitten Anna langsam die Gesichtszüge. Sie starrte die Frau fassungslos an, spürte ihr Herz schneller schlagen. Das konnte nicht sein! Die Tote auf der Bank hieß Maria Böhlau, und das war die Frau, die sie vorher nach Dagmar gefragt hatte. Oder etwa nicht?

»Sie haben mich nach Dagmar gefragt? Dann sind Sie tot, ermordet!« Anna war völlig verwirrt. »Ich habe Ihre Leiche auf der Bank gefunden.«

Marion starrte zurück: »Wie bitte?« krächzte sie, es hatte ihr regelrecht die Sprache verschlagen. Sie räusperte sich, runzelte die Stirn, bemühte sich deutlich zu sprechen: »Ich verstehe Sie nicht. Bitte erklären Sie mir das.«

Anna tat es, langsam und deutlich, um es auch selbst zu begreifen: »Die Frau, die mich nach einer Dagmar gefragt hatte, lag einen Tag später tot auf einer Bank im Park.«

Marion holte tief Luft und erklärte ebenso langsam: »Nein! Die Frau, die Sie nach Dagmar fragte, war ich. Die tote Frau auf der Bank muss eine andere gewesen sein. Denn ich lebe! Also gab es zwei Frauen im Park, eine die gefragt hat und eine die ermordet wurde.«

Anna bestätigte bedächtig: »Richtig, so muss es gewesen sein!« Beide Frauen schauten sich an, allmählich wieder ruhiger geworden, jetzt lächelten sie sogar ein wenig.

»Sie sehen aber ganz anders aus«, kritisch betrachtete Anna die Frau, die ihr gegenüber saß. »Sie wollen diese verhärmte, schlecht gekleidete Frau sein, die bei uns die Dagmar suchte? Da haben Sie sich aber sehr verändert. Ich hätte Sie nie wiedererkannt.«

Marion Neumann nickte: »Danke für das Kompliment, das höre ich jetzt öfter. Ja, mein Leben hat seit meinem Besuch im Park eine Wende genommen. Ich kann mir jetzt dank Dagmar alle diese schönen Sachen leisten.«

Anna verstand gar nichts mehr »Wieso?«, fragte sie.

»Das ist eine lange Geschichte. Ich kenne Dagmar aus meiner Kindheit und Jugend. Dann habe ich über 40 Jahre nichts von ihr gehört, bis ich sie neulich im Fernsehen sah. Ich hatte gehofft, sie wäre längst tot. Es war ein Schock für mich, als sie dort so munter redete und arbeitete.« Marion schwieg.

»Sie müssen mir gar nicht viel erzählen«, meinte Anna. »Vermutlich weiß ich mehr über Ihr Leben, als Sie denken, auf jeden Fall aber viel mehr über Dagmars Leben. Dagmar Kunze heißt seit den 70er Jahren Brigitte Beyer. Unter diesem Namen habe ich sie kennengelernt und als Brigitte arbeitet sie mit bei uns im Park. Ich selbst habe wenig mit ihr über ihre Vergangenheit gesprochen, aber umso mehr Otto, ein Freund von mir und auch ein alter Studienfreund von Brigitte, den Sie vielleicht auch kennen. Er hat mir viel über sie erzählt.«

»Otto? Kann ich mich nicht erinnern.« Nervös trank Marion einen Schluck von ihrem Tee: »Es war so grauenhaft damals, wie mein normales unbeschwertes Leben abrupt endete und ich in den Knast kam. Nur wegen Dagmars paranoider Eifersucht! Ich wusste sofort, dass sie es war, die mich denunziert hatte, niemand sonst kannte den Fluchttermin. Können Sie mir sagen, wie es ihr im Leben ergangen ist?«

»Ja«, sagte Anna und erzählte in groben Zügen, was sie wusste.

»Der ging es also immer gut«, stellte Marion nachdenklich fest. »Aber jetzt nicht mehr.« Sie nickte zufrieden. »Ich habe sie mit meinem plötzlichen Erscheinen in Panik versetzt und zum Zahlen gezwungen.«

»Bitte etwas genauer«, bat Anna.

»Gern. An dem Tag im Park habe ich solange herumgeguckt, bis ich sie endlich entdeckte. Im Gegensatz zu mir hat sie sich kaum verändert, ist eben nur alt und noch dicker geworden. Mir dagegen ging es immer nur schlecht, nicht nur die zwölf Jahre im Knast, sondern auch, als ich heraus kam kurz vor der Wende, aber auch danach. Ich hatte keinen Beruf und keine Kraft etwas Neues anzufangen. Ich arbeite als Kassiererin bei Lidl in Falkensee, wo ich wohne. Ich sprach sie an besagtem Tag nur leise mit Dagmar an, als ich sie erkannt hatte. Sie zuckte wie von der Tarantel gestochen zusammen und glotzte mich an. Ich glaube, sie hat mich nicht erkannt. ›Schön, dass wir uns mal wiedersehen‹, meinte ich freundlich, ›erkennst du mich? Ich bin Marion. Wie geht es dir? Ich glaube, wir haben eine Menge zu besprechen.‹ Es war mir ein unbeschreibliches Vergnügen in ihr angstverzerrtes Gesicht zu lächeln. Dann gingen wir ein paar Schritte spazieren, ich schilderte meine missliche Lage und sagte deutlich, dass ich von ihr Geld verlangen werde, sonst würde ich sie überall als Lügnerin und Verräterin denunzieren. Sie ging darauf ein, tat, als ob sie wieder unsere Freundschaft aufleben lassen wollte, fragte, wo ich schliefe, sie würde mein Hotel bezahlen usw. Ich blieb abweisend, meinte, ich würde wie gewöhnlich auf meinen Reisen auf einer Bank im Park schlafen. In Wirklichkeit bin ich natürlich wieder nach Falkensee nach Hause gefahren. Ich sagte, sie solle mir nur ihre Handynummer geben, ich würde mich melden. Das tat sie und wir verabschiedeten uns. Die Nummer war erwartungsgemäß falsch, aber ich hatte ja die richtige von der Liste.« Marion lächelte.

»Welche Liste?« »Als mein Gespräch mit Ihnen zu Ende war und ich noch herumstand, sah ich auf der Bank unter Ihren Taschen Zettel liegen. Ich nahm einen hoch: es war eine Liste mit Namen all derer, die zu Ihrer Dienstagsgruppe gehörten.«

»Stimmt, die hatte Robert gerade wieder überarbeitet. Jeder sollte sich eine neue nehmen.« »Netterweise waren neben E-Mail-Adressen und Telefonnummern auch die Geburtstage der Teilnehmer verzeichnet. Der Name Dagmar fehlte, aber ich kannte natürlich ihr Geburtsdatum. Da wusste ich, dass sie sich nun Brigitte nennen lässt. Seit dieser Zeit rufe ich sie in regelmäßigen Abständen an, um sie zu erpressen und sie zahlt, wenn auch mit zusammengebissenen Zähnen.« Nach einer kurzen Pause fuhr Marion fort: »Eigentlich wundere ich mich, warum ihr das gute Verhältnis zu Ihnen und ihr guter Ruf so viel wert sind. Denn mit dem Verrat an mir vor 40 Jahren könnte ich sie nicht erpressen. Der ist garantiert verjährt, falls er überhaupt im Westen strafbar gewesen war.«

In Anna war während ihres Berichtes ein ungeheuerlicher Verdacht aufgekommen: »Haben Sie ihr eine Bank gezeigt, auf der Sie schlafen würden?«

»Ja, wir gingen zufällig an einem großen Schachbrett vorbei. Ich zeigte auf die Bank daneben.«

Anna hielt kurz die Luft an: »Wissen Sie, dass in der Nacht die Frau, die auf dieser Bank schlief, ermordet wurde?«

Marion wurde blass: »Wie bitte?«

»Das stand am nächsten Tag in allen Zeitungen.«

»Davon habe ich nichts mitbekommen, ich lese wenig Zeitung, auch im Fernsehen sehe ich eher Filme als Nachrichten.« Stumm blickten sich die beiden Frauen an, beide schockiert von derselben Überlegung und Befürchtung. Augenscheinlich gegen ihre Überzeugung behauptete Marion: »Es muss ein Zufall sein. Dagmar war es nicht. Sie ist eine Verräterin, aber keine Mörderin.«

Anna nickte zögernd: »Aber ich habe die Tote gefunden, sie gesehen. Sie hatte so große Ähnlichkeit mit Ihnen, dass ich meinte, Sie wiederzuerkennen. Die Frau hatte sogar denselben Rucksack wie Sie. Ich habe bei der Polizei ausgesagt, dass sie – höchstwahrscheinlich – diejenige ist, die nach Dagmar gefragt hat. Bis heute ist der Mord nicht aufgeklärt, weil er ohne Motiv erscheint. Für Ermittlungen gibt es kaum einen Anhaltspunkt. Wenn Brigitte aber den Mord tatsächlich begangen hat, finden wahrscheinlich alle Ungereimtheiten eine plausible Erklärung.«

»Vielleicht haben Sie Recht«, überlegte Marion. »Dagmar dachte, sie hätte mich in der Nacht umgebracht. Erst als ich sie wenig später anrief, erkannte sie ihren Irrtum.« Marion lachte ironisch auf bei dem Gedanken, der ihr gekommen war: »Sie lässt sich so leicht von mir erpressen, weil sie natürlich vermutet, ich wüsste von ihrem Mord an der unschuldigen Frau auf ›meiner‹ Bank.« Marion hatte plötzlich keinen Zweifel mehr: »Sie war es. Deshalb zahlt sie, ohne mit der Wimper zu zucken.«

Gegen ihren Willen empfand Anna fast Mitgefühl mit der potentiellen Mörderin: »Es muss ein Schock für sie gewesen sein, als Sie sich plötzlich meldeten und sie merkte, dass sie ganz umsonst gemordet hatte. Vielleicht war es aber doch nur ein unglücklicher Zufall. Wir müssen zur Polizei gehen.«

»Im Prinzip ja, aber bitte nicht sofort. Schließlich mache ich mich zur Zeit wegen Erpressung strafbar«, wandte Marion ein.

»Vielleicht sollten Sie mit ihren Erpressungen aufhören«, schlug Anna vor. »Wie viel hat Brigitte Ihnen denn schon gezahlt?«

»Weiß ich nicht mehr«, kam Marions unwillige Antwort, während sie aus dem Fenster blickte.

Anna wurde grob: »Unsinn! Natürlich wissen Sie das.«

»Na gut, ich sag's Ihnen: 40 000 €!« Marion prahlte fast mit dieser Summe. »Die nächste Zahlung von 20 000 € erfolgt in Kürze.«

»Nicht schlecht! Ich denke, das reicht«, versuchte Anna, ihre Habgier zu bremsen.

Aber Marion antwortete erregt: »Nein! Nie! Was ich durch Dagmar gelitten habe, kann sie durch keine noch so große Geldsumme wiedergutmachen.«

Beide schwiegen eine Weile.

Schließlich fragte Anna sehr direkt: »Warum haben Sie mich eigentlich hierherbestellt? Für mich war unser Gespräch sehr klärend, eine Menge Unklarheiten wurden beseitigt, vielen Dank dafür, aber was kann ich für Sie tun?«

»Ich habe eine Bitte.« Marion sprach langsam weiter: »Dagmar hat bisher das Geld immer auf eine bestimmte Bank gelegt, wo ich es mir abgeholt habe. Das nächste Mal will sie mir aber die Summe nur persönlich übergeben.« Marion zögerte: »Könnten Sie vielleicht mitkommen? Dagmar wird irgendwann wieder versuchen, mich umzubringen, vielleicht schon bei der nächsten Geldübergabe. Das macht mir Angst. Aber Dagmar kennt Sie gut und wenn Sie dabei sind, kann mir nichts passieren.«

Anna lachte auf: »Ich soll bei Ihren Straftaten den Leibwächter spielen?« Sie schüttelte den Kopf: »Nein, tut mir leid, das werde ich nicht tun. Das verstehen Sie hoffentlich! Ich kann Ihnen nur noch einmal den guten Rat geben: Machen Sie Schluss mit den Erpressungen!«

In der Reichsstraße, während ihrer Rückfahrt, fiel Anna eine Ungereimtheit auf: warum hatte Brigitte bei ihrer ersten Begegnung im Park ihre alte Freundin, die noch keinen Grund gehabt hatte, sie zu erpressen, nicht sofort kalt und frech zurückgewiesen, sondern war übertrieben freundlich auf sie eingegangen. Vielleicht, folgerte Anna, weil sie noch ein anderes Verbrechen begangen hatte, von dem sie vermutete, dass Marion davon weiß. Deshalb wollte sie sie zum Schweigen bringen. Marion Neumann allerdings hatte in dieser Richtung nichts angedeutet, vielleicht hatte sie davon ebenso wenig eine Ahnung, wie von der Toten im Park.

15

Hoch konzentriert saß Anna am Klavier und Computer und schrieb wieder einmal Musik-Arrangements für das Sommerfest. Inzwischen hatten Golo und sie ein unterhaltsames und auch einigermaßen anspruchsvolles Programm zusammengestellt, in dem sich Songs, die sie selbst ausgewählt hatten, mit Lieblingshits der Schüler und Schülerinnen abwechselten. Fast alle Musikstücke mussten die beiden Musiklehrer allerdings für ihre Schüler umschreiben, also derartig vereinfachen, dass diese sie auch spielen konnten. Seit Wochen liefen die Proben mit bereits fertiggestellten Song-Bearbeitungen, die letzten aber musste sie heute noch schreiben. Bis morgen wollten Golo und sie endlich alles fertig haben.

Als das Telefon neben ihr klingelte, ignorierte es Anna zunächst, aber dann hob sie doch widerwillig ab und hörte Elisabeths Stimme: »Hallo, Anna, gut, dass ich dich antreffe.«

»Ich habe keine Zeit«, sagte Anna abweisend, »ich muss arbeiten. Kannst du später nochmal anrufen?«

»Es ist sehr wichtig«, gegen ihre sonstige Art sprach Elisabeth in einem aufgeregten Ton: »Du musst sofort herkommen, ich brauche dich.«

Anna zögerte: »Um was geht es denn?« Jetzt ertönte im Hintergrund mehrmals die Wohnungsklingel, Anna meinte sogar zu hören, wie jemand gegen die Tür hämmerte, Elisabeth stand offenbar im Flur direkt hinter der Wohnungstür. »Was ist denn da bei dir los?«, wollte Anna fragen, aber Elisabeth redete schon selbst, besser, beschimpfte sie mit unterdrückter Stimme: »Zu spät! Sie kommen! Qué mierda! Deine Schuld!« und legte auf.

Anna war sprachlos. Da es nach diesem Gespräch ohnehin erst einmal um ihre Konzentration geschehen war, beendete sie schnell ein angefangenes Thema. Dann ging sie hinunter in den Hof zu ihrem Fahrrad und radelte in die Kuno-Fischer-Straße. Schon von weitem sah sie vor Elisabeths Haus zwei Polizeiautos stehen. Als Anna das Haus erreichte, fuhr gerade eines los in die andere Richtung, so dass sie keine Insassen erkennen konnte. Vor dem anderen Auto, einem Mannschaftswagen, stand ein junger Polizist rauchend in der Sonne.

»Können Sie mir sagen, worum es hier bei Ihrem Einsatz geht?«, fragte ihn Anna, während sie vom Rad stieg.

Der Polizist grinste sie an: »Na gut, weil Sie's sind! Eine Hausdurchsuchung! Aber mehr darf ich nicht sagen.«

»Doch nicht etwa bei Elisabeth Kolbe?«

»Woher wissen Sie das?« Sein freundliches Grinsen verwandelte sich übergangslos in eine misstrauische Miene.

»Sie hat mich eben angerufen und sich so merkwürdig verhalten, da wollte ich nach ihr sehen«, erklärte Anna.

»Stecken Sie mit ihr unter einer Decke?«, fragte der Polizist streng.

Anna lachte: »Nee! Aber wenn, würde ich Ihnen das auch nicht auf die Nase binden.«

Nun entspannte sich der Ordnungshüter wieder: »Wäre ja möglich. Es geht um Diebstahl und Unterschlagung im großen Stil. An solchen Straftaten sind meistens mehrere Täter beteiligt.«

Sofort erinnerte sich Anna an das kostbare Armband in Elisabeths Badezimmer, aber sie sagte nichts, sondern starrte ihn nur mit offenem Mund an: »Wie bitte?«

»Ja, da staunen Sie, was die gute Freundin für schmutzige Geheimnisse hat! Sie wurde soeben festgenommen. Im Moment wird ihre Wohnung durchsucht. Das kann Stunden dauern.« Er genoss offensichtlich Annas Entsetzen. Dann zückte er ein kleines Blöckchen: »Nennen Sie mir mal bitte ihre Kontaktdaten. Unter Umständen müssen wir uns mit Ihnen in Verbindung setzen.«

»Kann ich mich irgendwo erkundigen nach Frau Kolbe, was man ihr vorwirft, ob sie angeklagt wird oder so ähnlich. Sie hat hier in Berlin, soweit ich weiß, keine Angehörigen.«

»Am besten lesen Sie aufmerksam die Zeitung.«

»Na, danke!« Anna verzog den Mund und wollte wieder losfahren. Der Polizist griff in seine Jackentasche: »Ich kann Ihnen aber auch die Karte unserer Abteilung geben. Da bekommen Sie eventuell eine Auskunft.«

Erbost über Elisabeth Kolbes Verlogenheit und ihre eigene bodenlose Naivität radelte Anna nach Hause. Diese kitschige Liebesgeschichte mit einem alten, aber knackigen Fabrikbesitzer, diese Jagd auf sie durch den habgierigen Sohn, diese kostbaren Geschenke des liebenden Ehemannes – alles Lüge! Wahrscheinlich war Juan ein alter, dementer Millionär gewesen und sie seine Putzfrau, die ihn nach Strich und Faden bestahl, ohne dass er es merkte, wahrscheinlich auch sein Bankkonto abräumte. Einzelheiten konnte sich jeder in allen Variationen selbst ausmalen, dazu brauchte man wirklich nicht viel Phantasie.

»Mir reicht's«, beschwerte sich Anna in ihrem abendlichen Telefongespräch bei Martin. »Verstehst du, warum Elisabeth die ganze Zeit diese Lügenmärchen erzählt hat? Ich nicht! Sie hat sich so überzeugend verstellt, wie auf Kommando traten ihr die Tränen in die Augen, wenn es nötig war. Das sah alles so echt aus. Sie tat einem richtig leid!««

»Sie machte das aus Tarnungsgründen«, Martin blieb gelassen. »Sie spielte die vom Schicksal gebeutelte, bemitleidenswerte Frau, der niemand etwas Böses zutraut, geschweige denn professionell betriebene Straftaten. Wahrscheinlich wusste die Polizei, dass sie ihr Diebesgut in ihrer Wohnung versteckt hat, daher die Hausdurchsuchung.«

»Natürlich!« Anna fiel es wie Schuppen von den Augen. »Ich sollte kommen, damit sie mir den gestohlenen Schmuck zur Aufbewahrung in die Hand drücken kann, so dass bei einer Razzia nichts gefunden wird. Zum Glück hat sie mich zu spät angerufen, die Polizei war schneller als sie. Deshalb hat sie mich auch so beschimpft. Ich hätte Schuld! Unverschämt!«

»Sieh das Ganze mal positiv«, lachte Martin. »Immerhin bist du in ihren Augen eine absolut vertrauenswürdige ehrliche Person, wahrscheinlich die einzige, die sie kennt, der man ohne Bedenken Schätze anvertrauen kann! Das ist doch was!«

16

Wie angekündigt legte Brigitte diesmal die »dritte Rate« nicht einfach nur auf die Bank am Steppengarten, sondern sie setzte sich selbst dort hin und hielt die Plastiktüte mit dem Geld auf dem Schoß. Es herrschte eine friedliche Stille. Der Himmel war bedeckt, nur wenige Spaziergänger schlenderten um diese Zeit noch durch diesen Teil des Tiergartens, der Goldfischteich zu ihren Füßen plätscherte leise. Touristen, erkennbar an ihrem entschlossenen Schritt, strebten an ihr vorbei zum Sowjetischen Ehrenmal jenseits der Straße des 17. Juni.

Brigitte schaute sich um, etwas entfernt stand eine Frau und beobachtete sie. »Los, nun komm schon!« dachte Brigitte und spürte wie sie wieder die Wut übermannte, gleichzeitig aber auch ein Gefühl grenzenloser Ohnmacht.

Schließlich gab die Frau auf und kam langsam auf sie zu. Brigitte erkannte sie kaum. Was für ein Unterschied zu ihrem Aussehen bei ihrer ersten Begegnung im Park, vor ein paar Wochen! Damals grau, fahle Gesichtshaut, schäbige Kleidung. Und jetzt? Alles von meinem Geld, dröhnte es in ihrem Kopf.

Marion Neumann hatte die Bank erreicht und setzte sich neben sie. Sie schwieg und blickte geradeaus in die Weite. Nach einer Weile, ebenfalls ohne die Frau neben sich anzuschauen, sagte Brigitte: »Guten Tag, Marion.«

»Gib mir das Geld«, forderte diese.

Brigitte packte die Tüte fester und zwang sich, die ehemalige Freundin freundlich anzublicken: »Gut siehst du aus!« Sie nickte wohlwollend mit dem Kopf. »Besser als ich, genau wie früher. Du bist beim Friseur gewesen, schöner Schnitt und Farbe, gutes Makeup.«

»Halt den Mund!«, fuhr Marion sie an.

Unbeirrt fuhr Brigitte fort, nun mit unverhohlener Ironie: » Ein Mantel, weiches Nappaleder, hellbeige stand dir schon immer gut. Und modische Turnschuhe! So viele teure Sachen wie jetzt konntest du dir wahrscheinlich nie in deinem Leben leisten.«

Noch hatte Marion sich in Gewalt: »Gib mir das Geld!«, forderte sie ein zweites Mal mit Nachdruck.

Brigitte lächelte ununterbrochen: »Eigentlich müsstest du mir dankbar sein, dass ich dir die Möglichkeit gegeben habe, mich zu erpressen, und du dadurch endlich zu Geld kommst.«

Jetzt verlor Marion die Beherrschung. Ihr Gesicht verzerrte sich vor Erbitterung und Hass: »Dankbar?! Dir? Du hast mein Leben zerstört. Es ist deine verdammte Pflicht und Schuldigkeit, mich zu entschädigen. Her mit dem Geld!« Sie versuchte die Tüte an sich zu reißen, aber Brigitte hielt sie böse lächelnd fest.

Zitternd vor Empörung schaute Marion in ihr unbewegliches Gesicht und mit Tränen in den Augen schrie sie Brigitte an: »Ich habe zwölf Jahre im Ost-Knast gesessen, weißt du, was das bedeutet? Zwölf Jahre Folter, Martyrium, Hölle!«

Sie zwang sich, wieder ruhig zu werden, wischte sich die Augen trocken und fuhr bemüht sachlich fort: »Dafür musst du büßen. Du lebst nur so ungestört, weil du Geld besitzt, das ich haben will.« Kalt und entschlossen klang ihre Drohung, alle Angst um ihr Leben war von ihr gewichen: »Wenn du nicht zahlst, gehe ich zur Polizei und sage, dass du die Frau auf der Bank ermordet hast, weil du dachtest, ich bin es.«

Brigitte ging auf diese Anschuldigung nicht ein, änderte aber ihre Taktik. Sie atmete tief durch und sprach in einem sanften Ton, als würde sie ihre Taten bereuen: »Das ist nicht nötig, Marion, du bekommst das Geld. Auch was ich dir persönlich angetan habe, tut mir unendlich leid. Aber ganz unschuldig daran bist du nicht gewesen.«

»Ich? Was habe ich denn getan?«

»Du hast mir meinen Freund weggenommen.«

»Mach dich nicht lächerlich!« In Marions Gesicht kämpften Spott und Wut um die Oberhand: »Dein Berry hat doch mit jeder 'rumgevögelt. Die hättest du dann alle in den Knast bringen müssen.«

»Du hast ja Recht«, meinte Brigitte leise, »ich möchte es wiedergutmachen. Wie ich eben sagte: solange ich Geld habe, gebe ich dir gerne freiwillig davon ab. Hier!« Mit diesen Worten stand sie auf, hielt Marion die Plastiktüte hin und sah sie freundlich an: »Tschau, Marion, bis zum nächsten Mal. Ich würde mich sehr freuen, wenn wir uns einfach mal so, ohne Geldübergabe, treffen und uns unterhalten über unsere Vergangenheit mit den vielen Konflikten, aber auch mit den schönen Stunden. Übrigens: ich bin mit dem Auto da. Soll ich dich irgendwohin mitnehmen?«

Mit einem Griff riss ihr die ehemalige Freundin, die ebenfalls aufgesprungen war, die Tüte aus der Hand und schrie: »Hau endlich ab!«

Brigitte drehte sich nicht um, als sie den Weg durch den Park zur Tiergartenstraße einschlug, wo sie ihr Auto geparkt hatte, aber sie war sich sicher, dass Marion ihr hasserfüllt, aber auch verwirrt hinterherblickte. Während sie durch den dichten abendlichen Verkehr quer durch Berlin nach Hause fuhr, überlegte sie, wie sie Marion, die einzige Mitwisserin ihrer Taten, am besten aus dem Weg räumte. Noch hatte sie keinen genauen Plan, aber ihr würde schon etwas Passendes einfallen.

Während Marion mit der Regionalbahn nach Falkensee zurückfuhr, die Plastiktüte mit dem Geld umklammert, atmete sie erleichtert auf, dass sie, auch ohne Annas Anwesenheit, mit dem Leben davongekommen war. Ihr Entschluss stand nun fest: Schluss mit der Erpressung, kein Treffen mehr mit Dagmar, 60 000 € waren genug.

17

Anna atmete auf. Die Proben waren abgeschlossen, der Musikabend in der nächsten Woche stand. Golo, sie und die Schüler hatten ganze Arbeit geleistet. Die Ferien konnten beginnen.

Vergeblich versuchte Anna ein zweites Mal, Kontakt zu der Kommissarin aufzunehmen, um sie über ihre neuen Erkenntnisse hinsichtlich Brigitte Beyer zu informieren. »Frau Waldau kommt erst am nächsten

Montag wieder zum Dienst«, erklärte ihr Assistent. Auch nicht dramatisch, dachte Anna, dann treffe ich mich zuerst mit Brigitte und spreche danach mit der Kommissarin.

Brigitte war nur auf dem Handy zu erreichen. »Hallo, Anna, nanu, was gibt's?« klang es zurückhaltend aus dem Hörer. »Störe ich?« »Nein, ich wundere mich, dass du anrufst. Ich bin gerade im Garten und arbeite.«

»Wir haben uns ja seit dem Treffen im ›Brotgarten‹ nicht mehr gesehen. Trotzdem wollte ich mit dir noch einiges besprechen. Können wir uns noch mal treffen? Morgen zum Beispiel, am Sonnabend, hätte ich Zeit.«

Brigitte schwieg so lange, dass Anna fürchtete, sie hat das Handy einfach weggelegt. Dann hörte sie ihre argwöhnische Frage: »Hast du mit Otto gesprochen?«

»Ja, kurz.« Anna wollte nicht lügen.

»Hat er dir etwas von mir erzählt?«

»Nicht viel. Ich hoffe, von dir mehr zu erfahren.«

Wieder eine lange Pause, Brigitte schien zu überlegen, dann antwortete sie: »Gut. Ich übernachte heute im Garten. Wenn du willst, kannst du mich morgen besuchen, ich bin den ganzen Tag hier. Meine Datsche liegt an der Johannisthaler Chaussee, nahe der Autobahn. Man kommt schnell hin.«

»Prima. Martin hat das Auto bei seinem letzten Besuch hiergelassen.«

Nachdem Brigitte ihr den Weg beschrieben hat – »Ich warte auf dich am Eingang der Kolonie, wenn du mich vorher kurz anrufst« – fragte Anna: »Darf ich noch einen Gast mitbringen?«

»Otto?« »Nein, aber jemand, den du auch von früher kennst.«

Sie hörte Brigittes heftiges Atmen, fast als ringe sie um Luft: »Außer Otto haben wir keine gemeinsamen Bekannten aus der Zeit.«

»Ich habe Marion kennengelernt.«

»Marion!?! Gut, wenn sie will, bringe sie mit. Ich muss jetzt weitermachen. Tschau.« Ohne Annas Gruß abzuwarten, legte sie auf.

»Morgen sitze ich bis zwei Uhr mittags an der Kasse in meinem Supermarkt«, meinte Marion Neumann später, »aber danach hätte ich Zeit. Dagmar wird uns doch nichts antun, oder?« Es klang ängstlich.

»Bestimmt nicht«, da war sich Anna ganz sicher. »Was meinen Sie, was am Sonnabend bei diesem Wetter in einer Schrebergartenkolonie los ist. Da strömen die Kleingärtner mit Kind und Kegel und Oma und Opa zu ihren Datschen. Wir werden garantiert von allen Seiten beobachtet, mehr als uns lieb ist.« Marion lachte. »Überzeugt! Wo wollen wir uns treffen?«

Kurz nach drei Uhr verabschiedete Anna sich von Kalli: »Spätestens gegen fünf bin ich wieder zurück. Da bin ich mit Golo und Otto verabredet. Hier ist ein Zettel. Ich hole noch eine Bekannte ab und dann fahren wir zu dieser Adresse. Du kannst mich jederzeit anrufen, wenn du willst. Tschüss.« Sie gab ihm einen Kuss und verschwand.

Am Bahnhof Charlottenburg fand Anna zum Glück einen Parkplatz und wartete auf Marion, die mit dem Regionalzug aus Falkensee kam. Anschließend fuhren sie über den Stadtring, wegen verschiedener Staus nicht immer zügig, nach Osten bis zur Johannisthaler Chaussee, wo sie am Eingang der KGA Frohsinn von Brigitte erwartet wurden. »Schön, dass ihr da seid«, sagte sie, aber es klang frostig. »Wir müssen noch ein wenig durch die Kolonie laufen. Hier entlang bitte.«

Der Nachmittag verging schnell für Kalli mit seinem neuesten Computerspiel, aber auch mit pflichtbewusstem Üben seines Cello-Programms für das nächste Konzert. Schließlich kam noch sein Freund Anton vorbei. Als Kalli später zufällig auf die Uhr im Wohnzimmer blickte, 17 Uhr, wunderte er sich, weil seine Mutter längst zurück sein müsste. Kurz danach klingelte es, aber nicht Anna, sondern ihre Freunde Golo und Otto standen vor der Tür.

»Mama ist noch gar nicht da, obwohl sie wusste, dass ihr kommt.« Kalli fühlte sich in der plötzlichen Rolle eines Hausherrn nicht besonders wohl. »Kommt rein«, er zeigte ins Wohnzimmer. »Ich ruf sie gleich mal an.« Fragend sahen die beiden Männer zu, wie er in sein Handy lauschte und es dann wieder einsteckte: »Komisch. Nur die Mailbox.«

Otto und Golo hatten sich nicht hingesetzt, sondern blieben stehen.

»Wo ist sie denn hingegangen?«, fragte Otto.

»Nicht gegangen, mit dem Auto weggefahren. Ich weiß nicht wohin, aber sie hat es mir aufgeschrieben. Warte mal«, Kalli nahm Annas Notiz vom Couchtisch: »Sie wollte vorher noch eine Bekannte abholen und dann zu dieser Adresse fahren, Johannisthaler Chaussee, Kolonie Frohsinn«, las er vor und gab Otto den Zettel.

»Wo soll das sein und was macht sie dort«, fragte Golo ratlos, »wir waren doch hier verabredet, um ein bisschen zu jazzen.«

Aber Ottos Gesicht hatte einen erschrockenen Ausdruck angenommen. »Anna ist nach Treptow gefahren, wahrscheinlich zu Brigitte in deren Garten. Ich hoffe, es ist kein schlechtes Zeichen, dass sie nicht pünktlich zurückgekommen und auch nicht zu erreichen ist.«

Kalli schaute ihn ängstlich an: »Meinst du, es ist ihr etwas passiert?«

»Ich hoffe nicht«, wiederholte Otto, »weißt du, wen sie abholen wollte?«

»Das hat sie nicht gesagt, aber vor ein paar Tagen hatte sie eine Frau getroffen, die hieß Marion. Anschließend war Mama ziemlich durcheinander.«

»Sie hat Marion kennengelernt?« Otto schaute noch entsetzter: »Wenn sie tatsächlich mit ihr zu Brigitte gefahren ist – dann kann unter Umständen diese Begegnung ziemlich eskalieren.« Entschlossen blickte er Kalli und Golo an: »Ich fahre sofort dorthin.«

»Ich komme mit«, nickte Golo.

»Ich auch«, sagte Kalli.

Aber Otto lächelte ihn opahaft an: »Nee, Kallichen, das ist nicht nötig. Wir bringen dir deine Mama unbeschädigt wieder nach Hause.«

Kalli sah Otto cool an: »Ich bin kein Baby und entscheide selbst, was ich mache. Ich sage nur noch meinem Freund Bescheid.« Er ging in sein Zimmer, wo Anton am Computer spielte. »Du musst leider gehen. Ich muss mal kurz weg«, hörten ihn die Männer sagen. »Kein Problem«, erwiderte Anton und verabschiedete sich.

Voller Unruhe hetzte Otto in der nächsten halben Stunde über die dichtbefahrene Autobahn. Während er hektisch die Fahrspuren wechselte und wiederholt unüberlegte Überholungsmanöver riskierte, schrie Golo mehrmals: »Hör auf, wie ein Idiot zu fahren. Wenn wir tot sind, können wir Anna nicht mehr helfen.« Erst als Kalli von der Hinterbank verkündete: »Mir wird schlecht!« fuhr Otto maßvoller, da er keine Tüte in der Tasche hatte, wie neulich der Taxifahrer.

Schließlich waren sie in der Johannisthaler Chaussee, Ecke Heideweg angekommen. Am Eingang der »Kolonie Frohsinn« stand eine Tafel, auf der die Parzellen mit einer Nummer und dem Namen des Besitzers eingezeichnet waren.

»Schnell, wir müssen nach Brigitte Beyer suchen«, befahl Otto. Ihre Augen suchten die Schautafel ab. »Hier«, Kalli hatte sie gefunden, »Tronjeweg. Komischer Name!« Otto überging diese historisch-literarische Wissenslücke von Annas Sohn und schaute auf die verschlungene Wegeführung dorthin, die sie sich einprägen mussten. Golo schloss die Augen, um sich zu konzentrieren, dann marschierte er los: »Folgt mir! Ich weiß Bescheid.«

Der Weg dorthin hatte einen hohen Unterhaltungswert. Überall waren fröhliche oder andere Menschen in Aktion, am Arbeiten, Spielen, Kaffeetrinken, Schimpfen, Schreien, Lachen. In vielen Parzellen wurden schon die Grillausrüstungen aufgebaut für die abendlichen kulinarischen Orgien. Die drei, die als Fremde auffielen und entsprechend beäugt wurden, grüßten nach rechts und links. Schließlich hatten sie den Tronjeweg erreicht und fragten eine Frau, die am Zaun die Hecke beschnitt, nach dem Garten von Frau Beyer.

»Brigitte? Auf der anderen Seite der dritte«, kam es wie aus der Pistole geschossen. »Bei der ist ja heute was los«, lachte die Nachbarin, »die bekommt sonst wenig Besuch. Aber vorhin hat sie schon zwei Frauen mitgebracht und jetzt noch euch!? Ich weiß nicht, was in die gefahren ist.«

Mit bösen Vorahnungen erreichten sie schließlich Brigittes Parzelle mit einer kleinen Laube. Die Gartentür war nicht abgeschlossen. Sie traten ein, sahen sich im Garten um, keine Spur der Frauen. Auf der kleinen Terrasse vor der Datsche stand ein Tisch, auf dem sich noch Reste von Kaffeegeschirr befanden.

Golo bemerkte den Geruch als erster. Er schnüffelte in der Luft herum: »Es riecht hier so komisch.« Inzwischen war der Nachbar der rechten Parzelle, der sie neugierig beobachtete, an den Zaun getreten: »Meine Frau sagt auch, es riecht nach Gas, aber ich rieche nichts. Ist wohl nur Einbildung.«

Otto wollte die Tür öffnen, aber sie war abgeschlossen. Die drei rannten um das Haus herum und spähten in ein Fenster, das offensichtlich zu einer kleinen Küche gehörte. Das Bild, das sich ihnen bot, ließ sie erschauern: Anna und Marion lagen auf dem Boden, unbeweglich und verkrümmt in unnatürlichen Stellungen, Brigitte saß schief in einem Sessel, ihr Kopf war auf die Seite gefallen. Alle drei Frauen schienen bewusstlos oder nicht mehr am Leben zu sein.

»Mama«, schrie Kalli, Tränen sprangen aus seinen Augen »sie ist tot!«, aber Otto befahl nur hastig: »Heul nicht! Schlag die Scheibe ein!« Er selbst rannte wieder zurück und schrie laut: »Wir brauchen eine Axt! Wer hat eine Axt?« Angelockt durch das Geschrei kamen von allen Seiten erschrockene und neugierige Gartenbewohner, unter ihnen auch zwei Männer mit Äxten. »Die Tür!«, sagte Otto und sie schlugen auf sie ein, bis sie in tausend Stücke sprang. Der kleine Flur war dunkel. Hier roch es stark nach Gas. »Kein Licht anmachen!«, schrie Otto hysterisch aus Angst vor einer Explosion. Dann schlugen die Männer die Küchentür ein, die ebenfalls von innen abgeschlossen war.

Inzwischen hatte Kalli mit einem Stein die Fensterscheibe zertrümmert und von innen den Riegel geöffnet. Er wunderte sich, wie schwer sich der Rahmen bewegen ließ, bis er merkte, dass die Fensterritzen von innen zugeklebt waren. Jedenfalls strömte jetzt frische Luft in die Küche.

Bevor Kalli jedoch den gespenstigen Anblick seiner toten Mutter deutlich wahrnehmen konnte, zog Golo, der bereits Polizei und Feuerwehr alarmiert hatte, ihn beiseite: »Kalli, schnell, du musst zum Eingang laufen und dem Notarzt und der Polizei den Weg hierher zeigen. Sonst suchen die sich halbtot und kostbare Zeit vergeht.« Kalli rannte los.

Als Otto und Golo nach Zerschlagung der Küchentür mit den beiden Männern in die Küche eindrangen, sahen sie jetzt erst das ganze Ausmaß des Grauens. Die Frauen lagen nicht nur leblos am Boden, sondern Anna und Marion waren entsetzlich zugerichtet. Ihre Münder waren mit breitem Klebeband verschlossen, die Hände auf dem Rücken und die Füße ebenfalls eng mit dem schwarzem Band zusammengeklebt. Offensichtlich hatte Brigitte die beiden gefesselt, denn sie selbst trug keine Fesseln.

»Lassen Sie mich rein«, der Nachbar Bernd drängelte sich durch, »Ich muss das Gas abstellen.« Er kniete sich vor dem Herd nieder, und schraubte an der Propangasflasche herum. »So«, atmete er auf, »fertig, kein Gas mehr. Ich verstehe das nicht, ich habe Brigitte doch gezeigt, wie sie das Ventil schließen muss.« Dann erst blickte er sich in der Küche um und bekam einen Schock: »Sie hat es mit Absicht getan!« Er hielt sich die Hand vor den Mund und stürzte hinaus.

»Wir lassen sie so liegen, bis die Polizei kommt, aber das Klebeband vom Mund nehmen wir ab«, schlug Golo vor.

»Nein, wir müssen sie wiederbeleben, beatmen«, meinte Otto hektisch. »Weißt du, wie man das macht?«

»Nee«, Golo schüttelte den Kopf. »Ich glaube, von Mund zu Mund.«

»Na gut, dann los!«

Sie zogen bzw. rissen die schwarzen Streifen von den Mündern. Obwohl sie sich beide ganz nah zu Anna und Marion hinunter beugten und verzweifelt nach einem noch so geringen Atemgeräusch lauschten, konnten sie nichts hören. Gerade als sie sich unbeholfen in Positur setzten für eine Mund-zu-Mund-Beatmung, erklangen Kallis erlösende Rufe: »Sie sind da! Sie sind da!«

18

Brigitte hatte gestern, ohne die geringste Vorahnung der bevorstehenden Katastrophe, gerade den Rasen ihres kleinen Gartens gemäht, und lag jetzt auf den Knien, um die Ränder zu begradigen und Unkraut auszurupfen, als ihr Handy in ihrer Schürzentasche klingelte. Noch im Knien sprach sie mit Anna und am Ende des Gesprächs überkam sie eine so große Übelkeit, dass sie kaum aufstehen konnte. Sie schleppte sich zum Gartenstuhl und ließ das Handy auf den Tisch fallen. Schweratmend saß sie da. Ihr erster Gedanke war: nun ist alles aus, das ist das Ende, ihr zweiter Gedanke: Anna wird dafür büßen. Sie ist schuld an meinem Untergang.

»Hallo, Brigitte, gibt's Probleme?«, rief ihr Nachbar Bernd über den Gartenzaun, der sie beobachtet hatte. »Brauchst du Hilfe?«

»Danke, nein, ich bin nur etwas erschöpft«, lachte sie gekünstelt und spielte auf ihr Übergewicht an: »du weißt ja, ich trinke zu viel Kakao.«

Wenig später lag sie auf dem Sofa ihrer Laube. Trotz der frühen Nachmittagsstunde hatte sie bereits eine neue Flasche Wein geöffnet und trank.

Der Abstieg zur Hölle begann für Brigitte mit Marions Erscheinen im Park, die sie für unauffindbar oder tot gehalten hatte, jedenfalls war sie gänzlich ihrem Bewusstsein entschwunden. Dieses Entsetzen, als sie plötzlich vor ihr stand, zwar ärmlich und verhärmt, aber über sie triumphierend, ließ sie fast ohnmächtig werden. Marion war der einzige Mensch, der wusste, dass sie schon einmal, vor vierzig Jahren, einen Mord begangen hatte. Nicht einmal ihr Bruder Gerd, der sie liebte und der ihr engster Vertrauter in ihrem ganzen Leben war, ahnte etwas davon. Marion ließ bei ihrer ersten Begegnung im Park keinen Zweifel daran, sich von ihr dieses Wissen bezahlen zu lassen. Brigitte war dadurch gezwungen, sie zum Schweigen bringen, und zwar sofort.

Die Erinnerung an den Tag nach dem Mord im Park, an dem sie noch gar nicht wusste, dass sie die falsche Marion getötet hatte, an dem aber ihr Bruder Gerd sich endgültig von ihr trennte, ließ Brigitte erneut in eine tiefe Depression versinken.

Sie hatte ihn noch in der Nacht angerufen. Gerd war sprachlos, verstört, konnte nicht fassen, was sie ihm gestand. Aber er hatte zugesagt, am nächsten Tag alle seine Termine zu streichen und nach Berlin zu kommen, zuerst im Lietzenseepark sich umzusehen, dann zu ihr nach Treptow zu fahren, um ihr zu berichten. Seit der Mittagszeit hatte sie auf ihn gewartet, war unruhig durch die Wohnung gelaufen, auf den Balkon, um nach ihm zu schauen. Endlich klingelte es. Sie hörte unten die Fahrstuhltür klappen und das Rattern des Aufzugs. An der offenen Wohnungstür erwartete sie ihn, schaute ihn mit ängstlichen Augen an, als er aus dem Fahrstuhl stieg, um ihm dann auf sein Kopfnicken, noch im Hausflur, wie erlöst um den Hals zu fallen. Gerhard machte sich los,

»Komm rein!« und schob sie in ihre Wohnung. Dagmar nahm sich zusammen, sie wusste, unbeherrschtes Verhalten missfiel ihm. »Ich habe Kaffee gemacht. Möchtest du?«, sagte sie so ruhig sie konnte, holte aus der Küche die Kanne und ein paar Plätzchen und stellte beides auf den Couchtisch zu den Tassen. »Komm setz dich.« Sie unterdrückte ein hastiges »Erzähle!«, wartete, bis der Bruder von sich aus sprach.

Er begann sarkastisch: »Es ist alles in Ordnung, wenn man so sagen darf. Marion ist tot und du kannst wieder beruhigt schlafen. Sie wurde von einer jungen Frau gefunden, die die Polizei gerufen hat. Unterdessen konnte ich unauffällig ihren Tod feststellen und dann, als das Durcheinander einsetzte, mich davonmachen. Ich habe sogar in ihrem Rucksack nach der DVD gesucht, von der du erzählt hast, aber sie hatte sie nicht dabei. Also niemand kann jetzt zu dir eine Verbindung herstellen.« Brigitte atmete auf.

Gerhard hatte teilweise zum Fenster hinausgesprochen, als ob er den Anblick seiner Schwester nicht lange ertragen könnte. Als er sie jetzt anschaute, wie sie erleichtert in ihrem Sessel saß, verlor er die Beherrschung. »Ist dir klar, was du getan hast? Du hast einen Mord begangen!« Dann mit Nachdruck: »Das war das letzte Mal, dass ich dir geholfen habe.«

Brigitte verzog das Gesicht: »Du hast mir gar nicht geholfen«, entgegnete sie und biss in einen Schokoladenkeks. »Du solltest nur feststellen, ob sie wirklich tot ist. Das hast du gemacht und dafür danke ich dir.«

Resigniert erwiderte der Bruder: »Warum hast du mir nichts gesagt? Es gab tausend andere Lösungen.«

Sie zuckte mit den Schultern: »Ich wüsste nicht welche.« Wieder knabberte sie an dem Keks: »Wenn ich bloß nicht in dieser dämlichen DVD aufgetreten wäre! Aber das konnte ja keiner ahnen, dass Marion die in die Hände kriegt und mich erkennt. Wie sie mir aufgelauert hat, ausgesprochen hinterhältig! Hat gewartet, bis ich allein war und mich dann von hinten angesprochen.« Sie machte die Freundin nach: »›Hallo, Dagmar, wie schön, dass wir uns endlich mal wiedersehen‹, oder so ähnlich. Ich bin fast in Ohnmacht gefallen!«

»Woher wusstest du, dass sie auf genau dieser Bank schlafen würde?«

»Wir sind durch den Park gegangen und an der Bank vorbeigekommen. Marion sagte, dass diese sich gut zum Übernachten eignet und sie auch die kommende Nacht dort schlafen würde. Sie redete die ganze Zeit, war geradezu euphorisch, dass sie mich endlich gefunden hatte. Dass sie mich nun bestrafen konnte dafür, dass ich sie verraten habe und sie meinetwegen zwölf Jahre im Gefängnis gesessen hatte. Sie fing plötzlich an, Einzelheiten von den Schikanen und Brutalitäten des Gefängnispersonals und der ganzen Haft zu erzählen, so voller Emotionen, als ob sie alles erst gestern durchgemacht hätte. Schrecklich, ich war hin- und hergerissen zwischen Abscheu und Mitleid. Schließlich bin ich mit ihr ins Stella-Café gegangen, wo sie gegessen und getrunken hat, auf meine Kosten selbstverständlich. Ich habe natürlich nichts heruntergekriegt. Sie hatte sich inzwischen wieder erholt, malte sich begeistert ihr zukünftiges Leben aus, überlegte laut, wie sich mich bloßstellen und verraten würde, wenn ich nicht ihre Wünsche erfülle.« Brigitte machte eine Pause und kämpfte mit den Tränen. Ihre vollen Wangen zitterten. »Sie kündigte maßlose Erpressungen an, freute sich, dass ich in Zukunft für sie sorgen würde.«

Wider schwieg sie, in der Hoffnung auf Gerhards Zustimmung. Aber der Bruder verzog keine Miene.

»Außerdem, wenn sie geredet hätte, wäre ich ins Gefängnis gekommen! Das würdest du auch nicht wollen.« Jetzt reagierte ihr Bruder: »Unsinn! Das alles ist längst verjährt!«

Der Verrat schon, aber Mord verjährt nicht, dachte Brigitte bitter. Laut entgegnete sie: »Doch, das hat Marion selbst gesagt! Da musste ich mich wehren!«

»Schon gut. Wie ging es weiter?«

Brigittes Redefluss geriet ins Stoppen: »Naja, wir verabredeten, dass sie mich anruft. Ich hatte ihr meine Handynummer gegeben. Marion wollte mir dann genau sagen, ob ich das Geld auf ein Konto einzahlen oder es ihr bar geben sollte und was sie sich sonst noch ausgedacht hätte. Sie sagte ganz offen, das müsste sie sich erst in aller Ruhe überlegen. Ein Wunder, dass sie nicht sofort Geld für ein Hotelzimmer gefordert hat.« Brigitte schwieg.

»Und dann?«, fragte ihr Bruder unnachgiebig.

»Naja. Also ich ging nach Hause, ganz verzweifelt, brach hier weinend zusammen.«

Sie schluchzte ein wenig, beugte den Kopf und knetete die Hände in ihrem Schoß. Gerhard, in höchster Anspannung, fuhr die Schwester an: »Jetzt reiß dich zusammen und erzähle endlich, wie du Marion umgebracht hast?«

»Ja doch, gleich«. Aber es dauerte noch ein Weilchen, bis Brigitte einigermaßen sachlich über den genauen Hergang sprechen konnte: »Ich hatte noch eine ganze Menge von dem Chloroform, das du mir im vorigen Jahr mitgebracht hast, weil ich meinen Kater einschläfern musste, meinen lieben alten Peter. Ja, er fehlt mir sehr. Dann hatte ich auch einmal«, sie zögerte wieder, »zwei Ampullen mit einem Herzmittel aus deiner Medizintasche genommen, sozusagen für alle Fälle.«

»Du hast die gestohlen! Und ich habe alle möglichen Leute verdächtigt!« Fassungslos schüttelte er den Kopf. »Weiter!«

»Die Autofahrt nachts und dann der Weg durch den Park zur Bank und meine Tat sind mir wirklich sehr schwergefallen, das kannst du mir glauben. Ich hatte natürlich auch große Angst, dass mich jemand beobachtet, im Park schlafen ja zur Zeit eine Menge Leute. Aber es ging alles gut. Marion schlief, ich tränkte ein Küchenhandtuch mit dem Chloroform und hielt es ihr fest aufs Gesicht. Sie wehrte sich, aber nur kurz. Als sie betäubt war, gab ich ihr die Spritze. Da ich ja, wie du weißt, Henning zum Schluss seine Herzspritzen verabreicht hatte, war das für mich eine Kleinigkeit. Nach kaum einer halben Stunde war ich wieder zu Hause. Dann rief ich dich sofort an, noch in der Nacht, damit du herkommst und prüfst, ob Marion wirklich tot ist. Ich wusste ja nicht, ob das Herzmittel gewirkt hatte.«

Lange Zeit herrschte Stille im Raum.

Gerd trank einen Schluck Kaffee. »Es scheint ihr im Leben nicht gut gegangen zu sein, so alt und grau, wie sie auf der Bank aussah. Ich habe sie kaum erkannt.«

»Dafür kann ich nichts, und das ist lange kein Grund, mich zu erpressen.«

Nach einer Weile fragte Brigitte: »Wie sah denn die junge Frau aus, die Marion gefunden hat? Vielleicht kenne ich sie.«

»Sah gut aus, hatte die Haare hochgesteckt, sympathischer Typ, kümmerte sich gleich um die Tote und holte Hilfe. Sie kam auf dem Rad mit einer großen Tasche im Korb, auf die ich aufpassen sollte.«

»Die Tasche. Sah sie so aus wie die Tasche einer Lehrerin?«

»Ja, könnte sein.«

»Vielleicht war es Anna.« Der Gedanke gefiel Brigitte ganz und gar nicht. »Hoffentlich nicht. Auf jeden Fall muss ich aufpassen. Wenn Anna nämlich etwas wissen will, bohrt und schnüffelt sie solange herum, bis sie es herausfindet.«

»Du hast gesagt, niemand hier weiß, dass du eigentlich Dagmar heißt. Wie soll da diese Anna von deinem früheren Leben etwas erfahren?«

»Richtig, niemand weiß es«, machte sich Brigitte Mut. »Beim nächsten Mal, wenn wir uns zur Parkarbeit treffen, reden wir bestimmt über die Tote und ich werde hören, was die anderen wissen und auch, ob es Anna war, die sie gefunden hat. – Du bleibst doch zum Abendbrot?«

Gerd stand auf: »Nein, ich fahre jetzt. Ich möchte nicht zu spät nach Hause kommen, ich brauche mindestens zwei Stunden, wie du weißt.«

Seine Schwester sah ihn unsicher an: »Wenn du mich besucht hast, haben wir immer noch abends zusammen gegessen, ehe du losgefahren bist.«

»Jetzt nicht mehr.«

An der Wohnungstür sagte er: »Mach's gut!«, gab ihr einen flüchtigen Kuss und verschwand im Fahrstuhl. »Danke!« rief sie ihm hinterher.

Vom Balkon blickte sie auf die Straße, und beobachtete, wie er in seinen Audi stieg und wegfuhr, ohne ihr noch einmal zuzuwinken. Während sie die Balkontür schloss, überkam sie ein Gefühl grenzenloser Einsamkeit. Mit ihm konnte sie nicht mehr rechnen, er würde sich endgültig von ihr, einer Mörderin, abwenden. Aber dann riss sich Brigitte zusammen, sie brauchte seine Hilfe nicht mehr. Marion war tot. Niemand konnte jetzt noch die fatalen Ereignisse in den 70er Jahren ans Licht zerren und damit ihre heutige Existenz vernichten, in der sie seit Jahrzehnten sicher und geborgen lebte.

Doch nach Marions erstem Anruf, mit dem Beginn der Erpressungen, wusste Brigitte, dass ihr bisheriges Leben unwiderruflich in Trümmern lag. Annas Recherchen, das Gespräch mit Otto, schließlich das Zusammentreffen mit Marion – alles waren Schritte zur Aufdeckung ihrer Vergangenheit und ihrer Taten, der unweigerlich Festnahme, Prozess und Urteil folgen würden. Ihr Entschluss stand fest: diesen Weg würde sie nicht gehen. Ich mache Schluss, dachte sie, Marion, diesen Schmarotzer, nehme ich mit, und ebenso Anna. Wenn ich untergehe, dann mit den beiden, die Schuld an meinem Untergang sind.

Brigitte überlegte nicht lange. Bald stand ihr Plan fest, einfach und sicher. Die kleine Küche und die Propangasflasche waren wie geschaffen für eine Gasvergiftung. Ihr Nachbar Bernd hatte ihr gezeigt, wie das Ventil auf keinen Fall stehen durfte, weil sonst Gas ausströmte. Zu ihrem Bedauern hatte sie allerdings von einem wesentlichen Punkt ihres Planes keine Vorstellung: sie wusste nicht, wie lange es dauert, bis ein Mensch durch ausströmendes Gas tot ist. Aber dieses Risiko, dass sie bei ihrem Auffinden noch lebten, musste sie eingehen. Sie vermutete, dass, gerade weil so viel Betrieb am Samstagabend in der Kolonie herrschte, es so schnell niemandem auffallen würde, wenn sie mit ihrem Besuch in der Datsche verschwindet und lange Zeit nicht wiederauftaucht.

Am Morgen des nächsten Tages fuhr Brigitte in ihre Wohnung, um ihren noch ansehnlichen Vorrat an Chloroform zu holen, dann zum nächsten Baumarkt, wo sie zwei große Rollen breites schwarzes Klebeband kaufte und zum Schluss suchte sie beim Bäcker noch ein paar Stück Kuchen für den Kaffee aus. Dann fuhr sie wieder zurück in den Garten. In der Küche verschloss sie sorgfältig das Fenster und klebte die Ritzen fest mit Klebeband zu, wobei sie darauf achtete, dass niemand sie beobachtete. Anschließend prüfte sie die Schlösser der Außen- und der Küchentür, ob sie sich leicht schließen ließen. Die Schlüssel steckte sie beide innen ins Schloss. Sie schnitt passende Streifen von dem Klebeband ab und legte sie griffbereit zurecht. Schließlich stellte sie auf dem Tischchen hinter der Küchentür unter einem Handtuch die Flasche Chloroform hin. Zufrieden überblickte sie ihre Vorbereitungen. Es konnte vieles schiefgehen, vor allem musste sie schnell handeln, das war ihr klar, aber sie verließ sich auf ihre Geschicklichkeit und Improvisationskunst. Dann ging sie in den Garten und setzte ihre Arbeit fort.

Wie verabredet lief Brigitte, mit klopfendem Herzen, wie sie sich eingestehen musste, auf Annas Anruf zum Eingang der Laubenkolonie. Tatsächlich war Marion mitgekommen. Auf dem Weg wechselten sie kaum ein Wort. Erst als sie in den Garten traten, zwang sich Brigitte zu der Rolle einer freundlichen Gastgeberin: »Herzlich willkommen!« Sie hielt den Frauen die Tür auf: »Das ist meine Oase, in der ich mich von dem Trubel der Großstadt erhole.«

Anna lobte, nicht nur pflichtschuldig, den überaus gepflegten Garten mit geschmackvollen Blumen- und Staudenbeeten, edlem Rasen und ein paar Obstbäumen, die Anna allerdings, außer einem Apfelbaum, nicht identifizieren konnte.

Marion hatte die ganze Zeit befangen geschwiegen. Aber als die drei nun zu der kleinen Terrasse traten, steuerte sie auch etwas zur Unterhaltung bei: »Und sogar der Kaffeetisch ist gedeckt. Das ist doch nicht nötig gewesen.«

»Dann erzählt es sich besser«, erwiderte Brigitte, »aber bevor wir uns setzen, will ich euch noch kurz meine Datsche zeigen.« Durch die Tür gelangte man gleich in ein Zimmer, recht gemütlich eingerichtet mit Sofa, Tisch und Regal und diversen Kleinmöbeln. Auf der hinteren Wandseite gab es ebenfalls eine Tür, die in einen kleinen Flur mit zwei weiteren Türen führte. »Hier geht es zur Küche und diese Tür zur Toilette«, zeigte Brigitte. »Also alles vorhanden. Ich fühle mich sehr wohl hier in meinem zweiten Zuhause.« Die beiden Besucherinnen nickten zustimmend. »Setzt euch schon mal draußen hin, ich hole nur noch den Kaffee und den Kuchen.«

Es wurde eine spannende Kaffeerunde, da sich das Gespräch in eine unerwartete Richtung entwickelte. Als Anna mit unverbindlichem Geplauder sich allmählich der zu klärenden Thematik nähern wollte, nämlich ob und was Brigitte mit dem Mord im Park zu tun hätte, übernahm diese in aller Deutlichkeit die Gesprächsführung.

»Entschuldige, Anna, aber ich möchte heute nicht die Zeit mit Smalltalk verschwenden, sondern etwas anderes mit euch besprechen«, begann sie. »In der letzten Zeit habe ich intensiv über meine Vergangenheit nachgedacht. Ich bin jetzt Mitte sechzig. Ich dachte immer, noch zehn, vielleicht sogar zwanzig Jahre in Frieden leben zu können. Aber das ist jetzt nicht mehr möglich. - Nimm noch ein Stückchen von dem Bienenstich, Marion! - Wie es mit mir weitergehen wird, weiß ich nicht, aber eines weiß ich genau. Ich werde reinen Tisch machen.« Sie lächelte in die überraschten Gesichter, goss Anna und sich selbst noch einmal Kaffee ein und fuhr fort: »Ich habe viel Unrecht getan. Das meiste wisst ihr, den Rest erfahrt ihr heute.« Ironisch zu Anna gewandt: »Du brauchst übrigens nicht heimlich, hinter meinem Rücken deiner Kommissarin darüber Bericht zu erstatten, das mache ich am Montag selbst. Dass ich die Frau auf der Bank aus Versehen umgebracht habe, ändert nichts daran, dass ich eine Mörderin bin. Mein Bruder, den du, Anna, bei der Leiche getroffen hast – ich hatte ihn dort hingeschickt, damit er den Tod der Frau feststellt – hat deshalb den Kontakt zu mir abgebrochen. Trotzdem hat er mich nicht bei der Polizei verraten, sondern offenbar sein Aussageverweigerungsrecht als naher Verwandter wahrgenommen.«

»Hallo, Brigitte«, klang es plötzlich aus dem Nachbargarten, »wir haben noch ein paar Stücke von Elfriede schönem Nusskuchen übrig. Wollt ihr die haben?« Der Gartenfreund zeigte auf den Kuchenteller in seiner Hand. »Vielen Dank! Ist aber nicht nötig!«, rief Brigitte zurück.

Sie runzelte die Stirn: »Wo war ich stehengeblieben? Jedenfalls gibt es jetzt für mich kein Zurück mehr, wie ich noch vor ein paar Wochen gehofft hatte. Zu viele Menschen wissen von meinem Leben und meinen Taten, Otto, du, Anna, sicher auch Martin, wahrscheinlich einige aus der Parkgruppe, vor allem du, Marion.« Brigitte warf einen Blick auf die ehemalige Freundin, eine Mischung aus Resignation und Aggression: »Wenn du verschollen geblieben wärest, hätte ich diese Katastrophe nie erlebt, mein Leben wäre bis zum Ende in unspektakulären Bahnen weiterverlaufen. Aber das Schicksal, der liebe Gott, wer auch immer, hat dafür gesorgt, dass ich nach so vielen Jahren dennoch für meinen Verrat an dir bestraft werde, auf Grund dessen du unsägliche zwölf Jahre lang im DDR-Knast gequält wurdest.«

Während Anna sich aufmerksam und mit wachsendem Staunen Brigittes Monolog mit den ehrlich klingenden Selbstanklagen anhörte, versuchte sie die ganze Zeit ihren Gesichtsausdruck zu deuten. Anna wurde immer skeptischer und hatte bald das Gefühl, dass Brigittes Emotionen geheuchelt waren und sie nur die Geläuterte spielte. Im Gegenteil, sie schien etwas im Schilde zu führen. Anna war beunruhigt, und regelrecht entsetzt, als sie die weiteren Enthüllungen von Brigitte vernahm.

Diese verkündete gerade: »Auch für meinen ersten Mord bin ich nun bereit zu büßen.« Wieder sprach sie, nun fast vorwurfsvoll, nur zu Marion: »Du bist die einzige Mitwisserin dieser Tat. Niemand außer dir weiß, dass ich damals auch Berry aus Eifersucht und Hass ermordet habe. Du konntest mich deswegen erpressen, du hast für kurze Zeit über mich triumphiert. Aber damit ist jetzt Schluss. Von mir aus kannst du aller Welt davon berichten.« Sie trank ihre Tasse leer und setzte sie klirrend ab.

Marion war blass geworden, sie wollte antworten, aber auf dem Weg vor dem Garten fuhr lärmend eine Horde Kinder auf ihren Fahrrädern vorbei.

»Du hast Berry ermordet? Davon weiß ich nichts«, brachte Marion tonlos heraus. Ich hatte Recht mit meiner Vermutung neulich, dachte Anna sofort, auch davon hatte Marion keine Ahnung gehabt.

»Du lügst!« Brigitte stieß einen unartikulierten Schrei aus.

»Ich lüge nicht!« Marion war im höchsten Grade erregt. »Woher sollte ich das wissen? Du hast mich verhaften lassen. Ich war weg! Ich wusste nichts von Berry, auch nichts von dir. Erst durch Anna habe ich erfahren, dass du damals in den Osten abgehauen bist.« Sie stand auf. »Komm, Anna, wir gehen!«

Brigitte hatte sich wieder beruhigt. »Ja, es ist besser ihr geht! Tut mir leid, ich hatte gehofft, nach dieser Aussprache können wir uns in Freundschaft trennen. Aber das scheint unmöglich.« Sie erhob sich ebenfalls: »Vielleicht hilft mir noch einer, das Geschirr in die Küche zu tragen.«

Brigitte ging mit der Kaffeekanne und der Kuchenplatte vor. Anna stellte die Teller und Tassen zusammen und balancierte damit vorsichtig

Richtung Küche, während Marion auf der Toilette verschwand. Unterdessen hatte Brigitte schnell, vor Aufregung zitternd, eine Ladung Chloroform auf das Handtuch gegossen, sich hinter die Küchentür gestellt und, als Anna an ihr vorbeikam, von hinten ihr das Tuch auf den Mund gedrückt. Anna wehrte sich nur kurz, ließ dabei das Geschirr fallen, das zu Brigittes Entsetzen mit lautem Krach auf dem Boden zersplitterte. Damit hatte sie nicht gerechnet. Hoffentlich kam Marion nicht sofort aus der Toilette angerannt, um zu sehen, was geschehen war, flehte sie innerlich, denn sie musste unbedingt erst Anna »versorgen«, also mindestens ihr den Mund zukleben und die Hände fesseln, damit sie nicht schrie und sich zur Wehr setzte. Und Brigitte hatte Glück. Anna, die auf dem Boden lag, war noch immer bewusstlos, vielleicht war die Dosis Chloroform tödlich gewesen, Brigitte wusste es nicht. Aber so konnte sie ohne Probleme auch noch Annas Knie und Füße zusammenbinden. Dann versteckte sich Brigitte wieder hinter der Tür, um Marion ebenfalls mit ihrem Handtuch hinterrücks zu überfallen. Da Marion gar nicht in die Küche kam, sondern gleich die Laube verlassen wollte, musste Brigitte sie hereinrufen: »Kannst du bitte mal kurz herkommen?« Marion tat es, wurde auf dieselbe Art betäubt und wie ein Paket mit Klebeband verschnürt. Es war für Brigitte eine harte Arbeit gewesen, aber schließlich lagen beide Frauen, an Händen und Füßen gefesselt, bewusstlos am Boden.

Anna wachte als erste aus der Betäubung auf, wenig später auch Marion. Sie wollten schreien, wanden sich, stießen mit den Füßen gegen den Boden, aber Brigitte sprang herbei. Sie schlug mit dem Besen auf sie ein, mit dem sie gerade die Scherben an die Seite kehrte, und trat sie mit den Füßen, bis sie ruhig waren. Die beiden Türen hatte sie schon von innen abgeschlossen.

Höhnisch sah sie auf ihre Opfer hinab: »Eigentlich wollte ich noch ein bisschen mit euch plaudern, aber wenn ihr so viel Lärm macht, werde ich jetzt mit dem Finale beginnen. Zu eurer Beruhigung, der Tod durch Gasvergiftung ist angenehm, man spürt ihn kaum.« Dann bückte sie sich zur Gasflasche, drehte am Ventil und setzte sich in den Sessel, den sie zuvor aus dem Zimmer geholt hatte.

Langsam strömte das Gas in die Küche.

»Ich war vorhin konsterniert«, begann Brigitte nach einer kurzen Pause zu reden, »dass du, Marion, überhaupt nichts von meinem Mord an Berry wusstest. Aber wenn ich zurückdenke und mich genau an die Abfolge der Ereignisse erinnere – das könnte stimmen.«

Sie stand auf und ging wieder zu der Gasflasche, um das Ventil ein wenig zuzudrehen. Zu ihrer eigenen Überraschung spürte sie das dringende Bedürfnis, vor ihrem Tod über ihre Verbrechen zu sprechen, in der diffusen Hoffnung, nach einer derartigen Beichte ruhiger sterben zu können. Daher sagte sie: »Bevor ihr bewusstlos werdet, will ich euch die Ereignisse meiner letzten Tage in West-Berlin nicht vorenthalten.«

In diesem Moment bewegte sich Anna und nahm noch einmal alle Kraft zusammen, die Nachbarn zu alarmieren, indem sie mit dem Schuh auf den Boden schlug. Sofort versetzte Brigitte ihr einige Fußtritte und zischte sie an: »Bist du wohl still? Die Leute können dich ja hören.«

Sie setzte sich wieder in ihren Sessel, ließ aber ihre Opfer nicht aus den Augen, jederzeit bereit zuzuschlagen. Aber die beiden Frauen lagen jetzt benommen und mit geschlossenen Augen da.

»Hennings Vorschlag, in die DDR umzusiedeln und dadurch das ganze miese Leben einfach zu beenden, war verlockend. Mich hielt nichts mehr, ich hatte von allem genug. Obwohl ich anfangs so stolz war, bei den fortschrittlichen Studenten dazuzugehören und anerkannt zu sein, hing mir allmählich dieses ewige Gerede und dieser hohle Aktionismus zum Halse heraus. Zum Studieren hatte ich auch keine Lust. Dann kam dieser Verrat der sogenannten Freunde. Ich wollte weg, aber wohin. Mit meinen Eltern, die mir die ganze Zeit mit ihren Vorschriften und ihrem Hinterherschnüffeln auf die Nerven gegangen waren, wollte ich nichts mehr zu tun haben. So kam mir Hennings Hilfe gerade Recht. Die Vorstellung, einfach unterzutauchen und in einem anderen Land ein neues Leben zu beginnen, wirklich ein anderer Mensch zu werden, war verlockend. Auch der Gedanke, dass ich mich selbst um wenig kümmern müsste, Henning alles Wichtige mit seinen Beziehungen für mich arrangieren würde, gefiel mir in meiner Apathie und Perspektivlosigkeit. An der Seite von Henning zu leben, der zwar keine Schönheit, dafür mir aber sehr zugetan war und dem ich vertrauen konnte – diese Idee schien meine Rettung zu sein. Im Nachhinein gesehen, war das naiv, aber zum Glück hat mein Gefühl für Henning mich nicht getäuscht. Wir besprachen die Einzelheiten meiner Übersiedlung, die in kürzester Zeit erfolgen sollte.

Allerdings musste ich vorher noch eine dringende Angelegenheit erledigen, nämlich auch Berry für seinen Verrat bestrafen. Niemandem habe ich davon erzählt, nicht meinem Bruder, auch nicht Henning.«

Brigitte lehnte sich zurück in ihrem Sessel, sie war müde geworden.

Anna und Marion am Boden rührten sich nicht. »Wollt ihr noch mehr hören«, fragte sie, »oder seid ihr schon bewusstlos? Egal, ich bringe es zu Ende.«

19

Es war gegen elf Uhr nachts, als Dagmar im Bus saß. Sie musste sich überwinden, diese Fahrt zu machen, doch der Drang, Berry zu vernichten, war stärker.

Zu ihrer eigenen Verwunderung war sie von Rachegedanken regelrecht besessen. Und wie sie ohne Skrupel Marion ans Messer geliefert hatte, so grübelte sie unentwegt darüber nach, wie sie auch Berry spürbar bestrafen könnte. Schließlich fiel ihr ein Vorkommnis ein, das vor einigen Monaten die Runde unter den Kommilitonen gemacht und alle aufgewühlt hatte. Ein Student hatte auf einer Party sogenannte K.-o.-Tropfen in das Glas einer Frau geträufelt. Als dieser nach kurzer Zeit schlecht wurde, führte der Student sie besorgt an die frische Luft, um sie dann in einer dunklen Ecke brutal zu vergewaltigen, ohne dass sie etwas merkte. Erst Stunden später wachte sie auf und das ganze Elend nahm seinen Lauf. Nie konnte der Vergewaltiger festgestellt und bestraft werden.

Dagmar hatte keine praktische Erfahrung mit der Wirkung von irgendwelchen Giften oder Tropfen, aber sie sagte sich, dass Überdosen häufig tödlich wirkten und daher auch höchstwahrscheinlich eine Überdosis an K.-o.-Tropfen zum Tod führte, erst recht nach Alkohol- und K.-o.-Tropfen. Ihr Entschluss stand fest, sie würde ein letztes Mal Berry besuchen, Bier und Schnaps mitbringen, auch ein paar Zigaretten, um sich »in aller Freundschaft« endgültig von ihm zu trennen und ihm seinen Wohnungsschlüssel zurückzugeben. Würden ihre »Maßnahmen« tatsächlich nicht zum Tod führen, sollte ihr das auch gleichgültig sein. Zu dem Zeitpunkt, an dem er tot oder lebendig aufgefunden würde, wäre sie bereits spurlos verschwunden.

Aber woher sollte sie K.-o.-Tropfen bekommen? Einfach in eine Apotheke zu gehen und danach zu fragen, kam nicht in Frage, ebenso wenig, sich unter Studenten umzuhören.

Die S-Bahn-Bögen am Savignyplatz!

Man kaufte sich bei den dort herumlungernden Händlern sein Haschisch, wenn den studentischen Verkäufern an der PH der Stoff ausgegangen war. Die waren als Dealer beliebter, konnte man bei ihnen doch sicher sein, sauberen Stoff zu bekommen, anders als bei den Straßendealern. Wenn die Männer an der S-Bahn, überlegte Dagmar, Drogen verkauften, konnten sie ihr wahrscheinlich auch K.o-Tropfen besorgen. Einen Versuch war es wert. Da die Zeit drängte, ergriff sie entschlossen ihre Tasche, steckte genug Geld ein und machte sich, die Nacht war schon hereingebrochen, auf den Weg zur Bushaltestelle an der Neuen Kantstraße. Sie versuchte, ihre Aufregung in den Griff zu bekommen. Leicht fiel ihr dieser Gang auf keinen Fall, nicht so sehr wegen ihrer mörderischen Absichten, sondern wegen des bevorstehenden Geschäftes mit einem Dealer, in dem sie keinerlei Erfahrung besaß.

Am Savignyplatz angekommen schlenderte Dagmar zu den S-Bahn-Bögen. Sie wusste, wenn man dort unschlüssig herumstand, würde man irgendwann angesprochen werden. Es funktionierte. Sie näherte sich einer dunklen Ecke und tatsächlich machte sich unauffällig ein langhaariger schmuddeliger Typ nahe an sie heran und hielt ihr ein kleines Päckchen Haschisch hin, das in Silberpapier eingepackt war. Erschrocken trat Dagmar einen Schritt zurück, aber der Typ kam ihr hinterher und flüsterte: »Riech mal!« Dabei zündete er den Stoff mit einem Feuerzeug an einer Ecke ein bisschen an und hielt ihr den Duft unter die Nase: »Guter Marrokaner! Kostet nur ein Pfund.«

Dagmar überwand alle Ängste: »Ich will heute keinen Stoff«, flüsterte sie ebenfalls. »Ich will K.-o.-Tropfen. Kannst du mir die besorgen?« »Nee«. Im Nu hatte die Dunkelheit den Typen verschluckt. Dagmar suchte weiter. Drei Dealer sprachen sie an. Da sie jedes Mal sofort »K.-o.-Tropfen?« murmelte, bevor ihr wieder ein peace angeboten wurde, verschwanden sie ebenso so schnell, wie der erste. Der vierte aber flüsterte zurück: »Ist aber teuer.« »Wie viel?« »Ein Hunni!« Dagmar schluckte, aber es half nichts, sie musste in den sauren Apfel beißen. »Eine Flasche voll?« »Klar.« »Wann?« »Morgen hier, dieselbe Zeit.« »O.k. Bis morgen!« Die Übergabe eines kleinen braunen Arzneifläschchens am nächsten Tag verlief problemlos.

Trotz ihrer Befürchtung nur teures Leitungswasser erstanden zu haben, begann Dagmar ihr systematisches Untertauchen zu organisieren: zuerst mit Henning den Einreisetag in die DDR festlegen; dann eine Reisetasche mit dem Allernötigsten packen, auch das noch nicht gelesene Buch von Heinrich Böll wollte sie einstecken; morgens am Tag vor ihrem Verschwinden Gerd besuchen und ihn als einzigen Menschen in ihre Zukunftspläne einweihen; abends dann zu Berry, in der Hoffnung, dass er wie üblich am Montag, nach einem langen Party-Wochenende, zu Hause war. Einen Makel allerdings hatte ihr schöner Plan. Marions Fahrt mit ihrer anschließenden Verhaftung fand erst ein paar Tage später statt. Marion würde von Berrys Tod erfahren und der Polizei ihre Vermutung mitteilen, dass Dagmar die Mörderin war. Aber es spielte dann auch keine Rolle mehr, ob nach ihr gefahndet würde oder nicht. Sie war weg, untergetaucht.

Das Gespräch mit Gerd gestaltete sich äußerst schwierig. Es dauerte lange, bis er bereit war, als Mittler für sie zu fungieren zwischen ihrer alten Welt, Eltern, Elke, Kommilitonen usw., und ihrer neuen in der DDR. Schließlich versprach er ihr schweren Herzens, niemandem ihre neue Adresse zu verraten oder etwas über sie zu erzählen, andererseits aber zu ihr immer den Kontakt aufrecht zu erhalten, regelmäßig zu schreiben oder zu telefonieren. Von Gerd erfuhr sie auch später, dass ihr ehemaliger Freund gestorben sei, vermutlich an überhöhtem Alkohol- und Drogenkonsum.

Berry umzubringen kostete sie keine große Mühe. Als sie nachts zu seinem Haus kam, sah sie sein erleuchtetes Fenster. Sie ging nach oben und während sie noch vorsichtig mit dem Schlüssel die Wohnungstür öffnete, hörte sie schon laute Stimmen und Lachen. Irgendein Freund war da. Dagmar zog sich schnell zurück, setzte sich auf die Stufen im dunklen Treppenhaus und wartete, mehr als eine Stunde. Endlich verließ der Besucher, schwer alkoholisiert, die Wohnung. Als sie ein paar Minuten später in das Zimmer trat, lag Berry auf dem Sofa und schnarchte. Dagmar war erleichtert, dass ihr eine langwierige Auseinandersetzung mit ihm erspart blieb und sie ihn auch gar nicht erst betrunken machen musste. Sie goss aus ihrer Wodkaflasche zwei Gläser voll. In das für Berry bestimmte träufelte sie fast die Hälfte der K.-o.-Tropfen aus ihrem braunen Fläschchen. Dann weckte sie Berry. Unwillig fuhr er hoch, wollte sie anbrüllen, aber sie strich ihm gleich liebevoll die Haare aus dem Gesicht und sagte: »Ich geh gleich wieder! Ich wollte dir nur deinen Schlüssel bringen und auf Wiedersehen sagen. Du wirst mich nie wieder sehen.« Sie hielt ihm das Glas hin: »Ein letztes Mal: Prost!« Als er nur verwirrt sie und das Glas anguckte, drückte sie es ihm in die Hand und nahm das andere: »Los, Berry, ex!« Schließlich trank er in einem Zug das volle Glas aus und sank wieder auf die Couch zurück, schlafend oder bewusstlos, konnte Dagmar nicht erkennen. Sie legte den Schlüssel auf den Tisch und zog die Wohnungstür hinter sich ins Schloss.

Am nächsten Morgen fuhr Dagmar in der Frühe zum Grenzübergang Heinrich-Heine-Straße und bat um die Erlaubnis, einwandern und Staatsbürgerin der DDR werden zu dürfen.

»Könnt ihr mir überhaupt noch folgen?«, fragte Brigitte ihre reglos am Boden liegenden Gäste. Dann stand sie schwankend auf und drehte das Ventil an der Gasflasche noch einmal weiter auf. Wieder zurück in ihrem Sessel, sackte sie nach kurzer Zeit in sich zusammen.

»Dumm gelaufen«, murmelte sie noch. »Das alles hier ist absolut sinnlos und überflüssig. Aber woher hätte ich wissen sollen, dass Marion keine Ahnung von Berrys Tod hatte?« Dann fiel ihr Kopf bewusstlos auf die Seite.

20

»Sie kommen!« Kalli kam angerannt, gefolgt von einem großen Polizeiaufgebot und Rettungsteam, bestehend aus Notärzten, Sanitätern und sonstigen Hilfskräften mit umfangreichen Arzneikoffern und -kisten, fahrbaren Liegen und anderen Utensilien. Im Nu hatten sie sich im Garten breit gemacht, ohne Rücksicht auf Brigittes gepflegte Beete zu nehmen. Notärzte stürmten in die Laube. »Alle raus hier! Raus! Raus!«, schrie einer und schubste Otto und Golo beiseite, ein anderer hielt Kalli fest, der zu seiner Mutter schlüpfen wollte. Schnell rannten die drei um die Datsche herum und schauten durchs Fenster. In gebührendem Abstand, auf dem Weg und an den Zäunen, drängelten sich die Nachbarn in dicken Pulks, die immer größer wurden, und kamen aus dem Staunen über das Jahrhundertereignis in ihrer Kolonie nicht heraus.

Noch in der Laube begannen die Notärzte mit ihren Rettungsmaßnahmen. »Was machen die?«, fragte Kalli, als ein Arzt einen dünnen Schlauch tief in Annas Mund einführte und ihn immer weiter hineinschob, während die beiden anderen Frauen ebenso behandelt wurden. »Anna und die anderen haben eine Kohlenmonoxidvergiftung und zu wenig oder kein Sauerstoff mehr im Blut. Durch den Schlauch wird ihnen wieder reiner Sauerstoff zugeführt. Dadurch wird das giftige Gas abgebaut und wenn sie nicht bereits tot sind, können sie durch diese künstliche Beatmung gerettet werden«, erklärte Otto, und Kalli begann wieder zu schluchzen. Nach dieser ersten Versorgung wurden die drei Vergifteten im Eiltempo auf Liegen zu den auf der Straße wartenden Krankenwagen gebracht und ins Krankenhaus gefahren.

»Werden sie durchkommen?«, fragte Golo einen Arzt. »Sind Angehöriger?«, wurde er zurückgefragt. »Ich bin der Sohn«, rief Kalli dazwischen,

»mir müssen Sie es sagen.« Der Arzt lächelte ihn beruhigend an: »Leider weiß ich es selbst noch nicht. Aber die Hoffnung besteht.«

Der Abend endete mit den ersten Vernehmungen von Otto, Golo und Kalli durch zwei Kriminalkommissare. Es wurde spät, ehe die drei nach Hause fahren konnten. Golo versprach Kalli, bei ihm zu übernachten. Zu Hause angekommen, riefen sie sofort Martin an und informierten ihn über das Geschehen. Er sagte, dass er das nächste Flugzeug nach Berlin nehmen würde, auch wenn es mitten in der Nacht sein sollte.

21

Anna und Brigitte konnten gerettet werden, bei Marion kam jede Hilfe zu spät. »Sie hatte ein zu schwaches Herz«, stellte der Arzt im Krankenhaus bedauernd fest.

Obwohl sich Anna schnell erholte und bald wieder gesund fühlte, verbrachte sie gern die notwendige stationäre Behandlung im Krankenhaus, in der ihre Herztätigkeit und ihr Kreislauf, ebenso die Blutwerte, überwacht wurden. Man wollte kein Risiko eingehen und Anna war dankbar dafür. Sie spürte, wie sie diese Zeit zur Verarbeitung des Schocks benötigte, den die extreme Situation damals in der Laube und die Todesangst in ihr ausgelöst hatten. Gerade vor dem Einschlafen überfiel sie panische Furcht vor Alpträumen, sie meinte wieder mit ihrem schmerzhaft gefesselten Körper auf dem harten Boden zu liegen, und war zutiefst dankbar, dass ihr Schlaf bisher ungestört blieb.

Daher fand das Musikfest in der Aula zum Abschluss des Schuljahres in diesem Jahr ohne Anna statt, sehr zu ihrem Bedauern, da sie eigentlich mit dieser Veranstaltung auch ihren eigenen Abschied von der Schule feiern wollte, in der sie einen großen Teil ihres Lebens verbracht hatte. Einen Trost bildete Golo für sie, der ihr, am Krankenbett sitzend, ausführlich den Ablauf der Veranstaltung schilderte, äußerst anschaulich die verschiedenen Höhe- und Tiefpunkte des Abends beschrieb, so dass sich Anna köstlich amüsierte.

Schließlich war sie als geheilt entlassen, die Ferien hatten begonnen, auch die Semesterferien in der Wiener Universität. Martin war seit seinem überstürzten Heimflug gleich zu Hause geblieben und hockte wieder stundenlang in seinem Arbeitszimmer, um es vor dem Umzug auszumisten. Aber wieder kam er nur sehr, sehr langsam voran.

Brigitte Beyer, die ihre Taten in allen Einzelheiten gestanden hatte, saß in der Untersuchungshaftanstalt Moabit und wartete auf ihren Prozess. Anna und auch die anderen Betroffenen empfanden Genugtuung bei dem Gedanken, dass es Brigitte nicht gelungen war, sich durch Selbstmord ihrer Bestrafung zu entziehen, sondern für ihre Verbrechen büßen musste.

Mit der Kommissarin Waldau hatten Anna und Otto noch einmal gesprochen. Aber es gab keine nennenswerten neuen Informationen. Alle Fakten waren geklärt.

Bei der Beerdigung von Marion Neumann, die im kleinen Kreis auf dem Waldfriedhof in Falkensee stattfand, erkannte Anna einen Besucher. »Das ist Brigittes Bruder Gerd«, flüsterte sie Martin zu, »er war es, der die Tote auf der Bank untersucht hatte. Er kannte Marion noch aus seiner Jugend.«

Als der Sarg im Grab verschwunden war und die kleine Trauergemeinde zurück zum Ausgang ging, gesellte sich Gerd Kunze zu Anna und Martin und begrüßte sie. »Jetzt weiß ich, wer Sie sind«, lächelnd gab Anna gab ihm die Hand, »es ist viel geschehen in der Zwischenzeit.«

»Ich muss mich für meine Schwester entschuldigen, was sie Ihnen angetan hat.« Gerd Kunze schaute die beiden mit schuldbewusster Miene an: »Es war mein Fehler. Wenn ich Dagmar gleich nach ihrem Mord im Park bei der Polizei angezeigt hätte, wäre das alles nicht passiert.« Er zuckte hilflos mit den Schultern. »Aber sie war schließlich meine Schwester. Ich habe sie nie in meinem Leben verraten. Ich konnte es auch jetzt nicht. Verstehen Sie?«

»Nein«, entgegnete Martin unbeeindruckt, »Bei Mord verläuft eine Grenze, Mord muss bestraft werden. Sie können von Glück reden, dass wenigstens Anna überlebt hat.«

Der Arzt senkte den Blick. »Ich weiß, Sie haben Recht.«

»Es ist vorbei«, unterbrach Anna seine triste Stimmung. »Hören Sie auf zu grübeln, Herr Kunze! Sie müssen nicht einmal Ihre Schwester verraten, die Polizei weiß alles. Sie können höchstens noch ein paar klärende Einzelheiten beisteuern.«

Als sie auf der Straße standen, schlug Martin versöhnlich vor: »Wollen wir noch irgendwo zusammen einen Kaffee trinken?«

Aber Gerd Kunze schüttelte den Kopf: »Vielen Dank, vielleicht treffen wir uns ein andermal. Ich will jetzt noch Dagmar im…«, er zögerte, das Wort Untersuchungsgefängnis wollte ihm nicht über die Lippen kommen, »… in Moabit besuchen, und dann einfach nur nach Hause! Das geht alles ein bisschen über meine Kräfte.«

»Kann man verstehen«, Martin reichte ihm die Hand, »Dann alles Gute.«

»Wieweit müssen Sie denn fahren?«, fragte Anna neugierig.

»Bis Rostock«, zum ersten Mal lächelte Brigittes Bruder. »Eine so schöne Stadt! Kommen Sie mich mal besuchen.« Er griff in die Tasche: »Hier, meine Karte.«

»Danke, vielleicht, aber wir wohnen nur noch zwei Monate in Berlin. Dann ziehen wir nach Wien um«, trumpfte Anna auf und lachte.

»Wien?« Wohlwollend nickte Kunze. »Auch ganz nett.«

So trennte man sich in gutem Einvernehmen.

Auf dem Rückweg schaute Martin seine Frau an und meinte erleichtert: »Ich bin so froh, dass du lebst, Anni! Die Vorstellung, du bist tot und liegst unten in der Erde im Sarg, wie die arme Marion, ist der reinste Horror!« Er lachte: »Gut, dass wir vom Lietzensee endlich wegziehen. Wer weiß, in welches Unheil du als nächstes gestolpert wärst.«

»Ich bin zwar nie gestolpert, und ich muss auch nicht vom Lietzensee wegziehen, um mit dem Lösen von Rätseln aufzuhören«, erklärte Anna heiter. »Aber du kannst mir glauben, egal, wo ich wohne: das war mein letzter Fall!« Dann mit Überzeugung, nach einer kleinen Pause: »Ich könnte mich selbst beneiden, Martin! Übermorgen kommt Max aus Amerika nach Hause. Dann beladen wir das Auto und fahren alle zusammen in die Ferien nach Österreich und besichtigen unsere neue Heimat. Wenn wir zurück sind, packen wir unsern Kram zusammen, veranstalten zum Abschied das größte Fest, das wir jemals hatten und dann geht's ab nach Wien! Herrliche Aussichten!«

Martin grinste: »Apropos Neue Heimat. Ich dachte, mit der wolltest du nichts mehr zu tun haben.«

»Irrtum, du Witzbold! Von der neuen Heimat kann ich nicht genug kriegen.«

ENDE

Finale am Lietzensee (2006)
Der erste Lietzensee-Roman ist bei TRANSIT erschienen.

Die Lietzensee-Romane von Irene Fritsch, im text•verlag

Die Tote vom Lietzensee

In der beklemmenden Atmosphäre der letzten Kriegstage in Berlin und der Hungermonate der Jahre **1945 bis 1946** kreuzen sich rund um den Lietzensee die Schicksalswege ganz unterschiedlicher Menschen. Alteingesessene Bürger, Flüchtlingsfamilien, Überlebende des braunen Terrors und auch ehemalige Parteigenossen ringen nach der Niederlage des Nazi-Regimes um das tägliche Stück Brot. Der Überlebenswille der Menschen zeigt sich aber auch in der Aufnahme des Spielbetriebs im »Theater in der Witzlebenstraße«, in der Aula einer halb ausgebombten Volksschule. Nach einer Reihe erfolgreicher Aufführungen musikalischer Lustspiele und klassischer Operetten geschieht das Schreckliche: Der aufstrebende Star des Ensembles, eine junge Sängerin, wird ermordet. In der Asche eines alten, lange Jahre ungenutzten Ofens ruft sechzig Jahre später ein Zufallsfund – ein Art-Deco-Schmuck, Teil eines wertvollen Ensembles aus den Zwanziger Jahren – ruft rund 50 Jahre später Anna Kranz, Musiklehrerin an der längst wiederaufgebauten Schule, auf den Plan. Die Amateurdetektivin spürt dem Weg des Schmucks und seiner wechselnden Besitzerinnen in den Kriegs- und Nachkriegsjahren nach. Die Ergebnisse ihrer Recherche bringen sie schließlich zur Lösung des verwickelten Todesfalls. Mit ihrem zweiten »Lietzensee-Krimi« schafft Irene Fritsch eine lebendige Beschreibung der ersten Nachkriegsmonate im besetzten Berlin und ein Kaleidoskop menschlicher Nöte und Leidenschaft.

erschienen 2007, 144 Seiten,
Format 13 x 22 cm, broschiert
Preis 9.90 €
ISBN 978-3-938414-57-6

Kalter Krieg am Lietzensee

Ein Roman, dessen Handlung in den politischen Wirren im noch ungeteilten Berlin vor dem Bau der Mauer spielt. **1952.** Die Notaufnahmestelle in der Kuno-Fischer-Straße in Berlin-Charlottenburg ist Zielpunkt für Flüchtlinge, die zu Hunderttausenden aus der Sowjetzone in den Westen fliehen. Hier und in den Häusern und Straßen ringsum den Lietzensee treffen die Personen des Romans zusammen:

Einheimische, Flüchtlinge und Spitzel, verstrickt in einem Geflecht von Liebe, Verrat, Hass und Geldgier. Am Ende steht ein Mord. Gelingt es nach mehr als fünfzig Jahren der jungen Musiklehrerin Anna, den Mord aufzuklären?

erschienen 2009, 144 Seiten,
Format 13 x 22 cm, broschiert
Preis 12,80 €
ISBN 978-3-938414-58-3

Charleston in der Drachenburg

1926. Leni Brose, ein junges Mädchen vom Lande, kommt nach Berlin, um Telefonistin zu werden. Schnell wächst sie in die Rolle einer modernen, berufstätigen Frau hinein, lernt aber auch durch ihre Liebe zu einem angehenden Schriftsteller – vor dem Hintergrund des aufkommenden Nationalsozialismus – die Schattenseiten des Lebens kennen ...

Jahre später fällt Lenis Tagebuch der jungen Musiklehrerin Anna in die Hände, und sie beginnt zusammen mit ihrer Freundin Carla, die Geheimnisse, die Leni umgaben, und sogar einen Mord aufzudecken.

erschienen 2011, 136 Seiten,
Format 13 x 22 cm, broschiert
Preis 12 €
ISBN 978-3-938414-60-6

Vier Schüsse am Lietzensee

In Annas Leben und dem ihrer Familie häufen sich bedrohliche Ereignisse. Nicht nur dass eine Leiche aus dem Lietzensee geborgen wird, auch ihre Schwiegermutter wird ermordet und ihre Kinder geraten in Gefahr. Fieberhaft versucht Anna, zusammen mit Martin und ihrer neuen Freundin Madleen, die Ursachen für die unerklärlichen Geschehnisse aufzudecken und die Verantwortlichen für die Verbrechen ausfindig zu machen. Die Spuren führen zurück in die Nazizeit und scheinen mit einem verschwundenen Buch zusammenzuhängen.

erschienen 2015, 173 Seiten,
Format 13 x 22 cm, broschiert
Preis 12,80 €
ISBN 978-3-938414-61-3

Leben am Lietzensee

Das Wohngebiet um den Lietzensee gehört bis heute zu den Topadressen Berlins, seit jeher bevorzugt von Künstlern und Intellektuellen.

Erzählt wird die Geschichte von See, Park, Häusern und ihren Bewohnern, von der bislang vielen nur wenig bekannt ist. Zu den interessantesten Kapiteln gehören die Schilderungen früherer Besitzer und ihrer Bemüh-ungen um das Gelände. Darunter General Wilhelm von Witzleben (1783–1837), dessen Haus am See sich bald zu einem beliebten Treffpunkt der Berliner Gesellschaft entwickelte. Berühmt waren seine Feste mit Fischzügen und anschließendem Fischessen. Unter Kunstgärtner Ferdinand Deppe wurde der Park zu einem weit über Charlottenburg hinaus bekannten Rosen- und Georginen-Paradies ausgestattet.

Berichtet wird auch über die Straßen am Lietzensee, die Gestaltung des Parks durch Erwin Barth, über die Schulen, das Gerichtsgebäude am Witzlebenplatz und einige jüdische Einrichtungen. Besonders anrührend ist die Darstellung des Schicksals von Paul Müller aus der Dernburgstraße, mit dem beispielhaft die Erinnerung an verfolgte und ermordete Juden, die hier wie in ganz Charlottenburg besonders zahlreich gewohnt haben, wachgehalten wird.

Berichte einiger seiner prominenten Bewohner geben einen lebendigen Einblick in das Leben am Lietzensee vor und nach dem Zweiten Weltkrieg.

Für ausgedehnte Spaziergänge um den Lietzensee angelegt, ist das Buch mit seinen historischen Recherchen, mit Zeitzeugenberichten und ausführlichen Ausschnitten aus Romanen und Gedichten insgesamt eine Berlin-Geschichte im Kleinen.

7. überarbeitete Auflage (Herbst 2017)
279 Seiten, Format 13 x 22 cm, broschiert
Preis 16.90 €
ISBN 978-3-938414-10-1